山有木兮

杜文涛——著

陕西新华出版传媒集团
陕西人民出版社

图书在版编目（CIP）数据

山有木兮 / 杜文涛著. -- 西安 : 陕西人民出版社,
2021.4
ISBN 978-7-224-14098-9

Ⅰ. ①山… Ⅱ. ①杜… Ⅲ. ①散文集－中国－当代
Ⅳ. ①I267

中国版本图书馆CIP数据核字(2021)第073861号

责任编辑： 许晓光
整体设计： 赵文君

山有木兮

作　　者	杜文涛
出版发行	陕西新华出版传媒集团　陕西人民出版社 （西安北大街147号　邮编：710003）
印　　刷	中煤地西安地图制印有限公司
开　　本	889毫米×1194毫米　1/32
印　　张	10.75
字　　数	226千字
版　　次	2021年4月第1版
印　　次	2021年4月第1次印刷
书　　号	ISBN 978-7-224-14098-9
定　　价	58.00元

如有印装质量问题，请与本社联系调换。电话：029-87205094

自 序

杜文涛

一

山有木兮，木有枝。

家在温润的巴山北坡岚皋山城里。岚河穿城流淌，县城环绕咸山，放眼皆是树木，每天见的树恐怕要比见的人多了。

见脸识人，见叶识树。遍街的人认识不到几个，满县城的人能尊称出姓来的也似乎不多，可岚河边散步或出城散漫，见到树倒大都能呼出其名了。桃、李、梨、栗、栎、杏、橘、柑、茶、松、柏、柿、枣、榆、楸、槐、椿、杉、杨、柳、枫、棕、桑、柘、漆、檀、樟、楠、构、朴、桂、樱、栾、梅、桦、红豆、银杏、粗榧、杜仲、厚朴、花椒、苹果、紫薇、紫荆、梧桐、拐枣、合欢、皂角、榔榆、青冈、珙桐、化香、香果、女贞、玉兰、枇杷、含笑、核桃、石榴、海棠、杜鹃、火棘、木瓜、喜树、老荫茶、女儿红、黄连木、猕猴桃、红豆杉、金弹子、蚊母树、鹅掌楸、七叶树……

从这点上说，认识树简单，认识人难矣！见了树品，你便会知道树的习性，树的爱好，树生何样叶，树开何色花，树结了果有什么味，枝叶给你庇荫多长时间，甚至树在想什么，都能思忖估摸个大概。可人呢，人心叵测，人心难知，人心凉薄，人欲无壑，知人知面不知心，天可度、地可量，唯有人心不可防，行路难，不在水不在山，只在人情反复间……世态炎凉的话太多，世态炎凉的事太多。想来，也许是树裸着身子便无了遮掩，人裹了上衣下裳便难透彻出自己的心来。

树长在一起了枝杈交覆，根柢缠绕，互依互踞，便巍然为了树群，绵亘为了风景。可人呢，太密了便会排斥，太近了便会抵触，甚至人自设防，人自相残。人啊，都奢念着与人有适当的距离，有自我的空间！不信吗？人咋都喜欢筑庐砌屋，把自己隔进一方方封闭的小屋里哩。而树呢，则长天大野，山高水长，白云润腑，露水净心地长呀长，把自己送到天空上面，把自己送到白云里面，把自己送到了人的敬仰里。

人有美丑，树却无丑，树兮皆美。直的有笔挺的美，斜的有飘逸的美，粗的有圆硕的美，细的有纤巧的美，壮的有犷悍的美，瘦的有嶙峋的美，扭的有狂狷的美，曲的有婉转的美，老的有沧桑的美，少的有翠意的美……青涩时无手机微信，古城西安边家村校门外的歪脖子梧桐树下，曾被选定为“月上柳梢头，人约黄昏后”，相约共赴俱乐部影院的地方。相邀的人是以前并不熟知的小老乡，后来自然地成为了我儿子的娘。呵呵，这话有岔意，多说一句吧，是我儿子的亲娘。人，如是歪脖子定是不好看的，可作为树，歪着脖颈，却自带着一份骄逸。若干年后，我回校园寻旧，特意多看了几眼那梧桐树，那树还是老样，踮着脚，歪着头，仍是那样的美好，只是比先前粗犷了许多。

西安求学时毕业论文写的是沈从文的《边城》，自后见了他的书便会通读。记得汪曾祺说，沈从文在一本书后面的题记里写着："某月某日，见一大胖女人从桥上过，心中十分难过。"大胖女人为什么使沈先生十分难过呢？我去过他的湘西故乡凤凰老城，那城里有着老的胖胖的古树。我想，如他见了这胖胖的大树，沈老定不会难过的。我在凤凰古城那些老树下，我没有难过，我只有仰视，仰视那屹然的大树，仰视那留下了湘西系列精品的文学大师，仰视沈老先生那一份意蕴的恬淡。

人有长得模样近似的，可树没有，树有自己的独立性。双胞胎、多胞胎的人让外人难分彼此，可一颗果荚里的籽生出的树苗总有各自的别致处。你多一枝杈，它少一枝柯；你枝有些斜，它枝有些悬；你枝高处生，它枝低处长……。甚至连每一片树叶都有细微的不同处，这片叶尖稍圆，那片叶尖锥圆；这片叶茎飙扬，那片叶茎缱绻……

人的脚步，被远方拉得水远山长。有一年去云南墨江双胞胎哈尼民俗村，前台接待的是双胞胎，陪同讲解的是双胞胎，双胞胎井水边为你舀水喝的是双胞胎。穿一样的哈尼族服装，说一样温婉尔雅的话，涡一样温柔温暖的笑。换一个位置，我们唏嘘地分不出谁是谁了。从墨江往南，下午便去了西双版纳，满眼帘的盎然热带草木，一片绿，一片巍然，仔细瞅，还是能分出每一株与每一株的差异，每一棵与每一棵的差厘。

又有一年去阿拉善盟额济纳旗河水边看胡杨林。秋阳澄澈，天空湛蓝，树叶金黄，河清水明，色彩亮丽，景致鲜明。忍不住我发了个微信朋友圈。片顷，有千里外友人相问，你去了额济纳旗一道桥？我只发了简略的文字和照片，并未注明小景区名。诧愕间友人发来一张照片，照片上他背临一棵盘虬般的凝重胡杨，身旁流动着河水，河水里映着友人，映着胡杨，映着金黄的阳光，映着“倚树听流泉”的谪仙人诗味。那画面，正是我发在朋友圈里一张身倚胡杨照片的背景画面。旋即，友人告我，他认出了那棵形态独异的树，去年的这个时节，他也去了额济纳河水边的这棵胡杨树下。

儿时在祖居地汉中盆地南郑县玉泉小学读书，校园旁有宽绰深邃的玉泉，泉边有玉泉古寺，寺内有一对千余年古柏。柏树玄铜般的坚硬，枝柯繁茂，粗似家里装稻谷的木缸。放学后常到柏树下嬉戏，学树上鸟叫，看寺内墙上彩画，也看寺内戏台上村里排练着的“红灯记”样板戏。弹指几十年过去矣，那“李铁梅”已成了“李奶奶”。那年回去拜望玉泉小学校舍，在玉泉边见到她，她正领着小孙女指着倒映在泉水里的柏树在说着什么，要不是相识人在旁边对我说起，我咋也不会把孩童时眼里一袭红衣、一根麻花长辫子的戏台“李铁梅”和面前白发苍苍的老妪联系在一起的。问起当年几位同在柏树下嬉闹的同学，相识人答曰大都做了爷爷奶奶，问起我那位好看的同桌女生，答曰好多年都没见过了，也不知嫁到了何处。我们在泉边说话，几位年轻人从身旁陌生地走过。他们不认识我，我也没见过他们，也许我见过他们婴孩时的模样，也许他们的父母是我的同学，只是他们匆匆的脚步，并没有容给我打问的时间。泉边的小学因村里人往城里高楼上涌，读书的孩子越来越少，先是改成幼儿园，再后来索性闲置了起来，院里长满了荒草。只是那对柏树仍原地倔强地生长着，似乎还是那么粗壮，那么挺拔，矗立在了香火已经旺盛了的古寺里，矗立在了仍然那么清晰的泉水里，矗立在了游子驻足遐思的乡愁里。

二

父亲是新中国的第一批知识分子。那个年代的人有那个年代人的命运，曾被错划为右派，曾被劳动教养，曾被全家下放农村。二〇一六年夏天，为给去世多年的父亲整理年谱，我常常找母亲请她聊父亲年轻时候的事。母亲说起她和父亲是在县城城南堰溪沟边大皂角树下原县畜牧兽医站临街一间小平房里结的婚。那树我是知道的，县城人都是知道的。那树壮阔升腾，临风待月，高过了树旁的楼房，搅动着县城人的心魄，勾连着满城人对老树的摹绘。皂角老树原来和我家有这份渊源呀，它曾是父亲母亲结婚的见证人，是父亲母亲贫瘠而富有的感情的呵护人呵！世事变迁，半个世纪过去，除了大皂角树在，树下的一切都已物易人非。再次从大皂角树下路过时，我便停下了观望和凝思的脚步。我想，我应该把这棵树写出来，为着父亲，为着母亲。

树，对人有着亘久的忠贞。选择了一方土地，选择了周遭的人们，树总会不离不弃，固守一隅，把自己的清香留下来，把自己的果实留下来，把自己的荫凉留下来，不计浓淡，不计多少，不计大小。树下的人，不管走多远的地方，不论走多远的时间，你只要回眸，它总会在敦实的原处，对你散发着微笑，呢喃着浅语，把你揽入它的怀抱，揽入似曾相识似曾温暖的情愫里。

没有人催逼，没有人过问。在一个早春二月的早晨，好像是一粒树的种子拱破土地萌芽了一般，我在书桌上开始了对皂角树文字的淘洗与打磨，写出了《城里那棵最老的树》。这便是这本书里最早的一篇文字。

乔木高高地伸向天空，与小鸟聊天，与白云低语，与天空浅话，悟道着根梢在大地深处的慨然，传递着天地间生命的奥秘。

山野的乔木，刻记着生命的源头，滋长着涌动的骨血，丰饶着独行的灵魂，偾张着繁茂的枝叶，优游着自在的平静，含蓄着缕缕的芬芳，清明着探望的眼睛。它们坠一滴露水，抛一枚树叶，拂一丝清风，着一抹颜色，含情而生，着意而动，轻灵地听取一片山河在天地深处传来缥缈的回音，品读万水千山在季节深处浸染出的细腻词语。

森森古树是一个完整的生命空间，有着空旷的况味，有着几近荒芜的古境。那里枝条繁茂，树花盛开，树果盈盈，春绿秋红，却鲜有人至，又多被人无尽的遗忘。但只要你向它投去眼光，就会知道它密布奔窜的根，生机盎然的身，只一瞥，便会在你探知的眸子里绽开出一季馨香娇艳的花。

春风动百物，草木尽欲言。面对未知的山林古树，面对让人激动的全新时空，像是一只山雀要飞到林梢上，虽然不知能飞多远，虽然不知归处，但我贸然只身走入山林，开始了一次树木的人文之旅。

写了城里的皂角老树，我又想写城里的麻柳古树，想写城里的桂花古树群，想写乡下我熟悉的古银杏树、古松树、古茶树、古老荫茶树、古红豆树、古铁坚油杉树……我写了这一棵，又想写近邻的另一棵，我写了这一群，又想起了另一群……

冥冥中，我写起了古树。冥冥中，有林业部门友人找上门，让写更多的古树，写更多的名木，助编一部书稿来。兴趣和请托之事复沓咬合，乐哉乎而为之。我遂请托朋友们走遍县境，逐一觐见棵棵古木，逐一觐望群群名树。在我熟知而又不熟知的山山坳坳，沟沟岔岔里，居然藏匿着如此多的佳木嘉树。

山上有佳木，原来佳木如许多！山上有嘉树，原来嘉树何其美！

我走进一条条山林中的小道，走近一棵棵一群群古树。我坐在树旁潺潺的小溪边，坐在溪边的河石上，看树上的苔草，看树上寄生的藤萝，看树梢上喜悦的小鸟，看树冠顶端游走的像树叶一样的云朵。

我走上一坡坡铺满野山菇的山峦，坐在青绒绒的草坡上，手抚着香味喷溅的车前草，静静地和眼前一样静静的古树对视着，看它温婉曼妙的树花，倾听它藏在年轮里的清清幽幽的声音。

我走进一处处野山里废弃的庵寺遗址，袖拂野蒿，眼逡棘刺，手抚寺庙残碑，看碣石上的苔花，瞅漫漶之处的文字，辨历史烟云中的往昔，识寺中峙立的苍劲老树，思树梢阅览过的练达旧事。

我走上一座座开满山花的山巅，嘴里衔着根猫眼草，坐在一块凸出的生满了石花的岩石上，仰头看更大更高岩石顶上的让人惊诧的古树。看它雄沉遒劲如崖石般的身躯，看它蹿入天空深处的林梢，想象它最早在这无土的岩石顶上是如何落籽生芽的，它的根又是如何凿入石下的。那根须蛰伏的石缝隙罅里，有着不散的地下泉水么？

我一棵棵树或一群群树地探访着，我一篇篇地写着。开始的时候，是准备写一组古树名木的散文，写着写着，便收不住笔了。太多的历史遗迹蕴藉在古树之中，太多的地方故事依附在名木之上，太多的美好记忆萦牵在佳木的身上，太多的美丽景致迭现在嘉树树上。每一棵古树都有着属于自己的轶事，每一群古木都有着自己独有的魅力。

我一篇篇地写着，一篇篇地探觅着人与乔木间沟通的密码。每写下一棵树名时，它们的树体，便胜却人间无数，生动百倍地浮现在我眼前，漾着笑脸，睦和地静静走来，一个接着一个地跟我聊天，说着过往，说着琐事。我努力地想在自己的文字里，展现树给我的感官的细节，缩结沛然的记叙，捕捉到像萤火一般琐碎的美。在平心静气的闲聊中，我的心也渐渐地温软，我的笔也想温软地靠近，靠近……

林业部门的书付梓了。但我青睐古树名木的心没有游离，耕耘古树名木的手没有停顿，美的探索和渲染的笔触没有歇息。

我一棵树一棵树地贴近着，我一篇一篇地写作着，不经意间，有了一本书的规模。回首看来，还有好多入过我眼的古老乔木，包括外地的或是邑内的，还没有进入我的笔下。我只能恭敬地对那些乔木，愧愧地暂时说声抱歉，留待以后再写吧。

三

木，忠也，秉性忠诚。树冒地而生。冒地的那一刻，大多的树便决定了自己的终身生活地，河边也，山坡也，山岩也。不埋怨，不气馁，不退缩，只要不倒，就向上走，往高处走，迎着风走，往春天的深处走。

木，静也，安娴尚静。静寂寂地出土，静寂寂地开花，静寂寂地结果，静寂寂地挺身，静寂寂地予人馨香，静寂寂地赋人果实，静寂寂地老去，静寂寂地把自己还给大地。

木，讷也，木讷性拙。树木怯怯拙拙，平生不多言不多语，亦无诘屈聱牙之说理，即便在风中，即便在雨中，即便在树欲静而风不止时，也不多喧嚣，更不多嚷闹。

木，医也，医己医他。树自蕴药香，木自酿药液，乔木在一年四季的草木气息里，酿酣醇的甜糖浆，医虫蚀的窟窿眼，治风折弯的裂痕伤，愈雪压垮的断茬口，涤庸邪的污浊身，疗躁动的妄想心。治自己，也把药香糅濡给走近身旁的动物和人类。

木，慢也，慢悠生活。树木清淡闲散，悠游自在，没有浮光掠影，没有浮躁气傲，天长地久地生，天荒地老地长，一挺身数百年，一伸腰过千年，把自己活成了寿树，把自己活成了寿星，把自己活成了最年长的植物。

木，神也，木者如神。人有人仙，树有树神。人类从森林中走来，古树又比人年长，藏有记忆神力，堪为与语言文字、文物并行的人类史书。人树厮守，相依为命，恩恩怨怨，难扯其分中，树便有了奇妙的智慧、神异的功力，被人奉为了神圣之物，以红布搭围，以香裱敬焚，建祠祭祀，筑庙供奉，祭神如神在，祭树神以祈求神灵庇佑人类祛病去灾，暗塑着生命的本真。

我十分地羡慕古老的乔木。我慕叹它们的模样和心性，常异样地想，真想做古树一样的人。甚至有一晚我还做了个我变成了古树的梦，梦醒了却想不起我变成了哪种树，是银杏，是云杉，是岩栎，还是开着紫红花儿、结着殷红果儿的红豆树？我奢侈地想，学树的固守，不改初心；学树的恬适，静心静性；学树的守口，深藏浅露；学树的医德，医病医心；学树的超然，慢慢生活；学树的卓识，富有神力。可我知道不能，我只是个俗人，只是一个喜欢安静，喜欢简单，知道感恩，嗜好读书的一位平常人。

身边的人匆匆，身边的事匆匆。身边的人事匆匆，匆匆的人路过匆匆的事，似乎三分钟会错过，半天会忘记，三天会屏蔽，宛若现代人手机里的微信朋友圈。

看着古意的老树，思念着它阅尽千年世态而不急不躁，忖度着它历经数百载风雨侵袭而不畏不屈，遐想着它宁静辽阔的放达胸襟，崇敬着它仁厚敦义的品德，真喟叹它是位人间的圣者。再看看人急晃晃的脚步，慌张张的神情，轻浮浮的心态，暴戾戾的私欲，虚假假的算计，狡诈诈的欺骗，阴险险的掠夺，血腥腥的伤害，真替我的同类扼腕太息，也为我自己叹息不已。

身边的岁月匆匆，身边的亲人匆匆。从本书的第一篇文字开始到最后一篇文字收尾，前后用时三年。三年时间里，我失去了母亲和兄长两位亲人，失去了两位至亲至爱的人。和千百年的古树相比，人的生命实在是太短促、太脆弱了。人只是近邻古树漫长生命里中途偶遇的一位同伴罢了。

早晨，今天的早晨，冬至时节的冷风里，我又从城南堰溪沟边的大皂角树下路过。那陪伴了父母亲青葱岁月的老树，仍然枝壮叶旺，仍然为树旁的人们送拂着草木的清香，仍然为路人礼送着生命的绿意。

唉！人啊！真希望呀，人能像老树一样地活着，天荒地老地活着，身心姣好地活着！

2019年12月23日写于岚皋县城肖家坝

目 录

CONTENTS

第一辑 蚕月条柳

第二辑　方觉夏深

第三辑　木叶青黄

第四辑　冬至阳生

第一辑　蚕月条柳

柳条青青，流水荡荡，流动的水便有着响动，淙淙着、潺潺着、涓涓着、盈盈着、隐隐着、哗哗着，漾着水灵的、温良的、母性的、柔软的、鲜活的、深沉的美感，弹奏出了古琴、古筝、琵琶的乐声，拽撮起了二胡、箫、埙的音律，静静揣听，有着独奏、合奏、伴奏、清唱，有着欢喜、舒展、低回、清越。

河边古柳断笺

一

春来了。

时间最早是在岚河上醒来的。

午饭后散步，信步在岚河边河堤人行道上。寒凉的风中，一位手握长筒镜头相机的男子聚神于河面。靛绿的河水里，有一群蔷薇色的野鸭子揉碎了水面，也揉碎了映在水面上颢白的天空、褐黑的老树。

“春江水暖鸭先知”。坡仙是位仙人，仙人的话语便有着仙气，也有着先知的至理。河在城里，城里无鸭。寂静寥寒的河水里，却年年的早春迎来一群惹人爱怜的野鸭子。它们许是好友结伴，许是部落迁徙，有影无踪，有形无迹。不知自何处来，也不知自何处去，不知哪时至，也不知哪时走。只把节气的讯息款款地低语给河水里的小鱼，只把春暖的祝福喁喁地浅唱给岸边的老树。

二

信步在一条河边平常，信步在河边的树下平常，信步在河边的老树下便少有了，如信步在河边的古树下，便有些稀罕了。

稀罕的古树长在穿城而过的县城岚河边上，身下为青石铺砌的河堤。河堤平直又曲弯，宽展又伸长，常悠游着散漫的人儿，啼鸣的鸟儿。

树干粗大，像柱石耸立，旺盛，蓬勃，铺张，壮美，离地一层屋高后两两分枝，再八方散发，覆遮了堤道，伸掩向了河面，枝梢摩挲上了跨河的三层廊桥翘角。

人们从树下走过，叹着它的高，诧着它的粗，总要伫步仰望，辨着它的科，识着它的名。有人呼它为柳树，有人又叫它枫杨。柳树好听，许是乳名，泥土味浓，黏黏的，像老人呼叫自己的孙儿。枫杨也好听，却有些端庄，有些肃穆，像人的官名，叫起来拗口，有着木刻版的典籍味，不知这名字从何演化来的。

柳树为名，枫杨为名，合呼起来便为杨柳。“昔我往矣，杨柳依依。今我来思，雨雪霏霏。”不知这柳树在这里生长多少年了，也不知这柳树有多少岁了。我不知道，树下晒暖暖的老爷爷也不知道。抚着褐黑色生铁般的树身，我只在遐思深处记起，这树的名字可有年岁了，它可是从《诗经》中走来的呵！

三

岚河的名字也早了，它发源于大巴山巅，应该和大巴山一样的老。只是我翻遍了《诗经》没见到，阅了《山海经》没看到。后来，我在一千多年前的《水经注》里见到了它。那时，它不叫岚河，而称岚谷，那是那时候人们对这河的昵称。也许，因了这河名，也才有了后来的县名岚皋。

连续几天野鸭子的叫声，化开了地上的霜雪，地面开始变干。河堤石缝、河滩里的蒲公英、荠菜、菖蒲、苦苣菜、水芹菜、灯芯草、野水仙和各种贴着地面的野草，应和着鸭声，开始探出优雅的嫩黄，萌出弱弱的浅芽。长长的，伸在河面上的那些柳枝，开始绽裂出水灵灵的苞蕾，香馥馥地，黏糊糊地，毛茸茸地张开来。立在树下瞅看，脸颊上、衣襟上黏上了树芽、树枝的清香味。再几天，满树的叶芽都着绿了。

山上的雪水融化，一滴滴一脉脉地往低处淌，岚河里水便涨了，柳树旁的桃树开始着上了夭夭的粉红的花。柳树下立着位白发老者看着河水说，这是涨桃花水，柳树最喜欢桃花水了，柳树吃了桃花水，一天一个样儿。要不了几天，便肥了叶，青了树。

四

岚河水绕着，从远古流来，从《诗经》边淌来，从《水经注》里走来，绕了好多年，看到了好多人，遇到了好多事。绕来绕去，某一天，绕出了个柳树，绕出了一坡坡的花草，绕出了一羽羽的鸟雀，绕出了头头牛马羊只只狐鹿鸭。又某一天，绕到了我的面前。

多少年后，那棵柳树慢慢变老屹出了古意。多少年后，当初那位喜欢读《诗经》的少年，开始喜欢上了《水经注》和坡仙，也已开始慢慢变老。

开始变老的我，倚在柳树上看岚河水流过。周遭的空气湿润得有点拭面，河水的气息、柳叶的气息、野草的气息，涡给人了清凉、寒素、深远、原始的况味。柳条青青，流水荡荡，流动的水便有着响动，淙淙着、潺潺着、涓涓着、盈盈着、隐隐着、哗哗着，漾着水灵的、温良的、母性的、柔软的、鲜活的、深沉的美感，弹奏出了古琴、古筝、琵琶的乐声，拽撮起了二胡、箫、埙的音律，静静揣听，有着独奏、合奏、伴奏、清唱，有着欢喜、舒展、低回、清越。

倚在柳树上看河水流过，自然地想起“倚树听流泉”的诗。那是李白的诗。“群峭碧摩天，逍遥不记年。拨云寻古道，倚树听流泉。”诗仙的诗意自有高度，想要体悟，我等俗人亦是难的。体悟不着可自我原谅的，思绪里逸起了这诗意，身上还是暖爽爽的，情节里有着柳叶的绿。

倚树观河听水时，几声鹧鸪鸟清亮亮、绵长长的声音传来。是柳树枝叶里，还是树后不远处的耳扒山上？

五

鸟声里，雨水和阳光一天赶着一天，把每天的日子都占得满满的。白愣愣的阳光里，桃树活泛了，柳树也活泛了。湿漉漉的眼里，长出了许多红来、许多绿来。

鸟声里，有了布谷鸟的悠远。桃花的花瓣慢慢地落了，春天的桃红淡淡地从桃树的叶梢上洇去。柳树上柳花着绿结穗，坠垂成缀，先为圆筒形的花序，后花褪绎变为荚，一粒粒，一串串，浸着青青的涩，润着绿绿的旺，湿漉漉的，鲜亮亮的，微微地摇曳，恬静地舒展。春天刚刚弥漫，炙热的初夏便把湿润的春天按在了身后。

夏日午后的河堤步道上，有着绵长的时光，有着攘攘消遣的人儿。这似乎是一年里河堤上人最稠密的时节。

屋舍邻河，居木而栖，距古柳里许。阳光欲落，天色将晚时是乘凉消食的好时刻，走得最多的便是绕着岚河转河堤。岚河东来，绕古柳栖身的肖家坝后转身北去，怀中的滩坝便筑堤为郭，绎为了邑城新区。肖家坝里鲜有肖姓的人家，名字却是一代代人传下来的。县城有了肖家坝新城，新城里便开始有了新住进的人群，我便也把自己的屋舍交给了新城，成为了肖家坝坝民。

岚河东来北去，一桥、二桥、三桥横跨两岸，车来人往。漫步的人可从河堤道上往任何桥上跨河，可从任何桥上转向人行的河堤路，适于自己的时间，合于眼中的景致，宜于自己的脚力。尤有情怀的是傍古柳一侧，新筑了座遮风遮雨的人行跨河廊桥。廊桥宽展，飞檐翘角，齐树样的高。顶层的平台上，可观柳梢，可赏鸟形，可听树响，可闻鸟声。廊桥的楼榭里，可听琴，可品茗，可小吃，可购衣，最多的是老城的人过新城来看看，新城的人往老城里去转转，但多的是小城里人共有的悠闲，同嗜的散步。

似乎是住进了肖家坝里挨近了河堤路，似乎是到了该注意保养的年纪，傍晚与妻绕岚河边小走是常时的休憩。林荫蔽地的河堤路是每次散步必过的地段，廊桥头河下游一侧的这棵古柳便是每天眸子里的景物。古柳，也几近为了我每天拜觐的老者，仰望的寿树。

廊桥头河下游一侧长着这棵柳树，廊桥头河上游一侧也长着一棵柳树，只是如从廊桥拐弯过河，那棵树下便经过的稍微少些。那棵柳树树身有些歪斜，没有这棵挺直，也没有这棵粗大，许是这树的果实飘落坠地所生，亦许是这树的根梢裂地而萌。两棵老柳枝杈未接，却能脉脉相望，亦可轻声相语。

两棵古柳遮蔽下的廊桥头外的空坝里，常有着肩掮竹篓背挎竹篮的近处村民不声不响地卖着自家房前屋后红的樱桃、绿的李子、黄的枇杷、紫的葡萄。有时，也有老农静默地蹲在或站在嫩嫩的黄瓜竹篮前，等着路过人儿的询问和购买。黄瓜碧绿生青，新鲜又水灵，看一眼，便感到口齿生津，有着满眼的喜悦。喜气里，也会记起“牛衣古柳卖黄瓜”的词句来。

六

古柳立身处溯岚河河堤可通黄家河坝或折三桥，顺河而下可接一桥环抱肖家坝，再下相接二桥通罗景坪，上廊桥南去进老城，下廊桥北来可进肖家坝仰韶路，可上耳扒山林间步道进入巴山珍稀植物园。

古柳下的河堤路是每个县城人或走进县城的人的起点、拐折点或终点。散步的人、办事的人，抑或是外来的游客，他们都在这树下走过，你从这岔路口入，他从这岔路口出。你的起步处或许是他的折弯处；你的踏入点也许始于别人的落脚点。柳树是所有人行程中的路标，所有人都是古柳下的过客，而古柳又是人的庇荫者，人的品读者，人的秘密守望者。

我从古柳下走过，身边走过无数的人。少许的我认知，再有的我面熟，更多的却不识。河水在流动着，古柳下的人在流动着。流动的人都在过着各自的生活，我们在古柳下走近，却难乎其难地能靠近，能相遇但并不相知，能在这里随时遇见，但也许永远不会熟知。

七

夏日里，女人们似乎出来逛得最多。她们用形体、色彩、气味、服饰把河堤路挤满了。柳树下，也有了她们充盈的展示。

某天，在树下，一位面容姣好的女子对我走来，我再想扫视时，她已与我擦身而过，空留下一缕青春气息。唉，美人可遇而不可得。继而自忖，其实人间可遇而不可得的岂止是美人，人间美好大多会掠身走过的，世间万物，都只是匆匆相遇，古柳下的河堤人行步道只不过让如此的过程简单而直接罢了。

某天，在树下，一位肥胖的女人与我对面相遇。倏然地想起沈从文在一本书后面的题记：“某月某日，见一大胖女人从桥上过，心中十分难过。”大胖女人为什么使沈先生十分难过呢？我咋会想起这句话呢？

又某天，在树下，一位少妇模样的人靠在树后掩面低语，专心致志地通着手机。显眼的是她短裙下曲踮着一条白皙丰满的大腿，在夕阳下涂抹着一丝温情。我和妻绕河堤散漫一圈回家时，夜色里仍见她原姿势地通着话。这近一个小时的孜孜不倦，她是和丈夫密语，或是和情人缠绵？电话为何不在房中打，为甚要在这树下哩？我不知道，但每一句，柳树都能听了去，这其中的原委，柳树也是知道的，只是柳树不说了去。

又某天，在树下，暗夜里，一对身穿校服、中学生样子的少男少女在相拥搂抱，男生的手伸进了女生单薄的衣服里。他和她在消费课堂的时日里，也在这浓荫下消费着自己的青春。

八

二妹家养着条毛茸茸白色的日本柴犬。小犬刚出生不久，侄儿同学家送来的，本不想喂养，一双晶亮亮的眼睛可爱的让留在了家里。侄儿见犬脑袋圆圆形似包子，随口命名其包子。亲人间的走动，犬似乎也亲了，河堤上遇到，犬直往我身上拱，又是叫又要亲。萌萌的势样遇见了便想喊叫它一声，有时索性也悠然然地牵过绳子遛一段，像个小县城人的样子。包子肥硕，性子急，多的时候总要往前扑，绳子被拽得直直的，我只好亦步亦趋地跟着。我遛着犬，犬也遛着我。包子扑着，在树根旁花丛边、檐柱下拐角处却不时地逗留，嗅闻，遗尿，给地方留气味做记号，拽它走时仍频频回头像是要记住走过的路。

柳树下路遇熟人闲聊，包子便也懂事地等，支棱着脑袋望望柳树，再听起了树上的蝉鸣。我和熟人在聊着天，突然吠声骤起，绳子被绷起直往身后拽，我转身看时，另外一条小狗被主人遛着过来了，两条狗弓着身子拽着绳子直往对方扑。我拽住包子只好和熟人告别，各自分手两去。

人多时只喜欢或放心地和熟人交往。狗却毫不理会人的交际规则，认识不认识，只要是同类，只要是见面，都要急不可待地与对方去言语去亲热，没有戒备，不会设防。这点，比人好。

九

“一爱哟姐哟好人才，十人见了噢九人爱，叶叶柳柳叶，好像仙女哟下凡来。／二爱哟姐哟好头发，梳子梳来噢篦子刮，叶叶柳柳叶，梳个盘龙哟插鲜花。／三爱姐哟好眉毛，眉毛弯弯噢一脸笑，叶叶柳柳叶，说话好像哟鹦哥叫。／四爱姐哟好白脸，胭脂搽了噢水粉点，叶叶柳柳叶，不搽水粉哟也好看。/五爱姐哟好白手，十个指头噢像杨柳，叶叶柳柳叶，鸳鸯扇儿哟拿在手。/六爱姐哟樱桃口，走路好像噢风摆柳，叶叶柳柳叶，牙齿白得哟赛莲藕。……”

身前两位农民模样的老汉散着步哼着当地民歌《十爱姐》，他俩并排走着，一人一段地轻声哼着。看样子他们是高山移民刚搬迁进城的熟悉伙伴，闲暇时唱唱土生土长的民歌也许是他们共同的喜好相行的乐趣。两人声音苍老，却有着连绵缀续的婉转，腔道低沉，透彻韵长。

“叶叶柳柳叶……叶叶柳柳叶”。这歌是唱给古柳听的吗？柳树下我跟在他俩身后听着歌，他俩行得快我跟得快，他俩走得慢我随得慢。他俩唱着歌，并不理会身后的我。

夏天的最后一天，天气很好，傍晚的阳光有着酱色的红。古柳下，我听到了老农唱的首老歌。

十

秋天是怯懦懦地来的。

风在某一刻里，像是窥伺到了太阳的退让，悄悄地从岚河面上溜过来，幽幽的，微微的，平静的水面上留下了道道划痕。河畔的狗尾巴草斜了斜，河滩上白芦花动了动，柳树上叶梢晃了晃，坠悬的柳荚摆了摆。柳树下慢步的我，隐隐地也感知到了，热热的脸颊触到了一丝阴柔的微凉，那凉有些犹疑，有些轻浅。

偶尔晨走，曦光里我从柳树下路过。树下一位白发老妪跪拜在地，树腰上围着圈红绫，面前烧着小堆的火纸，额前举着袅袅的香炷。她定是谁的外婆，也或许是谁的奶奶，她口中念念有声，隐约能听见“柳大仙”“柳大仙”的虔语。她是代孙儿拜古柳为干老子祈求一生平安，或是面向古柳祷告，保佑她的孙女学业有成。

十一

还来就古柳。“就”是我从孟浩然那里学到的。“就”，靠近，指去做某件事。重阳日，孟浩然去赏菊。重阳日，俗人的我和平日一样去敬柳。那年驱车走中原，中途拐进襄阳服务区小憩，抬头见到了孟浩然的塑像，看过底座文字知道了原来他是襄阳人，有“孟襄阳”的雅称。我饮着汉江水，他也饮着汉江水，他饮的汉江水还是从这古柳边汉江支流的岚河里淌下去的哩。君生我未生，我生君已去。我住汉江头，君住汉江尾。时时读君诗，共饮一江水。本自喜极他的诗，自此便认定了他为同饮一江水的近邻。

重阳节的古柳有着最美的样子。洁白的云层与晶莹的霜霰，把树洇成了苍黄色。这黄是经日的阳光普洒树身，被充塞收藏又沉淀在时间里老去的色泽，树叶如玉蝴蝶般透明，树荚饱满元宝似的亮丽。

薄暮时分，火红的云霞从西坡梁顶上倾泻，远山近坡丰靡地浮动，古柳被渲染成一坨绛红色。云霞、古柳、岚河、微风，半江瑟瑟半江红，河面轻若水烟，古柳如画安然。

十二

几片树叶落下，先是飘在我的肩襟上，再悠悠地落到地上。我弯腰拾起两片，见是柳叶，叶片削长，叶梢锥细，茎脉凸显，弯如垂苕。硬实的节令里，柳叶守时守序，默默地修炼，由青转绿，由绿漾黄，直到把自己修炼成黄中洇红，红黄剔透的红叶，氤着隐隐成熟，氲着一身练达，洇染给人的眼睛，敬重给古柳母体，润泽给山川大地，践诺给时节岁序。

手中的柳叶简约、凡俗、卑微，普通、大众、平凡，像极了逝去不久的母亲。母亲一生操劳，晚年吃素事佛，生前也常在河边散步。碧云天，古柳下，西风紧，黄叶地，母亲静静伫立，稍后叹息："人活一世，草木一秋。"在一个柳叶青青的早晨，母亲像一片柳叶落地，融进土里，眨眼就不见了。古柳下，便再没了母亲身影，河堤上，我也再不能陪母亲走过。

"说我和她没干系，原不过像两片落叶，今天偶尔吹在一起，谁保得明朝不要分离。”捏着两片落叶，手指紧紧的，怕叶子丢了似的。瞅着落叶，如此的诗句自然地冒出心扉，心里泪涔涔，眼角湿蒙蒙的。

生命的别离，人心的伤怀，如何又是几句诗能够化解的。叶不得不离树，人不得不离世。色黄的落叶，在清水似的秋风里，在道法自然的尘世里，不得不将悲怆忧伤的丝丝肌理，在暮色里缓缓摊开，悄悄拉长，慢慢风干，无奈的卷曲、朽蚀，化为齑粉，让人徒生出万般的黯然，刻心的悲苍。

近来闲读清人张潮的《幽梦影》，被他清新雅趣的笔韵牵住了。“梅令人高，兰令人幽，菊令人野，莲令人淡，春海棠令人艳，牡丹令人豪，蕉与竹令人韵，秋海棠令人媚，松令人逸，桐令人清，柳令人感。”这句子写得惊才绝艳，读过便记住了。年年柳色，灞柳伤别。垂杨别离，折柳送别。柳令人感，令人伤，这“感”是感伤的“感”吗？

十三

“秋虫声不去”。晚上踏着水一样的月色回家，柳树旁听到了树上树下虫子的欢唱。“嘟嘟，嘟嘟，嘟嘟”“啾啾，啾啾，啾啾”“蝈蝈，蝈蝈，蝈蝈”“唧，唧，唧”“唧哩，唧哩，唧哩”“油乎鲁，油乎鲁，油乎鲁”。

蟋蟀、蝈蝈、纺织娘、斑蝥、金蛉子、秋蝉、油葫芦……夜色有几许收敛，虫子的叫声却有几丝悠远。

十四

雪好似是静悄悄地来的。雪先是最早从天上落到县城南边的中梁子上的，随后在一个没人注意的晚上，悄无声息地迈过梨树垭，越过堰溪沟，跨过岚河，染白古柳的。

雪落无声，踏雪有痕。从树下走过，雪地上有了脚印，记忆里有了勾连。

生在树在的县城，住在树在的县城，却难记起最早见到古柳的时日。忆之，有点印象的是，我是在一个雪天里和古柳最早遇见的，那好像是我少小时光的古柳。那时柳树下的肖家坝还是片庄稼地，我跟在父亲身后到农户家去买红薯，那是那个年代上乘的食粮。那年的雪似乎也来得早些，雪地里红薯藤叶褐黑，沙地里掘出的红薯泛着浅红，地头上积雪颢白。父亲在挥着两齿羊角锄农民的身后弯腰拣拾着红薯，手掌粗微地抹掉泥坷便直接装入了地边的竹背篓。地里的红薯少，城里粮不够吃的人家多，都盯着城边上的这些红薯地，农民在前面挖着，后面便有人来买着，不用农民捡拾，买的人自己动手，唯恐自家买不上，空了手，饿了肚子。我在地里和父亲把红薯往竹背篓里捡，红薯冰冷，地里泥稀，满身泥土，脸和手冻得通红。背篓满了，过了秤，付了钱，我们用地边的雪搓洗着手上的泥。第一次，我知道了雪是能洗手的。

那时的岚河上只有着棕绳、竹篾条拴拉着条小船。从城里到肖家坝，从肖家坝回城里，便从这柳树下来回往返。古柳便成了古渡。

肃穆的柳树上树叶无着，枝杈上落满了白雪。树粗粝而壮实，高大而威武，我瘦弱而矮小，面黄而怯懦，站在树下，我像是个小石头倚在了山样的树下。寒风从河面上吹过，发出“呜呜”的鸣叫，风灌进单薄的衣领，脖子紧紧地缩回，身上顿生起寒噤的颤抖。雪从树枝上飘起，飘过我的脸庞，我像一片雪花，飘荡在随风的河边。父亲在前面走着，我在后面随着，积雪的河滩上，留下了父亲一个个脚印。

如今，渡船被廊桥替代，河滩屹起为河堤，携我过河的父亲已经逝去，当年的童子开始变老。而最初入眼的这棵古柳似乎状若当初，仍是那时的壮硕，仍是那时的高挺，仍是那时的让人心生敬畏。

十五

雪应该是遵从着节气的路标践约而来的，来了便给大地铺上了充盈，洒上了醇厚。

雪花描白了柳树，也描白了树下的大地。天地通透，一片澄净。柳叶脱尽，枝条上缀上了银白。树叶不再遮蔽的枝杈尽力绽现，繁复交织，上下展斜，裸露出或粗或瘦的肌体，勾勒出或曲或直的线形，集拢起闪耀的画面。

雪践行着时令，我履历着行走。柳树上有长尾的松鼠在枝杈间蹿跃，灰地白花的肉身肥硕而晃动，不时有雪花被蹭蹬飘下。它是在嚼咬吞食着熟透的柳荚，或是吮咂细品着晶亮的雪粒。地上有几只窄翅剪尾的画眉鸟仰头弄尾，时吐好音，见我走近，急趋疾步，踏下几串细步，振翅腾起，掠过树梢，掠过廊桥，溯流而翔，渐成几个小棕褐点，随之便不见了。

“人生到处知何似，恰似飞鸿踏雪泥；泥上偶然留指爪，鸿飞那复计东西。”雪爪鸿泥，那是苏子眼中的景。那画眉走过，许是鸟儿脚趾轻浅，许是雪深绵厚，在我眼中打开的却只是雪上的浅印，并没有泥色显出来。

飞鸿雪泥也罢，画眉雪爪也罢，虽物象短促，美景易逝，但在人生的路边，在平庸的生活里，毕竟给人留下了一份美好，一份记忆。

十六

古柳的树干在白雪的映衬下变黑，黑得有些沧桑，像是生锈的铁线，绷着些许陌生感来。我忍不住伸手去摸，感到了它的凿岩之力，感到了它的撑裂之气。

树干巍峨，树根壮阔，垂铺屈结，像一柱钟乳石，或像一堆冷却了的熔岩。树根依河下游一端尺许，耸峙紧挨着幢三层砖质小楼，楼比树阔，树比楼高。楼紧邻着树，树近傍着楼，楼不会生长，树却日日在散发着生命的力量。当年的建楼人也许没想到，这树突破了意志与形体的束缚，倔硬得如此之强，旺盛得如此之疾。若依此样健长，经年后，这里会葳蕤出一个相濡以沫，树楼相拥，或古柳抱楼，人神共塑的奇妙景观吗?

十七

冬日的阳光散发着酡红的醉颜。天晴日暖，阳光下，人们把自己扔在河堤道上，扔在古柳树下。一对老年夫妻在树下晒着太阳，云影晃荡在他俩身上乱跑，他俩弓着腰眯着眼睛像是在嗜睡，又像是在过往里捡拾着岁月。耄耋之貌，暖暖之状，老人在晒着太阳，太阳在晒着老人，晒着太阳的老人被太阳晒老了，晒着老人的太阳也被老人晒老了。陪着太阳晒着老人，陪着老人晒着太阳的，还有身旁也渐渐老了的古柳。

阳光在风里洗了个澡，在河水里洗了个澡，静静地睡在河堤道上，亮亮地卧在柳树上，撒布着一片红，澄澈着一方暖。我沐着阳光，沿着河堤路在柳树下走，阳光融身不回家。

十八

“走过城市大街小巷，看到多少欢喜悲伤。都放一放，再想一想，有种滋味回到我心上。／哦，她怎么还不来，她是否还记得，我们说好在这棵老树下等待。酸涩甜的味道，从心头爬到嘴角，这种滋味一想就会出来。／就是这样的味道和怀抱，就想这样的醉了，那感受多美妙。／就在这一棵老树上，刻下你的记号，你嘴角甜美的微笑，我永远忘不掉。……”

古柳不远处开着爿琴行，店门半开，摇光灿灿，一对青年男女在琴声中演绎对唱着源自草原老树下的爱情故事。我从一位听歌的年轻人那里知道了这歌的缘由，也知道了歌名名曰《老树》。歌声清新流畅，青春缠绵，有着离离的草原芳醇，有着名士的老树经典。

老树古老，《老树》曲子年轻。琴行古老，店里人年轻。年轻的人会把这店子打理下去的，会把这古老而又年轻的行业吟咏的像歌声一样生生圆润的。

十九

阳光悄悄地在河堤路上走着，我缓缓地在古柳下走着。融融的暖阳下，古柳愈益端庄而恬静，平和而谦恭。

一拨人临岚河轻声嚷着：野鸭子又来了。

春来了。

2019年4月8日

城里那棵最老的树

她是县城里我们现在能看到的最老的一棵树。她或许也是我最早看到的一棵最老的树。

这是一棵皂角树。树身高挺，躯干坚黝，枝杈交复，叶华果繁，生生屹立在堰溪沟边城关镇镇政府院内。

皂角树静静地生长着，人们不知道她的年岁。树旁一位老者说，这棵树太老了，他也弄不清有多少岁了，反正比满县城哪个人的岁数都大得多。他小时懂事时就记着，皂角树好似就是这个样子。

皂角树一年又一年的发芽、落叶，一年又一年的开花、结荚，繁衍不息，洋溢着丰乳肥臀般的少妇的孕育力。树木不似凡人间的男女，一眼便知雌雄。我不是植物学家，我固拗地思确，凡是开花结果的花木，都应该是母性的，在文学家的笔下，都宜用暖如唐诗，腻似宋瓷的“她”来表述。

五行里说，金生水，水生木，木生火，火生土，土生金。树在，就有水在。水在，就有清幽的村庄湿润的人群。流过皂角树的堰溪沟从县城南面的中梁子发源汩出，曲里拐弯，先急后缓，流经皂角树下后，徐徐地淌入岚河。我出生在皂角树下游不远的一间石板瓦房里，房舍紧邻着堰溪沟边，也毗连着堰溪沟和岚河的交汇处，县城人叫这个地方为小河口。我常想，土著的岚皋人祖先是极喜爱水的，单就堰溪沟这个称谓，就融涵了几乎对水称呼的大半，有堰有溪有沟，既然称了堰溪沟，出口处咋又叫了河呢。堰溪沟本为一条流动的溪流，又如何与静止的堰扯上了瓜葛？老先祖们是智慧的，愚钝的我岂能猜释得清楚。

儿时的岚皋县城很小，乡村田野味却弥浓，堰溪沟和皂角树便常成为我们嬉戏游玩的场地。溪流清澈，河石洁净，夏天时我们常跟父亲、二叔下到溪水里洗澡冲凉。记得一次二叔还从皂角树下游一块大石头旁摸出过一条小鱼，我和哥哥捧回去养在饭碗里，稀罕了好多天。溪流石滩也常成为城里人浆洗衣被的好地方。母亲常端着瓷脸盆或提上竹篮，盛着衣服下到溪边去洗衣服，我常常黏着母亲，空着手跟着母亲去，又空着手跟着母亲回。洗衣服用着肥皂，抡着棒槌，先是涂抹肥皂，后是手工搓揉，再是棒槌敲砸，最后清水透拧。有时衣被洗多了，边洗边就近晾晒在了溪边大石头上，到下午晒干了再去折叠着收回家。那时的肥皂很紧俏，母亲洗衣服时半条半条地用，舍不得多拿。记不得有一次是肥皂买不上了或是无钱买了，抑或是母亲想用皂荚洗衣服了，母亲领着我到了皂角树下，拣拾风吹掉落在地上的皂荚，拾了半脸盆，端到堰溪沟边，用棒槌砸烂皂荚，揉在衣服上，就着泛起的泡沫搓洗完了一堆衣服。我第一次知道，原来皂荚是可以洗衣服的。我不记得这是第几次到皂角树下来了，但我印象中这是第一次和母亲一起来的。在我儿时的眼光里，这棵皂角树好高好大。那满树的青皂角挂在枝头，一串串的，似月牙弯弯，如镰刀尖尖，在太阳光下，泛着墨绿色的光泽。那皂荚翘翘的，鼓鼓的，好像要竭力挣脱皂荚皮的束缚，随时要爆出籽来。母亲砸破皂荚后，我拣出一粒皂荚籽，剥去一层表皮，再去掉一层半透明的薄皮，偷偷地放进嘴里，用牙轻轻地咬破籽仁，那汁液有着淡淡的苦，还有着一种青草味，我没敢吞食，再悄悄地吐进了溪水里。

皂角树活了几百年了，活过了树旁一辈一辈的人。树活着，村落就活着，人也就一辈辈地活着。人活着，希望就活着。皂角树破土而生时，这里也许是没有地名的。有一天，人们在树旁不远处的一块平地掘出了几块汉砖，这里便有了砖坪这个称谓，先用作厅名，又作为县名，再作为区名，现只为树旁一条小巷的独自专用了。地名的得来与淡褪，已为越来越多的人所忘记，却都在树的记忆里有着明晰的来清楚的去。

皂角树蓬勃初长时，树旁还是田野。如今，高楼盖过了她的树冠，街道碾过了她的根须，人们喧嚣了她的耳膜。人群的拥入，街区的外延，她已被置入芸芸众生的围城之中了。人在人群里，会同化，会纠结，会烦躁，会奉承，会尔虞我诈，会趋炎附势。树在城中，把树冠伸向天空，把根须延向大地，到氤氲的苍穹，到深邃的地下，以她的善良，她的厚道，她的气息，她的庇护，她的端正安祥，她的不争不强，春风化雨般地伸展洇润进县城里每一条街道、每一个院落、每一个人的心里。

初夏时节，皂角树开满了淡黄色的花。一束束、一朵朵，散发着淡淡的清香，引着蝴蝶、蜜蜂飞旋。有缘走近皂角树的人们便嗅着花香，赏着蝴蝶，乘着荫凉。望着树上的花朵，我有些冥想，花朵是老树给予的，那老树就应该是大地给予的，老树就是大地的花朵。皂角树来自幽闭的地下，来自土地的内心，她是旷野的大地献给开阔的蓝天的一朵旷世的花朵。她肥硕，她烂漫，她流光溢彩，她清凉美奂。她盛开的地方是固定的，仅囿于此，永远不离开这块版图。山风的轻拂中赋有灵性，阳光的灿烂里洒予情意。她悠然清远地开，她地老天荒地开，她笑而不答，她秘而不语，熬罢四时，坐断红尘。

远山近坡给了岚皋县城连绵一色的安娴。默伫的老树善于在时光中润涵，不动的枝干长于在孤独中滚圆。住在老树下的人们，一旦生活有了着落，便再不愿远离，就像这大树一样，在乎内涵而不在乎外延，在意平稳而不喜奔驰。所以树下更多的是土著而非外来人群。老树以痴情故土地屹立获取宁静和自由，树下的人们便常常天然地携带了这种安然气质交融于人际，身教于子裔。于是，树下的人群便越住越多了，挤满了堰溪沟两岸，漫上了东坡，散上了西坡，爬上了陈家沟。

前不久，我整理父亲的年谱，问起母亲和父亲结婚的情景，耳聪目明年近八十的母亲清楚地告诉我说，她和父亲是六十年前的国庆节结的婚。结婚那天她和父亲在皂角树不远的县城老街十字口照相馆照了合影照片，新房是父亲在皂角树下原县畜牧兽医站里的一间单身宿舍，那是一间临街的青砖泥瓦房。现在，那地方盖成了楼房。原来枝稠叶茂，虬曲似龙的老皂角树，还和我们家有这份情缘，她还是父母亲青涩岁月里婚姻的见证人呢！怪不得老母亲到现在还时常去看望老皂角树。

“昨日出东城，试探春情。墙头红杏暗如倾。槛内群芳芽未吐，早已回春。”最近一次去看皂角树，与撞怀的雨水节令不期而遇。早春二月剪刀似的暖风，剖释开了千万粒豆蔻般皂角树树叶的芽胚。朗朗的阳光耀亮了老树和树旁的屋舍，成群的鸟雀叽叽喳喳地婉转歌唱在枝杈间。树旁有着几位散步的老人，见我举着相机，把我当成了游人，他们七嘴八舌，唇齿之间，讲说起了皂角老树的过去和当今。一位白须冉冉的长者抚着长须叹道，老了的生灵都有仙气，这树也是精灵，谁敬着她，她就庇佑着谁，这院子里的人，个个都是顺风顺水的人，皂角树是满院子人的贵人！十多年前，皂角树被风吹倒，这院子里一位主事的人，掏钱请人搭起架水泥树形撑子，最终把树救了回来。好人有了好报应，这位主事的人现在已是京官了呢。

2017年2月23日

那宅 那人 那树

“燕子飞时，绿水人家绕。”这是宋朝的风景，是东坡眸子里的色彩。这也是现实中的风景，是我眸子里的色彩。

村庄右邻岚河，左系瓦溪沟。河沟之间的村舍，有了一派水乡的韵律。岸畔上有一树树粉红色的山桃花，翠生生地开着。河边上有竹子，桃花风吹过去，竹梢轻轻拂动，似浣衣姑娘舞蹈一般。河沟里不时扑棱着三三两两的鸭子，钻进水潭，戏着卵石。流水声轻轻地唱着，清澈地响着，像山里人嗅着了野杨桃的鲜味，诱惑着人的脚步信步进入。

村子曲里拐弯，有着巷弄，有着小桥，有着斜坡，有着场院。走进幽深动人的村子深处，一大片旧式的房院铺展在我们眼前。院舍遍布着翅角的马头墙，镂空花脊，飞檐斗拱，雕梁画栋，灰砖黑瓦白墙，彩绘成色鲜亮。古宅里有江西传统的天井套天井，有浙江民居的精致木雕，有关中平原的拙朴石雕。大门对着二门，二门直通三门，练武厅、大堂、后堂、后花园，三个厅堂，三个天井，天井又串通起两旁的小天井，每个天井又拱抱着雨水入井的前庭、厢房和内室屋舍。大门上方有匾额书着“金谷遗谋”，门两侧有石鼓门当，寓示着门户高远与尊贵。堂屋两侧竖着副长联：“老夫身经百炼威武不屈切勿蹉跎新岁月，小子志在四方贫贱勿移可称无愧大丈夫。”三个门厅直直地拉成一条线，进一个门厅便上几步台阶，住户人家步步高升了，步入的人也便步步高升了。房舍套套相通，间间相连，合理精巧，错落有致。清缝的厚实木板把房舍隔为了上下两层，上楼的梯道窄狭而隐藏，也许楼上是女眷的香榭，外人本是不该上去的。

院落是整修过的。替换下了朽腐的白色柱木檐板，与尚还坚硬的油黑老料泛出白黑分明的色彩，新嵌砌的青砖多了老砖的生硬棱角。老格局的院舍里，是屋主人曾经堆放过的丰富而又细腻的生活细节，还有那弥之不去的雅致气息。

这个叫周氏武学馆的大院，位于汉江支流岚河岸边。更细微的地名也都好听，说一次，便记得住。村名叫作武学，镇的名字叫作孟石岭，县的名字叫作岚皋。

村巷里一群孩子在戏耍，每人一个手扶的两轮小滑板，他们奔驰着，喧嚷着。男孩子们野性浓些，滑板声随喊叫声很快隐入巷弄里了，两个着红衣服的小女孩身单力薄，滑板远远落在了后面。一个门牙掉落的小女孩嚷着徒步在最后追着。村庄里年轻的父母大多进城务工去了，孩子们的衣服和玩具大抵是父母从城里带回来的，一如城里孩子的用具。

一棵枝杈茂盛、花团锦簇的樱桃树掩映着一所小院，我们嗅着花香走进院内，树下静坐着两位老人。两位老人相对而坐，衬着不远的河水身后的远山，安静而又融洽。村里或许常有人来看老房子的，对于我们的打扰，两位老人不惊不奇，对于我们的打问，回答也不急不缓。老人姓周，村里的人都姓周。武学馆是他们周家老祖先在清朝道光年间建造的，仅建房就花了前后三年时间。我问老祖先是干啥的，咋有这么多银子修这么多房子呢？老人答说他们小时候听大人说，他们周家人最早是从湖北黄州长江边讨饭到这的，遇到饶姓人家被收留在家做长工。一天耕地时，周氏老祖先挖出了一吊罐银子，他抱回饶家上交。好心的饶家人说，地是我家的，银子是你挖出的，你挖的便是你的缘分，银子认你便理应归你。周氏老祖先用这吊罐银子做底垫，收购山里的土货用骡马运到湖北老家去卖，再把湖北大地方的稀罕物驮回岚河流域置换变卖。一来二去间，生意便做大了，骡马改成了木船，后来有了银子便依照老家有钱人宅子样子修了这院老房子。老屋的后堂供案神龛上原来一直供着根讨米棍，“文化大革命”开始后供案和棍子便不见了，但周氏人家一直尊敬着饶姓人户，到现在还当亲戚走动着呢。我问周家老祖先修的是自家住的庄院，咋叫武学馆呢？老人说，那古时候这里还是深山老林，土匪成灾，周家人便在老房子周边修建高墙，要求族里男丁习武护院。时间长了，周家男人都有了一身好本事，祖先里还出过两位武举人呢。周边乡邻慕名来学武艺，武举人便开馆授徒，这才有了武学馆名字，也才传承下了武学村这个地名。我目光巡游四边，想视及武学馆旧时高墙，老人明白了我的探究，缓缓站起身来，指着周边的或山头或坡地，告诉我说，那有过堡垒，那建过城墙，他儿时还去过那玩耍，现在还记着那没颓毁前的模样。古宅，古人，古事，勾起了我想知道更多事的探究，老人并不烦恼我的缠问，也许他也想向外来访客更多地谈及自己老祖先值得说起的陈年往事。我问老祖先里有做官的人吗？老人答说，周家自古出武官，老祖先里出过几位武都尉，现在后人里有当军官的，也有当公安局长的。我又问老周家咋多出武人呢？老人指着四边的山形水势慢慢地说，这是这风水先天定好了的。武学馆背后那山头叫纱帽顶，像古代武官的官帽。山势两边环流着岚河和瓦溪沟水，又酷似官帽两边的飘带。大门远处是鸡公寨，山顶形似仰项高吭的斗鸡，山脊梁形状又似一把斜立的刀剑。近处山头叫埔子坪，像大大的方形玉玺，又像做官人办公的台案，埔子中间有一眼山泉呈天然水池，叫一口印，像做官人桌上的砚台，泉水是蘸不干的墨汁，神奇的是埔子上有棵不知道多少年了的大皂角树，像根大毛笔一直矗在那儿。顺着老人手指的方向，我看到了那棵大树，笔挺挺的，虽雨水的节令里树叶还未长出，仍不失古树的高耸与葳蕤。我问埔子坪的“埔”是周氏老祖先黄州水乡用语中的“埔”，还是我们山里人常说的城墙之内建修的“堡”，两位老人便摇头说他们也弄不清楚。

我们便去看望那大树。出了村子，过了瓦溪沟上的小桥，再爬上一面长满了杂树的陡坡，我们上到了埔子坪上。埔子坪实为孤立独处的一座不大的山头，两侧悬身高崖，分别临空岚河、瓦溪沟，四周依山就势，巨石垒墙，仅留前后两个山门可以单人出入。白驹过隙间，荆棘塞途，苔藓遮掩下的寨墙仍透出它的森严与威武。山顶平展空阔，约十亩地大小，呈不规则的圆形，埔子坪中间地带有一方水池，映着蓝天白云。水池周边有旧房屋基遗迹，石条、方砖、门墩石正无声地昭示着曾经的辉煌。水池不远处有几间土墙泥瓦房横亘着，房檐坎沿青石条铺砌，窗棂雕着花鸟，板门上记着电话号码似的数字，墙壁上透着过去年代的标语，屋门紧闭，铁锁锈蚀。屋主人应该离开这祖屋已有些时候了，是外出务工去了，还是搬进了城里开发商建的高楼上去了呢？埔子坪上再无人家，我们无法问知，也许屋门前油菜地里的几个稻草人知道这屋的主人去了哪里。

皂角老树便长在面向周氏武学馆、紧邻瓦溪沟的山崖边沿上，身躯硕大，姿态突兀，让人感到了倔强，看见了伟岸。树根扎扯进了半边山坡，一截截地裸露在杂草枯叶间，让人辨不出哪是岩石哪是树根。是先有这古树呢，还是先有这古宅？是人逐树而居呢，还是人居后再植树呢？我不得而知。古宅，古人，古树，古池，可以想象得到，陈年的岁月里，这里有过多少繁华，多少摇曳，有过多少闺中女眷踮着小脚，捡拾起老树上掉落的皂角，在水池边揉洗过她们或红或绿的衣裳。二月的雨水绽开了皂角叶的胚芽，齐齐地向着太阳。树上有一个黑绰绰的鸟窝，有鸟在枝上蹦跳，我想看清是喜鹊还是乌鸦，太阳晃得人眼睛识辨不清楚鸟形。

走在埔子坪上，身旁是染着粉的山桃花以及黄的油菜花，眼前飞舞着蝴蝶和蜜蜂。鸟儿亲近了水池，啄起了一圈涟漪，顷刻又与稻草人和好，落在他肩上，呢喃着和他说着话。“日出江花红胜火，春来江水绿如蓝。”一派江南的风光呀！一番景致让我念及埔子坪的地名，是该用江边常用的“埔”呢，抑或是石墙围城的“堡”呢？遍阅近百年世事的两位周氏老人都弄不清的事，哪能是我这般愚人所能明晓的。不过，周氏先祖从长江之畔来此山顶空阔之地居住，那我姑且顺手就选用沾染些许甜腻味道的水乡之词“埔”吧。

站在埔子坪上，放眼四周，岚河、瓦溪沟、武学村及近山坡歪匍匐在了脚下，纱帽顶、鸡公寨、刀剑梁清晰地尽在眼前，天地造化，鬼斧神工，这景是如此的真切，又是那么的形似。此般风景不正是两位老者口中的风水吗？

2017年3月7日

邂逅那棵唐代的树

是在一个夏天早晨的某一时刻，我邂逅了那棵唐代的树。那是县作家协会组织的一次采风活动，当我们爬上南宫山南坡的古火山石风化后掘造而成的万亩梯田时，在通往更高处的一阶台地坡脊上，于万缕馨香的稻花腻白里，我们一群人和上苍孑遗的这棵大树相见了。

树就在桂花村通村水泥路一处爬坡拐弯处的坎上。树干粗大笔挺，树梢耸入云端，亭亭玉立，青苍巍然。树身有许多的枝杈伸展着，伸展成一把伞形的顶冠，遮罩住了半坡的荫翳。走近细瞅，树约四人围抱，树皮粗糙，暗深灰色，上有深深的纵裂，呈薄片状剥落，树叶条状，小而扁平。在树干约莫一人高处，挂着当地政府定制的黄色铜板的名木古树的保护牌子，一阅赫然知晓，树曰铁坚杉，树龄已一千二百年了。

世上难逢百岁人，林中自有千年树。一棵盘根错节的铁坚杉，早在一千二百年前就长在这里了，长成了一棵神树。我心头默想，这棵铁坚杉爆芽初生时，应是大唐时代。唐代大气广阔，唐人欢爱圆硕，连仕女乡姑都以丰乳肥身为美。难怪自唐代走来的这棵大树如此伟岸，如此坚实，它隐喻了大唐的风范，秉承了唐女的容颜。

铁坚杉长在梯田通往梯田的路旁，它的出现稍显突兀，如同天边的一个特写。它肥腴的枝条从久远的时空里伸展而来，新枝挟裹着旧叶，簇拥着悠长的岁月，在一个又一个甲子里沧桑地掠过。一个世纪过去了，一个又一个世纪成了历史，唐代的小树长成了如今的大树，它和云吻在了一起，它和山拥在了一起，在火山石遗淌成的山脊上，又梗起了一抹苍褐色的山脊。它安定地居住着，与山鸟为伴，与花木为邻，常看交替春秋，惯阅悲喜人事，矗立成了唐代先民捧送给今天岚皋乡人的纪念物，灿亮为岚河边的一株精灵。

一千二百年呵，漫长的生命历程！从唐代出发，走过了宋元，走过了明清，走到了今天。十二个世纪的生长是亘古悠长的，十二个世纪的生命也是孤寂冷寞的。我看着老树，看着身旁十多位从事文学创作的老乡们，悠然想到了寂寞这个词。绵长的寂寞成就了古树的伟岸，而我们的人生呢，也须寂寞啊，搞创作的人，更要甘得寂寞。寂寞能使思想深邃，能结荚挂果出丰硕饱满的收获，能孕衍出深刻非凡的作品。

铁坚杉是有缘走进桂花村的人在看过桂花情侣古树、千亩梯田之后，好奇心使然而前往礼朝的一景，三者融为一体，一同成了桂花村瞩目的标志，也成了岚河流域人们心神向往的雅致之地。

一朵朵浮云在老树的枝叶上端慢慢悠悠地飘过，一个深山里的小山村在大树下沧沧桑桑地展开。古树下不免怀古，登高处常易思远。铁坚杉是唐代就长有的，那时这里就有人居住吗？层层的梯田是何时凿掘的，开挖梯田的又是些什么人呢？站在古树下，望着大面坡的稻田，我在沉思，我在遐想。和这株古树一样，在遥远的昨天，在某一个清晨或者午后，一个人或者一家人，拖着疲倦迁徙的脚步，不声不响地走进了这面山坡，再悄悄地落下脚，将那须根，不屈不挠地扎进薄薄的土层。绊住他们脚步的，或许是山上的沃土，或许是沟边的溪水，或许是艳羡的一朵花，也或许就是这棵已经成形了的铁坚杉。他们在处女地里开掘，挖出第一锄土，再挖出第二锄土，他们开掘于这崇山峻岭，开掘于这莽莽丛林。他们将一块块的火山石搬走，他们将一截截的杂棘树根刨除，他们将周边的腐殖土一袋袋地掮入田中，他们将一道道的梯坎砌就夯实。他们修起一块又一块梯田，孕育下一阶又一阶新的生命，静静诞生，默默生长，正如掘凿它们的主人和不远处的铁坚杉。

古树周边散布着五六户农家。在一户农舍院外的藕田边上，我们碰上了一位老者。一个人活到七八十岁的年纪，那岁月刻下的印迹，那风霜磨砺过的身板，往那儿一伫，也像岩石上屹出的一棵老树。老人正在藕田埂上拔草，怕草疯长荒了田边的藕荷。铺着荷叶的水面上，一株株粉嫩的荷花嫣然盛开，引得一些蜻蜓在藕田里盘旋飞舞。一缕山风拂过，荷花微微摇曳。禁不住想起宋末词人蒋捷的那首《蝶恋花·风莲》词来："我爱荷花花最软。锦拶云挨，朵朵娇如颤。一阵微风来自远，红低欲蘸凉波浅。"

老人洗净手，邀我们进屋喝茶。老人的院落洁净清爽，儿女们在外工作，家里只有老两口守着一院老房。客厅正门墙上一方红纸黑字竖写着"肇自京兆堂上历代始太高曾祖考妣之位"，两侧书着一副对联"不欠债不缺粮自然富贵，晴种田雨读书何等安闲"。神龛两侧的对联引起了一群访客的喜好，攀谈之间，得知老人姓杜，和唐代诗人杜甫同出京兆堂一脉，杜氏祖先为避长江水患，清乾隆年间由湖北监利迁徙至此，在岚河边繁衍生息已两百多年，周边几个村的杜氏后裔已有几千人了。坡上有些梯田便出于杜氏先祖之手。我问有什么老物证吗？长者说有老家谱，在他一位家兄家收藏着的，平时很少拿出来，秘不示人！我们得知对联出自长者之手，都发出钦佩赞叹之声，长者却自谦道："笔力不逮，笔力不逮，见笑了。"

水有源，树有根，老人家的根蔓扯自唐代的京兆堂，溯流穷源到了杜甫，这是老人家的光荣，也是杜甫的欣慰。时下人多为燥热，他们知道父母的名字，知道爷爷奶奶的名字，再往上大都说不清了，更不知道自己的根在哪里，最可怜的是他们本不想知道自己的根在哪里。

铁坚杉生自唐代，铁坚杉和杜甫同龄，他们都做到了千古流芳。唐代杜甫一脉的后裔，在千年后又居住在唐代走来的古树身旁，这是一份冥冥之意吗？

人间杜姓本一家。他乡偶遇到本家人，自然话就随意得多。我问起附近还有铁坚杉同时代的伴吗？本家长者说："周边几百年的树有不少，但上千年的树却少得很，桂花村只有这一棵。"长者继续说道，"甭看铁坚杉岁数大了，但它身健体康，五脏六腑都好着呢，它那个架势还会再活几千年的，还会保佑庇护这一方山水一方人的。"我接过话头说："祝大杉树万寿无疆！"

秋冬过去又迎来了初春。远眺窗外，山上的山桃花又开放了。近日闲阅古籍，读到清代诗人姚治纪写古树的一首诗："古树何巍然，盘根不记年。攀空依日月，拔地壮山川。老杆潜龙护，高枝伴鹤眠。森然将军树，神异永流传。"目光触及诗句，心旌自然想到了千年铁坚杉。掩卷自忖，离别大杉树和本姓长者已有半年多了，何日有暇，想去看看他们了。

2017年3月15日

柏枝垭上一棵松

奇异的自然景观常常动人心扉——以它静穆的气息和挺拔的姿态。无数次地走过它的身旁，每次注视着它伟岸壮硕的身姿时，我时常会感动地这样想。

使我滋生这缕思绪的是柏枝垭上的一棵数百年古松。每次走近它，仰视它，都会为它寂然的面容与挺傲青天的气质所叹息。古松栖身在高峻的山垭口上，山垭上再屹立着笔挺的青松，山托着树，树衬着山，愈发显得山势更巍峨，树形更挺拔。物以稀为贵，树以罕为奇，往来的人都惊讶它的稀少和高寿，柏枝垭上多生柏树、栎树，而松树委实鲜见，又这么古老，又长在路的山垭口上。

柏枝垭是岚皋县城往返西部山区大道河流域的必经之地。其间先是乡间小径，再是官塘大道，后是柏油公路。如水时光里，路径几经变逝，山脊低凹处的柏枝垭却万变难舍，一直是人们逾越山梁的青睐处。

柏枝垭上有个传说了很多年的故事。相传，很久以前，有几个背盐的背二哥路过山垭在这里歇气，看见一对白色羽毛的鸡从古松树下钻出觅食。其中一位年轻背二哥心生贪念，追上去想抓住它们。他追得快，鸡跑得也快；他追得慢，鸡跑得也慢。追不上了，他便用手中的打杵子挥打，一打杵子过去，鸡没了踪影。等他四下张望时，两只鸡又出现在他几尺远的地方寻食，还咯咯叫个不停，像是有意挑衅那位背二哥。等他撵上去扑捉时，鸡像入了地缝似的又不见了。他回过头来，两只白鸡仍然在叫着，依然在吃食。年轻背二哥知道他遇到了神鸡，磕头便拜，乞求原谅，再不敢起贪心了。此后又有很多脚夫和过路人见到这种神异现象。口碑相传，山垭口松树下有一对白色仙家神鸡的故事便流传开来。于是，山垭口有了“白鸡垭”的名字。时间长了，人们讹误成了“柏枝垭”。

母亲的娘家在大道河口狮子头，每年总有几次到外婆、舅舅家去，虽然那时有迂绕逾越遇子坪的公路，但大多时候是路垮无车靠人行的。步行翻越柏枝垭小路比公路便捷三十里行程，紧赶慢赶，天黑前便能到达。小路出县城西去，溯平溪河上柏枝垭，翻上垭口后下山沿小镇河西行二十里，挽手大道河后一路下行，河与汉江交汇处的台地上，便是炊烟暖暖的外婆家。走的次数多了，路边的景致便融进了心里。

垭口上的古松树是路边最美丽的景色，走在一二十里外的平溪河口，抬眼便能看见旗杆似的大松树。树身所在的柏枝垭是城关镇、民主镇的自然分界岭。它是路标，它是里程碑，它是前行的歇脚处，它是自己一次次必须要踏在脚下的高山。望着垭口上的大松树，心里给自己念叨说，走吧，走上那大松树下，便再没了上坡路，人就轻松了，路程也就近乎一半了。在远处望大树，看见的是山上屹立着的树影。在半坡上看大树，突突兀兀的崖石挡住了直视的目光。爬上垭口气喘吁吁中站定双脚，便只看见的是大树了。这时也才记起了父亲说过的“山再高也没有脚背高”那句话。

第一次走近古松树似乎是在一个春节，那是我随家里人到外婆家去拜年。县城已是早春暖阳，但柏枝垭上仍是冰雪一片。雾凇包裹了山上的树木荆棘，铺陈扩展，玲珑剔透，在阳光下泛着银色的光，让人难辨其草木的本真。大松树硕壮、高挺，树身直直地朝天耸起，到了高处才向八方分散，长出枝杈来。枝冠已被白雪遮盖，只露出褐黑色的树身，半遮半掩，我伸手摸摸它的树干，觉得像铁铸的一般。我在想难怪树身这么结实，不然它咋有力气能抵御高山上的风吹雪压和雨打暴晒。枝条向四面放射性伸展，每根都伸得好长，看上去似“丁”字。树身紧邻处落满了厚厚的松针，软绵绵的像是个圆形的大蒲团，我们坐在黄褐色的松针上休息，那是宽厚的枝冠遮掩出没被冰雪侵占去的栖坐地。松针告诉我，我们背靠着的是一棵松树。那时刚读过陈毅的诗：“大雪压青松，青松挺且直。要知松高洁，待到雪化时。”心中技痒，坐在松树下，心里默念起了这首诗。

冰去雪化后的季节，我更多地亲近过这棵大松树。外婆的生日在农历六月，给外婆祝寿是少时的一份记忆。父母要照顾一家人的起居，给外婆祝寿是我和哥哥十分愿意承担的一项乐事。夏天的柏枝垭山花烂漫，青葱莽莽。没了雪凇的遮掩，我们看古松树更真切了。它那么苍翠，那么坚劲，高枝临风，茂盛碧绿，郁郁苍苍，娉娉婷婷。它的根有的扎进了厚土，更多地扎进了岩缝里。石缝里有养料吗？我不甚知道，但我臆测，松树根系能到达的石缝深处，一定会有充足的养分的。不然，古松咋这么长寿、这么壮实呢！

走进柏枝垭，便是走近大松树。我常常在大松树旁去，也常常在大松树旁来，就这样站在树的这一头或者树的另一头，望着高处的那棵松树。粗壮的松树有着直挺的腰身和浓密的发束，在白云飘拂的天空下，或阳光融融的天气里，这棵枝繁叶茂的古松树，遍身散发出芬芳的体香和温暖的情谊。我时常会这样充满感情地望着它，如同它也同样仁慈亲近地俯视着我。

遇子坪的公路通畅后，车辆代替了步行，有好多年没再踏上柏枝垭了。有时在平溪河畔办事，抬眼还会有意无意地远眺柏枝垭和山垭口上的这棵古松树。

白驹过隙间，柏枝垭上通了公路。修路的人心善智慧，崇山敬树，怀有一颗慈爱心，让路从垭口旁绕过，如初地给古树继往了一份守望，给过往行人保留下了一份记忆，让人们既轻松地走近古树，而又不至于太亲密地惊扰到它。

四个轮子爬上柏枝垭后，县城人到大道河方向改为了走柏枝垭。或走亲戚或下乡公干，往返古松树身旁的时候更多了。车行垭口，有时我会停下歇歇气，走近古松树去看望我年少时即结识的林中嘉木。

“日融融，草芊芊，黄莺求友啼林前。柳条袅袅拖金线，花蕊茸茸簇锦毡。”第一次乘车过往柏枝垭时，记得那是一个晚春的时节。疏远了古松树十多年，我着实有些想念它了。车到垭口，我就急迫地下车行至树旁。这个季节，那蓬勃的枝杈上，栖宿着喜鹊、黄莺、布谷、画眉、麻雀、山鸡、锦鸡几十种鸟儿，它们飞进飞出，谦逊恭顺，和平礼让，在属于自己的一方空间里，叽叽喳喳，迎迓歌唱。布谷鸟的叫声可谓最亮，“快黄快割，快黄快割”。最好听的是一种当地人叫媳妇鸟的叫声最为独特，它的叫声犹如村里婆子妈拖着长调，拐着弯儿，催叫着“媳妇儿担水去，媳妇儿担水去”。

常从柏枝垭上过，也常去看望老松树。不记得从何时起，有人在大松树旁建了座小庙。对拜佛礼庙知识没有过甚熟谙的我曾走近看了，终究没弄清小庙礼拜的是何方神仙。

也许乡人祭拜是有着仙风道骨的这棵古松树吧，也或许他们崇拜的是古树下凡人永远无法近身的上界白鸡吧！古树是自在生长的，人们敬山敬水，崇敬高于自己本体以外的意念，也是流动奔放的。

人们的生活总是向上提升的，就和柏枝垭上的那棵古松一样，不经意间在美好地向上擀着。前不久，连接柏枝垭山脊山前山后两地的公路隧洞贯通，车辆从柏枝垭山的肚子里疾驰而过，少了柏枝垭上冬天大雪封路难以畅行的烦恼。也许为了山顶上人家的出行，也许为了给过往行人一份眷恋，通往柏枝垭上的老路仍然保留了下来。

最近一次驱车过柏枝垭恰是乍暖还寒时节。是为了垭口登高望远，抑或是对古松树的那份念想，我舍近求远，又来到了柏枝垭上，又走近到了古松树下。古松，是数百年前的那一棵，在早春的季风里，仍然优美古典，洗练鲜妍。雪留恋北国，雨偏爱江南。岚皋地处南北交融之地，似在雪尾雨头之间。伫目古树时，忽感绵绵缕缕的春雨润上了脸颊。“斜风细雨不须归”，尽管我身未披绿蓑衣，头尚无青箬笠，在依忒多情的微微雨丝里，我仍站了好久，好久。

2017年3月29日

八百年的麻柳树

立春好几天了，地上的雪仍未消尽。脚蹚在残雪上，我在晓道河支流茶炭沟畔，和一棵八百余年的麻柳树相见了。

八百年的时光已让麻柳树凝固成了孤寂。早春的第一缕阳光柔软温婉地贴在古树上，氤着绛黄色的光。冬叶落尽，赤膊袒腹的老树在光亮下越发显得朴拙嶙峋、雄健遒劲。老树粗硕高挺，人在树下，犹树立于山下之和谐状。树身青铜般铸就，瘿瘤凸显，皮裂凹纵，枝柯扭结，泛着青灰色的哑光。树几近千年，时光流逝而执拗不衰，伫立在溪水潺潺的岸边，伸展着腰肢，轻舒着气息，娴静地察微着人间，经历了无数风雨摧折而淡定。八百个春秋，寥寥数言间沧海桑田，生命更迭时世事变迁，气象万千并蕴涵了人间冷暖。

与树的端详，总给人一种喜悦、一种安然。百样千姿、仪态万方的古树犹如好看的壮年男女，有着性情，有着质地，雍容而华美，诱惑的脚步走近，与之絮言，与之把手，恳挚眸眼，交付心事。在一次次走近，又一回回转身后，便有了一个个回首，一种种牵绊，但脚下的路不可驻，人面只能迎向前。

树下有一爿土墙泥瓦屋舍，主人在屋侧偏厦下低着头添着细火，烘炕着几簇新宰杀的年猪肉。火苗从炉膛里往上蹿着，裹挟着缕缕青烟，烟熏火燎，萦绕着火膛上方悬空的白中泛黄的块块腊肉，不时有肉质油脂滴下，噗噗地冒出青色火苗来，弥散着烟味。

听见有人搭话，主人将火苗拨熄，立起身来，拍拍手上的柴灰，回头望望火膛，才放心走出屋门来应我们的话。主人姓覃，周边几户都为同族，人称覃家院子。说祖先是乾隆年间从湖北孝感迁徙到此的，原有一个天井样式的老房子，后来家族人多了便分家四住，老房子也年久失修而垮塌了。房子没了，但覃家院子名字却留了下来，这茶炭沟一沟两岸没人不知晓的。

我们说起屋子旁的古树来。屋主人覃觉洪说，这树是晓道河方圆几十里最大的树，名气和这院子一样，也响亮得很呢。我说，树和人一样，年岁大了便有故事，你天天住在这儿，这树有些啥稀奇事，能给我们说说吗。主人搬来几把木椅，我们庹距而坐。覃觉洪说：“树大了古怪得很，树身上的东西没人敢动。覃家一位已经过世的爷辈的人，年轻时锯了麻柳树一根枝丫，解成板子扛到晓道街上卖了。回来没几天背上无缘由地长个大肿包，疼得哭娘喊老子，到处找郎中看都治不好。后来卖板子的钱花完了，身上的肿包自己又好了。自那以后没人敢爬这树了，团转四邻的人都知道这事。”

一圈人都有些称奇，啧啧声后有人探究再问还有啥新鲜事。主人答说：“树有些神，热天下雨沟里涨大水前，头天天擦黑时树根下面便提前有响动，那声音就像几个人抬重东西累得喘不过气的样子。那年七月十八日，这沟里发大水还淹死了人，头两天这树下就开始叫。只要这树下有声响，隔天这沟里便要下暴雨、跑大水，灵验得很。不过，水再大，从不冲这树，住在这树下，安全得很。”

我们在院子里谝着闲话，眼光巡视着周边景象。屋侧横着一泓荷塘，水清浅剔透，澈静无波，映着身下绿藻和柔柔的软泥。水底和水面上有萎缩似帽的荷叶，横斜铺陈的荷梗，一片颓势寂寥中，有几簇青荇羞怯怯地钻出水面，探露出雀舌般大小的绿芽。看到如此景况，念头里禁不住地冒出李商隐“留得枯荷听雨声”的诗，思绪中压不下地想起蒋捷的“明日枯荷包冷饭”的词来。残荷的文字里满溢着古人凄凉的语境，那是读过便难丢失的。

树旁的茶炭沟清冽冽地淌着，溪水里有群鸭子在游动嬉耍着。它们时而一梗颈项扑棱棱跳入水中洗濯着冷水浴，潜水、钻水、露出后背溜水，时而在河石上抻长脖子抬头，嘎嘎地叫着，不停地扇动着翅膀，露出蔷薇色的胸腹，轻轻地换位挪动着。有一只身形偏小的鸭子，蹒跚地爬着一块狭仄河石，掉下来再爬一次，熟稔而又倔强。卵石滩上一对鸭子绕着圈蹿跳奔走，粗着嗓门呷呷地哼着溪水似串串的歌，歌唱罢静了下来，依偎在一起，我猜想它俩正在恋爱，只是弄不清谁雄谁雌，谁在向谁献着殷勤。

“春江水暖鸭先知。”苏子在吟出这句至理名言后不久，这茶炭沟畔的麻柳树开始暴出幼芽。八百年的麻柳树伴着日子已经一天天泛黄，它的底片在这深山里闪闪发光，在冷寂中散发着葳蕤，在孤独里盎然着芳华。早春水的冷暖，鸭子是知道的，根柢深扎地下与溪水里的麻柳古树也是知道的。

2018年2月9日

龙安寨上一棵松

巴山深处的岚河岸边有座不知年岁的石头古寨——龙安寨，眸光展望到寨垒时，也会收拢于寨前山坡上兀自屹立的一棵古松树。目力探及处，那树似山峰，如城垛，黑黝洇着青色，荫翳簇拥弘毅，心中骤然生起一丝惊喜，一缕渴盼，一爿向往，向着它迈近，再迈近。

桃花夭夭，笑靥粲粲。一树树、一丛丛的山桃花粉白了上寨的路，氤氲在我们的襟袖间，也洇染到了松树下。

松树脚踏着山，支撑着身，矗立在一面斜坡上，枝干蓊郁，苍褐繁茂，如一顶撑开的黑布巨伞。树干硕粗生旺，腰身凸棱扭结，许是多年前狂风侵蚀，抑或是青春胴体时雷电袭击，或是某一时暴雪叠压，忖是树身分杈后又合为一体，如洗的时光，向上的倔犟，树身自我的修复，已让人难以知晓它曾历经过的劫楚，撕裂过的伤痛。树干凹陷有洞，褶褶皱皱，粗糙斑驳，如铠甲，似鳞片，布着苔绒，覆着藓被。树杈弯胳伸臂，拐折处常虬结瘿瘤，似剑柄戟把，枝杪再剑鞘似地挺起，昂立苍穹，仰视蓝天。树冠顶端上歪斜着根丫枝，也许是木秀于林，风必摧之的俚俗，有些折裂，有些残损，却仍保持着向上的姿势，扬起不低下的头颅，梢杪上的叶片色泽嫩绿，透出生命涅槃后的鲜亮。墨绿色的松针匝匝密密，披针形地有序列排，影影绰绰地遮蔽着母心不舍而仍未离去的成熟。椭圆形松塔，一枝枝、一簇簇地吮吻着初春的阳光。

过滤了一个冬季冷气后的太阳，给人清明的温柔，悄悄地、静静地抚慰在松树上，温暖在我的脸颊上，明亮在鹅黄的山野里。尔雅的阳光让人感触空中的树冠，也让人缓缓地愉悦起大树的脚下。树身斜扎在一面陡坡上，上方一爿台地上茶林铺派，新叶探头探脑，透着新奇。浓绿的茶丛里落着厚厚的松针，间杂着也许被松鼠舌齿寻噬过的松塔。树身下临峭然的山坡，蹑手蹑脚地下到坡下，回头看时，树愈挺拔，枝更凌然。山坡急仄局促，隐约可见着松树的根柢，时而攀爬现身，时而隐遁入土。裸露出的树根灰褐如铁，粗裂近乎头顶的枝干，虬曲苍劲，如龙蛇蜷地，似猪豚曲踞，样犬狗负重，貌猫鹰嘶鸣，虽匍匐于地，却凝结出了生命的坚毅。

我愕然树的伟岸，诧异根的伟力。大树无语，同行的林业部门朋友却说，这棵油松又名短叶松、短叶马尾松、红皮松，身高十八米，长在城里有六层楼高。树龄五百多年了，是岚皋县境内松树里年纪最长的一位高寿者。

五百多年了，那是从明朝走来的时光。它目睹过明朝那些事，看过清朝的长辫子乡邻在它身旁耕耘，见过民国的汉子在它近处寨垒里躲避过匪患，也常听时下的女子哼着茶歌采摘过鲜茶。

“来到茶山就唱茶，青龙山上发的芽。神龙皇帝尝百草，百草当中发现它。三月清明摘回家，取名就叫龙安茶。”树下的龙安寨上长满了茶树，一株株，一丛丛，相接了寨内寨外的沟沟壑壑，坎坎坡坡。不知当初是松树选择了茶树，或是茶树选择了松树，茶缸粗细的茶树知道，高枝临风的松树知道。

树生在寨上，人长在寨上。人并不过分究问树的岁龄，只享受树木与人、与房子相互依傍、自然共处的自在。他们喜悦树木一春又一春绽放的新叶，醉心于树木一茬又一茬地开花飘逸出的芳香，珍视树木一年又一年带来的荫凉，欢心树木上聚集起越来越多的鸟儿筑巢鸣唱。

寨上有座土屋旧庙名曰八角庙，我们虔心去拜。庙仄小，人冷寂，庙前院落却平旷，一对披满了苔须的石狮对望着守在庙前。布衣老尼古道热肠，乡音土语招呼我们落座啜茶。茶杯递在面前，杯里冒着热气，茶叶在水中浮动，飘着缕缕栗香，我们称谢捧过茶杯。老尼随手从院边茶垄上摭下几片嫩芽丢进杯里，杯中旋即腾起一丝新绿的清香。

呷着茶，我们赞叹这茶味似乎分外甜香。老尼说，这龙安寨上的茶曾给道光皇帝进过贡，也给慈禧太后老佛爷进过贡，她小时候还见过皇帝赏赐的横匾哩。见我们静心倾听，老尼继而言说，茶是寨上茶树上长的，这水是寨上四方井水里舀的，茶叶新鲜，井水清净，用四方井的水泡寨上的茶便格外味好。寨上有祖辈相袭传下来的“龙安寨的茶，四方井的水”的古话，说的便是这寨上人都知道的这个事。皇帝老爷只喝过这茶，却没喝过这水，你们今天比皇帝老爷有口福多了。我们听了都笑，她也笑了。抿了口茶，我问四方井在哪儿，老尼抬手一指。

老尼家在寨下，有家有子，却喜欢庙里的静谧。续着话，我问这庙是哪个年代有的。老尼答说她说不清楚，她只知道她是从盛家二姑娘死后，见庙里没人经管她才来的。我问盛家二姑娘是谁，说盛家二姑娘是寨下一大户人家的女儿，懂诗文，会山歌，排名老二，人称盛家二姑娘。年轻时嫁给了邻村念过私塾的刘家一个小伙子，排名刘老八，结婚不久丈夫被保长带人抓了壮丁，从此再无音信。丈夫走后，盛家二姑娘孤身一人在家，再后来便到这寨上庙里来了，一住几十年，一等几十年，最后死在了这庙里。我再问，老尼说盛家二姑娘死了二十多年了，死时八十五岁，她待寨上的人好，寨上人也对她好，她死后寨上人都来帮忙安葬，在这庙前院子里打了两晚上丧鼓，热热闹闹地把她送上了坡。老尼说完没再说话，我们也没说话，只有近旁茶树上的鸟叫声自我迎迓。好一阵后，我端起茶杯弱声又问，盛家二姑娘那被抓了壮丁的丈夫后来有消息吗？老尼摇了摇头，随之长长地扼声叹了口气。

下寨返程，涉过岚河，回眸仰望，午后的阳光迎住了我的目光。高高的龙安寨山岗上，那棵松树从地上擎出探向天际，顶天立地，把身躯剪影般地挺起，以它的坚守，耸起了一幅景致。眼光探寻，我看见了那座小庙，想起了盛家二姑娘的故事。她也以她的坚守，为寨上留下了一个凄美的传说。

2018年3月19日

老荫茶树

惊蛰时节的山野里有着满山的色彩，也有着意兴遄飞的味道。桃花红李花白，玉兰紫樱花粉，开得浓艳，也放得随意，摇曳生姿，铺满眼睛。空气里黏糊糊的，洇合着泥土、草木、雨水、阳光的气味，浓郁不开的却是树花正好的芬芳。

踅进岚河支流响水沟里爬行，我们去寻一群老荫茶树。带我们而来的，是当地为研究而探寻了多年的林业专家。当小车穿过山的褶皱爬过一个山坳时，同伴指着前方一爿野樱桃花与一群绿树掩映的农舍说："到了。"

印象中的茶树总与人胸相齐。当一群巍然屹立，粗似小圆桌的古树伫立眼前，同伴抬声相告："这就是我们要见的老荫茶树。"我怔怔地问："这是茶树吗？"

老荫茶树一排四棵，相拥在岚皋县南宫山镇双岭村五组一户农舍院坎边，三棵集簇，一棵稍显孤单，枝杈却交叉搂抱在一起。四棵老荫茶树粗细相近，许是同脉兄弟，抑或平辈姊妹。它们不似银杏笔挺，亦不像白杨端直，而随意弯腰曲颈，斜身伸脖，倚靠着说着族裔间的私房话，道着一家人的亲热语。它们每一株都高大、洁净，身姿勃发，蓊蓊郁郁，遮蔽着翘起的屋角，掩映着踮脚向上的绿竹林、粉樱桃。

一阵风吹过，空气里有缕缕山花的清香。沐着初春的阳光在山坡上恬静地看古树，着实是一件销魂的事。迎风招展的茶树树叶光洁、明亮，呈椭圆形，面绿背白，比一般茶叶厚大。常绿不凋的杪梢头上萌出鹅黄色的新芽，在风中喁喁言说着清明节前后人们的攫摭，期盼着与人的迎迓。茶树棵棵粗壮，初长独干，起身后分枝散叶，三头六臂，杈柯交错，树叶相叠，浓郁如云，自成树林，给一面山坡平添上了一峰深幽葱茏、劲秀如梦的绿荫。树干虬曲苍劲，枝柯扭结斜展，树洞深陷，洞里寄生着歪身的小树、缠爬的藤蔓。几处树杈、树洞透穿，雀鸟在林梢嬉戏，也从洞中跹步而过。树虽古却身无苔藓，黑皮蜕脱，白皮新显，陈去新替，黑白相缀，褪去冬装，着穿新裳，硬朗地转动着每年春季褪换树皮的轮回。树身细腻光滑、清爽洁净、意韵蕴蓄，忍不住地伸出手去摸摸，我感触到的是柔润滑腻、宁静清凉，有一种舒爽惬意的心绪徐徐地攀过手掌，缓缓地浸润进身体。

深山多老树，山古树方林。山里的大树多端着粗糙的面容，结着黑黑的皮肤，披着苔衣，那是在风霜里弥漫出的流年与刚毅。我试着读它们不同的肌肤，纵裂成条的、杂列如片的、缀结似鳞的、披被貌蓑的，黑褐色的、泥黄色的、绛紫色的、青铜色的，但岁已壮年，肤色却如此白皙，如此细腻的老荫茶树倒是稀少的。树木与树木，古树与古树，它们各自有着自己的性格，有着自己的身材，有着自己的气质，亦有着不同于其他树木的容貌。

老荫茶树，大山里的一群喜爱干净的女性树。我欢喜地贴近去静静地注视它的腰肢，或怜爱地退开去仰视端详它的发髻。它就像几位白肤洁净、丰韵涵容、清朗恬适、懂得人心的中年女子，温柔细腻，长着和善的面庞，挺着高爽的身体，让人醉心，让人痴恋。

同伴恰到好处地告诉我说，老荫茶树又叫老鹰茶树，意思是喜爱长在只有老鹰才能去的山岩上。老荫茶树属樟科木植物，常绿乔木，叶片和枝干均含有对人体有益的元素，《本草纲目》记载老荫茶“瞩目提神，生津润肺”，山里人喜欢摘来晒制后泡茶，消热解渴，清热败火，防暑化食。这四棵老荫茶树树龄都在五百年往上，为岚皋县境内最老的一群老荫茶树了。

人活百岁为神，树逾五百年为仙。走遍山水，尝遍了嘉木仙草，编纂了草木药典的李时珍，五百多年前他来过这群老荫茶树下，采撷过年少时老荫茶树的嫩叶吗？

树下土屋的主人在不远的坡地上栽育着红苕种，听见院边树下有人声响，他放下板锄回家开门，为我们提凳泡茶。跟在他身后的是条善睦的黄狗，先是蹲守在门前，继而扭动着走向老荫茶树下，偶尔伫步静立，不声不吭地望着远方。

阳光暖春，我们在院子里喝茶。院边竹竿上搭晒着十多床花花绿绿的棉被。主人姓李，六十多岁，家中只有一人。我问一人住着，咋晒这么多被子。李大哥说，他有一女两子都在外面城里成家工作了，春节回来住过，老伴已经去世，平时他一人在家。

老荫茶叶片厚实，汤色褐红，清香中略带一丝苦涩，幽幽地呷一口喝进肚里，舌齿间却有着不去的璞璞回甜。品着老荫茶，我们说起老荫茶树。李大哥说，他们老祖先是清末年间从汉江边流水店逃难迁徙到这里的，父辈们口口相传说先人们到这里时，这老荫茶树都已经很大了。先人们先是在茶树下搭了窝罩草棚住，后来才慢慢自己建了房。建房时场地下挖出好多石条和大砖，恰好是筑屋的好材料，就便砌进了墙脚下，后来才听说这屋基上很多年前曾住过户大户人家。这茶树长在这院子边，不挡道，不占地，不遮太阳，还年年供给人茶叶，大小差不多，还有些队形，估计是那大户人家住这里时栽的。我问，知道这大户人家姓啥吗？李大哥说没听说过。

端杯喝过口茶，李大哥想起什么似的说：“茶树下树洞里原来有块石碑，上面刻的还有字，我小时捣蛋，把石碑砸坏了。”我们随李大哥去看，靠边的老荫茶树根部临山坡下方有个能藏下幼童的凹洞，洞里暴着幼芽，光线灰暗，洞壁上镶嵌着个青花瓷碗，大半个碗体已长进树里，只露出少许的碗边，依稀还能看到碗边上的一朵兰草图案。李大哥指着洞底部说：“石碑不太大，原来就在里面，上下都长进了树里。我好几次才把它砸烂，那时候小，不懂事，现在想起来后悔得很。”我们问记得碑上面的字吗？答说那时还没上学，不认识呀。

梅兰竹菊，占尽了春夏秋冬，花木中的“四君子”蕴涵着人对时间秩序和生命意义的体悟，负载了对生存之道的真情。将兰草图案纹饰的青花瓷碗敬奉于树的会是怎样一个人呢？碗里盛着什么，这碗什么样的人用过，这碗和哪样的人舌唇亲热过，这碗又出自哪里？那石碑是怎样人所勒，为什么所刊，上面镌着怎样的文字，碑额镂着哪般的图饰？曾经住在这里的那大户人家有过围墙吗，有过“墙里秋千墙外道，墙外行人，墙里佳人笑”的语境吗？那大户人家木格窗棂下摊展过线装的《竹山词》吗，那纸糊的轩窗里飘逸过“流光容易把人抛，红了樱桃，绿了芭蕉”的吟诵声吗？

“古树欹斜临古道，枝不生花腹生草。行人不见树少时，树见行人几番老。”唐人的诗却说着今天的事。这个春天，我是老荫茶树下的匆匆过客。我不知道老荫茶树的过去，但我知道老荫茶树肯定是有故事的，它是知道它身旁所发生的故事的，尽管那是遥远的故事，与自己没有关联的故事。

人的世界，有了森森的古木，有了牵萦的故事，便就多了一份美好，少了一份寂寞。

2018年3月22日

太平寨下多古树

岚皋多古寨，古寨下又多古树。

古寨多喜幽居，总藏在群山的高处。太平寨躲在南宫山下的南宫山镇红日村四组的逶迤山脊上，刺棱棱地戳着个山尖，好像趴在身下山梁的背上。

去往太平寨顺南宫山集镇后的十里沟入山，拖着扭扭捏捏的撇折，拖着西一沟、东一坡的山坡和梯田，九曲十八弯后，水泥路没有了，我们来到了寨下。

春阳融身的我们并不是去寨上探古访幽的，寨下一坡几百年的古树群才是我们倾心的去处。尽管那寨上有着岁月仍未蹭去的长长寨墙，尽管那寨墙上有着流光未曾圮废的块块城垛。

古树群栖息在一爿石板小院坎下的山坡上。屋舍俨然，随坡就坎，东列西陈，随性惬意。攀起话题，知道院里五六户人家皆姓张，同出一脉，嘉庆元年从湖南长沙府安化县迁徙至此。静心默想，嘉庆元年至今两百二十多年了。两百年的事说得如此精确，有家谱佐证吗？张姓老人见我容言恳切，实无他念，有着农夫对春韭的喜爱，便回屋抱来泛黄的一本线装《张氏家乘》，翻过几页给我看。繁体竖排，木版刻印的文字证实了老人的话语。仔细看过张氏排行诗，诗词写道："英裔传合美，珂里步前修。第竣齐标甲，恩纶福泽悠。诗书承世业，孝友绍先猷。光裕来三锡，家声永作裘。"五言八句四十辈，文辞厚重，韵律规严，读来便知张氏先祖撰谱人的心旷高远。老人说他为"修"字辈，迁岚第九辈，他已有孙辈了。

谈及古树，老人说："劈柴要劈小头，问路要问老头。算你走对了庙门，这事我清楚，我带你们去看吧。"门前山脊凸起伸现，古树群分散栖息在一梁两坡上。早春的桃花风刚刚探及山林，沉睡在林梢的惊蛰节令顿然觉醒，树枝上暴出鼓朗朗的叶蕾，少女般的羞怯，豆蔌样地朝向光亮，似乎在一夜春风后将要羞答答地绽放。树林里通透空旷，深秋褪去的树叶还未轮转生出，林间恬静安适，放眼望去，绵长而深邃。树木虬斜遒劲，大多端直笔挺。树身有可一人伸臂抱合的，多的是两三人牵手围的。树皮有蓑衣披挂似的，多的是皱褶鳞栉的。夺人眼球的是一棵古木离开地面不久一分为二，但似乎不舍亲情，又搂抱在一起，扭转着向天空伸去，像极了村姑肩头粗硕的麻花长辫子。树林里没有钩心斗角的灌木和随意抢占地盘的荆棘，趴地而生的小草也显得谦卑恭让，是林木茂盛掩遮所致，抑或乡人斫槎修伐而成。草丛里落着层层叠叠的落叶，形状相异，色泽有别，无憔悴貌，没幽怨容，素朴而老成，淡定而沉静。几株古木上攀缘着同样古朴的藤蔓，叶片还未发芽，让人难以辨识品目，凌霄，紫藤，野葡萄？我们不得确知。树枝间盘桓着一群又一群的小鸟。一只鸟飞到哪都是树，两只鸟飞到哪都是家，一群群的鸟憩歇在哪里，便是鸟的部落了。

树与树之间不密也不太疏离，相互有着照顾，也留有私密的空间，把握着尺度，拿捏着分寸，在共同时空里，一起感受阳光，一起沐浴雨露。“五百年修得同船渡”，相守与相望，流转与流逝，唤起生命深处的某种隐秘联想和过往岁月的追思怀念。

老人熟稔林间的路，亦谙知林间的树。老人在前面走着，我们在后面跟着。老人抚着树说这是榔树，或触着树说这是橡子树，又或是把脸亲着树说这是粗糠子树，抑或望着一群树说这是三角枫树，抑或抬手指着棵老树说那是锥栗子树、油柿子树、野核桃树。老人说树上开哪样花，结什么果，长怎样的叶？花是哪种色，果为何种味，叶呈么子样？花散何种香，鸟喜哪树果，新叶早与迟？我问这林子里有多少棵老树，老人说有七种共四十棵。我问这树有多少年了，老人说听祖辈们口口相传说老祖先们最早来这住时这树就有了。祖先们把树当家人一样照看，舍不得卖，也舍不得砍树的枝条当柴烧，隔三岔五还进林子里砍灌伐刺，害怕荒了树。张氏先祖迁岚已有两百二十多年了，如此推算，这群古树也都是两百二十年以上的高龄了。

坐回到老人家小院里喝茶，明黄的阳光温暖着乍暖还寒的院落。水泥地面的院子中央扎眼地卧着两方布满了青苔的岩石，一方貌龟，一方似蛙。蛙石上凹着小坑，半坑春雨积水映着太阳的色彩斑斓，似贾平凹笔下的丑石，只不过不是陨石，只是南宫山亿年前火山喷发后的岩浆石，虽不稀奇，也属稀罕了。老人见我专注于卧石，释疑说："这石头是原来这就有的，下半截在地下，太大了挪不动它们。万物皆有灵，万物皆有缘，在我家院子里，便和我家有缘分，石头和树一样不说话，也都是条命哩。我平整院子硬化地面时也没动它们，想来它们比我们张家人早来这，叫花子住岩洞，有个先来后到么，就原封原样地留了下来。"

"石头和树一样不说话，也都是条命哩。"树上了年纪是仙，人上了年纪是神。神人说的话是神奇的，神奇的话透着节令一样硬朗的哲思。石头是有命的，树是有命的，在老人心里，是如此的；在老人的老先祖心里，也是如此的。

辞别老人时，我走到院边也向古树群作别。目光触及树林，古树睡在阳光里，幽静而壮美。

2018年3月27日

乱石沟边树成林

河流起步时多是默不作声的，乱石沟也是静寂寡喧的。河水无声，春花无声，炊烟无声，清丽着山村的晨空。

沟边的树也是无声的，犹唯干壮枝茂的老树，更是深沉缄口着。不知道这些树是什么时候以什么方式在这里生根发芽的，自此这便成了它们的家。老树集簇，一棵榔榆，三棵黄连木。一为单，二为双，三为众，众便为群。一树为木，二树为林，三树为森，四棵树便为森林了。

森林气象的古树突兀而起地立在沟边一弯山梁上。洇着黑沉沉肤色的树，粗糙着干，粗粝着枝，渗透着不畏风霜的闲适，充盈着时光的深邃。树的通身都是黑的，黑的色遮蔽了树的内心思绪，掩盖了些许外露的表情，显得更为内敛，更为持重。黑黝黝的古树没有笑容，没有言语，没有闪烁，却显得刚正坚定，峻厉苍劲。

四棵树虽都面目青黑，却分属两个族种，不密挤，也不疏离，数米或十多米地颔首致意，组成了不大不小的一片高耸于身旁榛棘的山林。林子里数百年的叶生叶坠，落红为泥，滋润的土地油黑发亮，沃土膏壤，孕育着草荆生旺，林木健硕。林中气息温软而浓郁，有着草木的芳香、落叶的湿气，有清风走过，有阳光拭过，散逸着森林里独有的况味。

人老受人尊敬，树老被人敬奉。四棵树里最大的是棵黄连木树，许是乡人惯称黄连木为药树，许是这棵树实在粗大得让人敬畏，枝杈上搭满了乡人朝觐的红绫。周边的乡邻尊称这树为“药王老爷”。求福挂红有着多种的私密缘由，有乞求仔猪好好吃食快点长大的，有奢盼着家人病痛快速远走的，有保佑自己出门打工平平安安的，有念叨着荫庇即将着手的生意保赚不赔的，更多的是拜老树为干老子的。天亮未明时，夫妻剪下小孩的头发塞藏进树洞里，领着孩子三叩九拜，喃喃低述着孩子的境况，乞求老树护佑孩子无病无灾，长大成人，像树一样长命百岁。

春分未到的山林里，被冬天的山风摇光了一身叶子的老树，树叶还未回绿，鲜见着色彩。老树下却有一树海棠早醒，嫣红着一树的繁花。两两相红，和着身披红绸的老树，在山林里灿亮着耀目的光。海棠未眠，给山坡平添了一分春色，一缕诗意。海棠牵动了人的眸光，也拽动了人的思绪。多年前苏仙在离别黄州的筵席上，一位自称李琪的歌女求他在她的披肩上题诗。他未见过她也未听说过她，酒酣中却拿笔旋即写出了“东坡四年黄州住，何事无言及李琪。却似西川杜工部，海棠虽好不吟诗”的轻灵自然之作。出神地用典，恰到好处地恭维，使李琪这一歌伎的芳名随诗长存了。海棠使歌女不朽，红布添老树仙道。无名变李琪有名，无声赋老树有声。

树旁乱石沟边有座小庙，半边嵌在崖石下，名曰财神庙。经幡微动下的庙门镌着一副禅联：“从善心安理得，勿恶自有平安。”庙门开敞，内无僧师也无香客。门首旁竖着块残碑，躬身细读，见碑额“福泽千秋”四字，知道了寺碑是块功德碑，勒于清嘉庆元年，捐款人的姓名及捐款数额有序匝列，只是惋惜碑首文字却漫漶不明了。两百多年的石碑能存留至今，实属大幸，应是小庙的镇庙之宝了。深山藏古寺，林旷坐老树。不知是古庙选择了古树，或是古树选择了古庙，也许风儿吹动树叶作响时，抑或香烛燃起香烟袅袅时，在空中，它们会悄悄私语的。

几爿白墙泥瓦的屋舍散落在古树群的近处。我们走进一户人家攀谈，知道了古树落脚的地方小地名为药树包，淌着一溪清水的乱石沟也作为了乱石沟村名。主人姓顾，刚从坡上茶园砍灌归家，为采摘春茶疏理着杂棘掩映的人行道。老顾提凳让我们在院里坐下，为我们端了茶，也自己啜着茶。谈起乱石沟地名，老顾说乱石沟发源于岚皋县和汉滨区交界的山梁上，十里长溪流进岚河，两岸树木成林，溪水清洁，夏天不发大水，冬天溪水长流，没有险滩，也没有乱石头，不知老祖先咋给起了这么个地名。名字虽不好听，听惯了也还响亮，“文化大革命”时期，“乱石沟村”改为了“东红村”。叫了几年，村里人说不习惯，闹叫着把村名又改了回来。

老顾见我身挎相机，手写笔记，望着我说：“家里有个难怅事，我家娃子去年考上了西安一所大学，读了半年，这学期不去了，闹着要出去打工，说读几年书也是打工仔，这学期开学两周了他还不去，我们家里人劝他不听。看样子你是个文化人，知道的事多，能不能请你帮忙劝劝他，我们农村人考个大学生实在有些不容易。”尽管素昧平生，尽管我知道我的口拙言笨，看着老顾真诚的眼睛，我应允说试试。老顾朝后屋喊了两声，屋里出来个茶树般清俊的大男孩。我试着和他搭话，先自我做了介绍，又说了他父亲的心愿，再问他的学校和专业。他抬头望望我并不答话，只是垂睫倾听。我说了多读几年书的好处，说了毕业后方能考取工作的道理，也说了家在农村供养学生读到大学的不易，最后说了身边几位奋发求学、学业有成的事例。口舌干燥时，我喝了口茶再探问他的话语，他仍然静静不言，抬起头看了看我，算是打了个招呼起身回屋去了。脚边盘着一只黄猫，抬身望了望我又望了望老顾，“喵喵”地叫了两声，又卧回到地上晒着太阳去了。

通村公路从古树群中穿过，辞别老顾时，我也辞别了古树。回望时，老顾家的房子在树枝掩映下投下斑驳的静谧的光影。我不知道我的话对那男孩有没有撼动，也许他明天会去大学的，也许他永远不会去大学了。

2018年4月4日

龙板营的银杏树

四月的巴山腹地岚皋县龙板营村山坡上，天空中飘飞着细小的花絮，还充溢着缠缠绵绵的花香。浓得黏稠的阳光里，一棵静静伫立的银杏树，以它老到的眼眸，迎接住了我探访的目光。

树雄浑铁干，遒劲凌厉，把自己送入了高高的天空。初长时一棵，离地一层屋高后婆娑为了一群，枝条舒展，浓荫铺排。

树形伟岸，枝干上弥漫的古老气息在阳光里四散，让低矮的人更为削小，让挺身的树越发挺拔。树身凛凛，一手掩在额前遮蔽着斜阳，一手支棱着牵萦着云朵。树下，立着几近相同姿势的我，一手搭在眉前仰望着大树，一手点数着繁密的枝杈。

树身粗硕，三四个山里人手拉手牵围，也许搂抱不严其腰肢。树干栗灰泛银，树皮皱褶纵裂，高冠临空的枝叶，筛下星星阳光，斑驳点点。

树立在万人寨山的半坡上。山上绿树沃野，绿荫蔽地。绿的像树叶一样的山泉，细的像树叶茎脉一样的泉水，从树林的苔藓里，从岩石的缝隙里，叶脉似的聚合，缓缓淌下。淌过老银杏树下，淌过银杏树下方的层层梯田，淌过山湾里的户户人家，再柔柔地淌进坡下的汉江支流大北河里。

树旁绵延着古雅的梯田，树下潺动着白色的溪水。树就心平气和地在沃土里扎根，天长日久地在地下吸纳着水气，长成了一棵古树，长进了岁月里。

梯田随坡就势，月牙状的，簸箕状的，柳叶状的，银杏树叶折扇状的，块块相连，片片相交，一层层从银杏树下，陈列到了河边。层层叠叠的梯田，横陈三四里，上下两三里，铺满了一大面山坡。爿爿毗连的梯田，实难数清多少块的，也难数清多少级的，就像那银杏树的树叶。

田里灌满了山泉里溢来的水。阳光下，蜿蜒的田坎勾勒出一帧帧的水面，倒映着飘然的云朵，也映照着屹然的银杏树，粼粼波光里，天地便合为一色了。青黛的远山，水色的梯田，错落的屋舍，健硕的银杏，扭捏的小溪，线谱般的田埂，洇染出一幅清雅的山水画卷。

银杏树旁有几户农家，有旧屋，也有新楼。老树下自然要看老屋，我走进一户人家。夯土的泥墙立面，厚实的木质门窗，青色的石板瓦覆盖屋顶，两头微翘的黑色扣瓦屋脊，廊柱酡红彩绘，檐梯石条端直，拙朴的姿容写意着土屋的经年。院里散弃着石碾、石缸、米碓、水槽、风车等旧式的器物。屋内白墙锃亮，地面水泥抹平。靠墙一侧的木桌上电视机正咿咿呀呀地唱着歌，围着电视机的是一老一少一对婆孙。老的不老，在理着下午饭的青菜；少的却少，在逗弄着身旁的一只小猫。电视机的画面在迭动着，婆孙两人却很少去看它。

老屋恬淡，屋里的人恬淡。村里的年轻人多离开土地走进了城镇务工，中年的、年老的村里人却舍不得生活了半辈子或大半辈子的山村，他们侍弄着年轻人留在家里的孩子，也莳弄着祖祖辈辈留下来的梯田。山陡坡峭的巴山里，能有一坡生长金黄稻谷的梯田从祖先们手中传下来，实属祖先们遗存的一份珍贵馈送。在自产自足、种粮保命的过去年代里，一坡肥沃的梯田，那是山里人心尖上的粮田呀。尽管现在很方便地能买上山外面的大米，村里人还喜欢吃着自己栽种的稻谷，经自家农家肥滋养的稻穗，在田里收割时便有了甜甜的香味，那是孩童时已嗅闻惯了的味道。

村里人都姓刘，全村两百多户七百多人，是一个家族，也是一个行政村。村里人见面了便以辈分相称，有白胡子老头尊稚气孩童为爷爷的，有银发老妪呼青年女子为姑姑的。族人排行敦严，取名规整，孩子落地出生时，族谱里传下来的字辈便排定了每个人在村里宗亲称谓的位序。

现代铁质的农机难以妥帖坡陡田小的梯田，山里人熟稔了山里人的耕作方式。屋子的男主人在院下月牙形的水田里漾动着一牛一犁。牛在前面吭哧地搅开水面，人在后面吆喝着弓腰跟进，连接牛和人的是两根紧绷的棕绳和一扶犁铧。牛和人之间，犁铧深深地耘翻，一垄垄的泥土一卷卷、一畦畦地翻身挪移，犁铧前撵走一沟浊水，铧沟后又涌进一沟清水。浊清相洇间，人和牛在拉动着“才了蚕桑将插田”的农事。

梯田一层层弯着，人和牛的响动声里，间或传来下方水田里几只白鹭的嬉戏声。白鹭走动着，似在觅啄着田螺。有只白鹭一只脚爪撑在水田里，另一只脚爪蜷缩在肚腹下，好似在思忖着该向何方去才可寻得一窝盛宴。那半空中的脚爪轻盈地半悬着，把一种闲恬系在半空里。

我喟叹于银杏树的苍老，向耕夫攀问起树的年岁。耕夫年约花甲，却有着身旁牛一样的身板。他勒紧左手的牛缰绳，牛便停在了犁沟里。他说银杏树是这山上最老的寿者，估摸着也有八九百年了，有恩于刘氏家族。听祖辈们代代口口相传，两百八十多年前清乾隆二年，他们老祖先一家三口从四川宣汉县柏树镇打柴坡逃难经过这里，见到了一片长满了灯草的荒野地，繁茂的青草中央便长着这棵已经很大了的银杏树。老祖先拨开草丛见到了肥膏的土地，便停下没有目的的脚步，依树为家，在这里垦荒植田了。白天劳作，夜晚为躲避蛇虫野兽的侵害，便睡在树杈间用木板、树条、葛藤搭建的木棚里。后来慢慢有了家业，人丁多了，胆子壮了，才在树旁边建了土房子住。老祖先最先来这里时没有地名，因一家老小住在树上木板房里，天长日久，便有了楼板营的地名，时间长了又演变下了龙板营的村名。

我抬眼望去，银杏树峙立，满树昌茂，聚敛着时光的影子，凝止着历史的温度。融融的阳光里，葳蕤的枝叶上有了光的质感，色暖亮丽，苍翠如玉。

几声白鹭的叫声亮亮地传入耳中。我扭头看去，一只白鹭振着翅膀，仰着脖子发出叫声，也许它找到了螺窝，呼唤着自己的伴侣来分享。稍远的几方水田里，不时地走动着或单或群的白鹭，它们时而伸脖引吭好音，时而振翅疾步水面，把惬意与恬适抛撒在暖春的田野上。

白鹭的下方还蹦跶着白鹭，梯田的下方还铺展着梯田。远远望去，那里有着农人掏沟平地挥锄舞动农事的倒影，还有着人牛共耕的身影。

我望了望鹭群，回头向刘大哥问道："楼板营咋变成了龙板营呢？"刘大哥随手抚弄了下身旁田边一棵开着花的冬茅草缓声地说："说起这改了的地名，还有个民间传说故事哩。相传我们老祖先到这里后的百把年吧，我们刘家有一位名叫翠花的姑娘在一个冬天发现了一条冻僵的小蛇，心地善良的她就脱下自己的棉袄把小蛇包在棉袄里，放在银杏树下一个避风树洞里取暖。第二年春天，小蛇活了过来，并找到姑娘想要报答她的救命之恩。姑娘表示她不需要什么报答，只希望家乡能够变得富足。小蛇听完后流出感动的泪水，便化身为一条巨龙，摆动尾巴，把荒山变成了良田。在巨龙离开后，翠花姑娘流下伤心的泪水，她的泪水像山泉一样，把巨龙摆尾开出的良田变成了水田。从此，这里便有了满山架岭的梯田。翠花姑娘喜欢身穿红衣服，她耕种过的水田里便长出了分外香甜的红香米。红香米，我们农村人叫胭脂米，因其颜色红、味道香，在清朝时一直被作为皇宫的贡品，慈禧太后最喜欢吃红香米呢。县老爷还在最大的一块田里栽了块石碑，碑上刻着‘皇田’二字，老百姓是不敢私自截留这红香米的。那块石碑前几年还在，这两年不见了。人们为了纪念翠花和这条好心的龙，因为谐音，便把楼板营改为了龙摆营。再后来，刘氏族人为了不忘迁陕始祖居树垦地的艰辛，两者兼而有之，又把龙摆营叫成了龙板营。”

一棵银杏树竟演绎着久远的地名故事，一棵银杏树竟载承着温馨的趣闻记忆，一棵银杏树竟有恩于一个家族的兴起。啧叹声里，我进而探问：“刘家人住到这里有多少代了？”老人踮了踮脚说：“田分丘族，人分房族。老祖先后来吃喝不愁了，也有眼光，便派人回老家续了宗谱。宗谱上说是从‘应’字辈到这里的，‘应心千仲可天子，万年宗支焕文章’，我为‘支’字辈，村里已经有‘章’字辈的小娃娃了，算起来到这落业有十四代了。”

黄牯牛“哞哞”地叫了两声。我抬头望它时，它回头晃动着生着一圈白净而浓密睫毛的漂亮眼眸，晶莹莹的，也正睦善地望着我。

晌午的春日阳光下，牛和白鹭暖暖的，梯田和银杏树暖暖的，刘大哥和他的话暖暖的。我抬头环顾四周，山野一片清丽，眼帘里溢满了明泽的光灿。

2018年6月6日

大北河边古树群

没有预兆地我会认识它们，连这群古树自己也不知道。

谷雨的前一天，我随朋友懵懵懂懂地撞进了巴山北坡岚皋县大北河上游岸边的一群古树林里。见到古树群以前我没走进过这里，似乎也没有听说过这阵容庞大的树木老部落。

古树或单列成行，或仨俩相聚，密匝匝地散布在官元镇二郎村百余米的大北河河岸上。树是野生的？抑或是哪个朝代哪位先人手植的？我猜不出，朋友看不出，住在树旁的老人也说不出。

树一律壮实着，粗硕着，枝干苔藓裹覆着，伫立着高挺的树干，弯曲着扭捏的枝柯。暖融融的春光里，是一棵棵树最动人的时节，不管树有多衰老，它们不再年轻的生命肢体上，都会经历一次绿色的芳华，都会绽放一脸青春的笑靥。

芽了枯，枯了芽，老树发着新叶，树林里弥漫着淡淡的芳菲。河床宽阔，卵石裸露，溪水缓缓地流淌。树伴着小河，河挽着树林，树的根钻进了河里，树的梢探进了河里。

我向上，河水向下。我从河的下游走进树林里。流水簌簌，鸟声呖呖。

我走近一棵棵树，我又走过一棵棵树，眼睛里映进了一棵棵树，心扉里镌录下了一棵棵树。树有十九棵，似首首珠玑的《古诗十九首》。晚年礼佛的母亲曾经说过，观音是喜欢“十九”这数字的。二月十九是观音生日，六月十九是观音出家之日，九月十九是观音成佛之日。树林以七叶树为首，又以七叶树为尾。林子里有油柿子树，更多的是朴树。七叶树山里人叫梭椤树，又因佛陀圆寂后其弟子在七叶树下聚会结集佛教经律论三藏荣列四大佛树，被尊为菩提树。一花一世界，一树一菩提。身置树林下，自觉佛光罩身，梵意融融，满树林便是佛地佛意，氤氲着佛家的隐逸之气了。

佛家是尊崇天然的，天然的树林里栖憩着众多自在的鸟儿，或茕飞，或群栖，黑幽幽一片。布谷、八哥、画眉、喜鹊、麻雀、水斑鸠、白头翁、白鹭、野鸡，更多的是我不曾认识也叫不上名字的鸟。我走进树林里，靠近它们，也许是我的脚步轻轻，也许是我的虔敬之心，它们并不在乎我，并不躲避我，直到近在咫尺，直到我看清了它们红色或花色的弱冠，直到清晰地知道了它们或黑色或灰色的眼睛，它们才齐刷刷地“竦竦”地飞起而为我让开路径，随之在我的身后，它们又陆续回到了刚才戏耍的杈枝。几只羽冠高耸、棕黄腹部、翅翼黑白斑纹、尾巴黑色的鸟儿抖着华丽的形体，不时地啄食着树的嫩芽。它们礼让我时，黑色的嘴唇里还衔着片碧嫩的树叶。

鸟儿在我的身旁叫着，叫声被浅绿的树林收走了，被近旁清清的河水带走了，被我的耳朵灌录匿藏了。布谷拖着尾调，喜鹊咂着高腔，麻雀“叽叽叽”的复沓，八哥叫着“哥哥哥”的声响。不知是树林里还是林边的河水里，断断续续地传出水斑鸠“居居居”的音调，那是《关雎》里的雎鸠鸟，那是从《诗经》里传来的悠长的啼鸣声。

树林边的大北河清清地流着，鸟儿翻飞在树林里，也盘旋在河面上。它们从水面上飞过，看水里自己的身影，也看水里树的倒影，还在河面上寻找探出头的小鱼、露出背的小虾。白鹭在河水里侧头寻望，白头翁在浅水边洗濯着羽毛，画眉在沙滩上晾晒着翅膀，野鸡在河石上欣赏着自己的花长尾巴。

河岸边岩石上密布着方形、圆形的石头孔，这是古代当地人为了利用水力外运木材开凿的水闸桩孔遗存。古人利用木桩及木板将河水拦截，缩小河水落差，进行伐木放运，节约人力运输，减少木材损失，为岚皋现存不多的几处运木水闸遗址之一。这些支撑久远辉煌，历经时代变迁的水运工程，随着它主人的逝去和运输方式的嬗变，终禁不住时间的剥蚀，丝丝缕缕消殒去了生命的纤维，静止给了一个地方历史文物和文化流变的见证实物。

这是一处耗尽了众多工匠艺人心血乃至不再复现的水上建筑，这是一处不可忽略的地方历史文化符号，这是巴山人挥之不去的过去的记忆。我们永远不会知道这一处水上工程出自哪一位大师的精妙之想，我们也永远不会知晓这凿石夯木的民间工匠的姓名和身世了。身处河岸，目力巡视，当历史的尘埃落定之后，置身其中的人，便会持上许多怀旧的心态，敬上人心的一份敬重和畏惧。

河边岩石上的石孔里盛着前几天的春雨，有鸟儿对着水潭观看着自己的妆容。它的头顶着小巧的一对角，羽毛夹杂着几缕白色，时而独立，时而走动，安安静静的。它的样子美丽而娴雅，我看见它的时候它也看见了我，我叫不上它的名字，也不知晓它的秘密。它不认识我这个闯入者，转过身来陌生地望着我，我便悄悄地走开了。

树林旁散住着几户人家。院子名曰桂家院子，却住着百多年前从巴山南坡城口县迁来的汤姓人家，土著的桂姓人户不知何年去了哪儿，只留下了个口口袭传下的古老地名。我说树林里的鸟多，汤姓老人说这大北河本就是只鸟变的，鸟咋会不多呢！我问河咋是鸟变的呢？老人说这是个传说故事哩。清嘉庆年间，川、陕地区的白莲教声势浩大，震动了朝廷，嘉庆皇帝派身边大臣杨遇春带兵镇压起义。杨遇春迷信风水，一日他带兵经过官元镇“庙坪”，看见一座山气势雄伟，波浪起伏，连绵不断，并与大巴山山脉相连，便认为该地地脉地气隐庇着白莲教军气势，保佑着白莲教义军。于是，他征集大量青壮人力，扛上钢钎铁锤，日夜不停地挖这座山。快将“龙头”挖断时，地下露出一个山洞，一对大小有别的白鹤从里面飞出，并化成了两条河流，人们便分别取名为大白鹤、小白鹤。时间长了，又因为谐音，后来人们便将这两条河称为了大北河、小北河。杨遇春因为破了白莲教的地脉，白莲教后来便衰败下去了。

大白鹤变成了大北河。面对古树林，我探寻着鸟儿，哪只鸟是白鹤呢！在我眼里，它们都是一样的鸟儿，也许在鸟儿们的眼里看我们人类，我们也是没有差异的人儿。

季节里，天开始变暖，头顶的树林里叶芽一片片地萌蘖生长，昂然着又一个春天。我和我的朋友身倚古树，临河而立，久久凝望，树梢里不时地传来婉转而绵长的鸟鸣声。

2018年6月7日

葵花寨下红豆杉

一层一层的山峦波浪一般延伸到远方。清明时节的风缓缓地拂过山褶，空气里沾满了浓浓的草木气息。

没有预期，只有着隐约在内心某处的感情使然，我到巴山深处葵花寨下逢晤一群红豆杉。

红豆杉长在寨下邻溪的一面石崖上，一棵棵，一丛丛，蔓延过了两道山湾。红豆杉从远处看像松树，树形有些经年，有些挺拔，有些气宇轩昂，它那主干上分出许多有力的丫枝，仿佛臂膀似的将密密的枝叶撑开，一棵树便是一蓬屹立的绿。走近瞅看，树林里枝干虬接，枝杈相连，大树旁生小树，小树长在老树根上，让人分不清哪棵树是祖母，哪棵树是女儿，更让人难以辨清单株树的数目。细细揣看，透过陈旧的青苔，能看出粗糙的外皮和橘红色的树材。摩挲树叶，它没有松树那样尖，扁扁的叶片极轻，形如雀舌，左右分列，均匀对称，叶茎微弯，形如镰刀，边缘稍稍有些反曲，叶尖有些扎手。走近树旁，便嗅到了树丛里散发出的一缕缕淡淡清香。

贴近着树叶，享受着芬芳。同伴说红豆杉也称紫杉，又叫健康树，是第四纪冰川遗留下来的古老树种，在地球上已有两百五十万年的历史，被称为植物界的大熊猫，枝、叶、皮、根可提取昂贵的抗癌药物紫杉醇，属国家一级保护珍稀常绿乔木。树身上分泌出的生物碱气体，能起到防癌治癌、净化空气、疗养保健、驱除蚊虫的功效。这片红豆杉是县内极其珍贵的古红豆杉群。

树生幽谷，长于深闺，天籁长久，春秋如流。红豆杉栖身在险峻的崖壁上，有些长在狭窄的石缝里，每一棵都长得何其艰难，每一棵都已在这世上度过了风霜数百年。它们以一棵棵静默的姿态屹立，它们以一位位肃穆的智者形象示人，让我在凝眸的对视中，神思清明，遐想渺渺。

树林旁不远便是名气颇大的葵花寨。寨不甚高大，却极陡峭；寨顶不甚宽阔，却寨墙高垒；寨处僻隅，却存活在了清史及岚皋方志里；典籍里的人逝去了，她们的故事却留了下来。

寨上发生的事过去两百多年了，很少被现在人所提及。清嘉庆元年冬月的一天夜里，自幼在岚皋麦溪沟长大的白莲教农民起义军女首领齐二寡妇，亲率九百义军火攻葵花寨，想打通通往四川的咽喉之道。守寨的两千清军除大将杨遇春率三十余亲兵逃命外，悉数被歼，创下了白莲教义军以少胜多、以劳胜逸的战例。从此，齐二寡妇威名远震，步入了清朝农民起义战争史册里。齐二寡妇本名王三凤，因丈夫齐二郎战死后被义军推举为首领，人称齐二寡妇。清朝《机近志》第十一卷《记齐王氏》记到："蜀中妖妇齐王氏，军中称为齐二寡妇，姿容绝艳，而骁勇特甚，兼善幻术。"并以小传记述了齐二寡妇的传奇故事。清人周凯在《内自讼斋文钞》书中也以《纪邪匪齐二寡妇之乱》为卷，反转地记叙了齐二寡妇抗清的事迹。

背倚古寨，前临古树，一溜儿一溜儿的山风吹到脸颊上，柔软而清爽，植物的香气浸润着人的鼻腔和衣襟。年近八十的雷顺久老人坐在石雕木刻的老房子门前，向我们展示着在寨顶捡到的几枚小皮球般的球形铁质炮弹，手指着屋后的葵花寨，讲述着寨上发生过的事情。身旁几截粗大原木凿空做成的蜂箱里，飞进飞出着"嗡嗡"的蜜蜂。

一个从时光深处走来的老人，回溯着脚下这片土地上曾经承载并消逝了的人与往事。白莲教义军及女中豪杰齐二寡妇模糊在了历史烟云中，她们的事却仍在大地上一辈辈地口口相传。我们倾心地听着，不时探问着细节。时间别异，地点相迭，今天的人复沓在古人的脚印上，坐在故事的发生地，说着昔日的事，以讲述传奇的方式，穿越着时空，贯联起了古今，把后人的赞叹与称奇，都付笑谈中。

清代典籍《杌近志》载，齐二寡妇“姿容绝艳，而骁勇特甚”。短短的文字让我们得知岚皋大山里走出的这位女将面容姣好，骁勇善战。从这段不长的记叙衍生，我们可以附加给她众多的想象：天姿聪慧，异常果敢；肩披铠甲，手提快刀；轻骑白马，驰骋疆场；身裹短褂，夜袭寨堡；体瘦修长，飒爽挺立；暖言融融，笑意盈盈……

壮硕的红豆杉林茂盛在齐二寡妇曾经跋涉攀爬的溪岸和山崖上。翠绿的树林也许掩藏过她的身影，晶莹的红豆也许映衬过她靓丽的脸庞，弯曲的树叶也许挂扯过她的征衣，别枝的树梢也许叩听过她的呐喊。

红豆杉一如既往地长着，它结出的果依然晶红，亮着彩，耀着灿烂的光。红豆杉天长地久地长着，它生出的叶和当年的很像，泛着青，披着绿色的衣衫。

2018年6月9日

初识粗榧

稀罕的树木常常栖身在隐秘的地方。

于巴山北坡一方悬崖前，在同伴的指点下，我认识了一棵刚刚闻得姓氏的粗榧树。许是我的寡闻，许是树的少有，身置岚皋县小漳河与杨岗河交汇处的这方山崖前翘首望树的某一刻，我不曾知晓植物苑里的这一物种。

同伴说，粗榧属于第三纪孑遗生物，我国独有树种，和红豆杉同科，果实为橄榄形坚果，营养价值极高，树身含有抗癌生物脂碱，为国家级珍稀保护树种。

粗榧茕然孑立，虬斜独耸在小河上方的山崖上。站在河边小径上仰望，树身摩天接云，树冠剪影状婆娑，在树木丛生的崖壁上，阔绰出魁梧的身姿。四月的阳光里，万木向荣，欣欣的新色衬托着常青乔木的粗榧，浅绿里独屹出墨绿，色浓而沾眼，深沉而厚重。

树下河边对岸凸出的石岩下隐着座小庙，庙不甚旧，却窄狭，红色琉璃盖顶，凹进的崖下矮屋里敬奉着座瓷质的观音坐佛，近旁树木、崖石上系满了红绸，无人无幡无香火，立着的石碑上镌镂着“观音庙”及捐款人的姓氏。青苔遮蔽了石碑下方的落款，不能知道建庙人的姓名和年月，但从规制上能猜度出建庙时日并不远。崖顶上有水珠渗出滴落在庙下溪潭里，不急又不缓，清脆而幽响，似珍珠落盘，像鸟叫出林。

觅得蛇形路径上山，荆棘塞途、野花招展中我们躬行到粗榧仄身的山崖上。树斜生在突出的山崖前倾处，人可近看却难以近身，因此看不清树根扎向了哪里。山崖凌空，树根的落脚处在哪个石缝里呢？粗榧的生命力无孔不入，在岩石的深处暗暗生出着多少的新须来。顽强地活着是最美好的事情呀！

陡峭的山崖远离尘嚣，心无杂念，人烟缥缈，却亘古不离地厮守着独居幽篁里的粗榧。树枝繁多，柯叶四伸，有几枝递送在了眼前。树叶羽状，两列对排，茎柄明显有白色气孔带，梗部有苞片，叶尖微弯，像极了红豆杉叶，却少了红豆杉叶的秀气与细腻，多了份岩石般的粗糙与旷野。拈指轻弄，叶尖微凸，似麦芒刺手，知道了树叶也会让人疼痛的。

生命的个体里，都是要繁衍生息的。树叶深绿，树身深绿，条状的、绒状的苔藓披挂缀裹在枝干上，让人难以辨识出树皮的本色，像是吞云吐雾、啜花饮露修炼数百年的绿衣神仙。仔细看，那深绿青苔里还在有心无心地随意涂抹间杂上了一缕缕葱绿、灰绿、烟蓝、茶渍或橘红色，这青苔的家族里，也许和人类、树类一样，也有着代代爷孙、生老病死吧！不知这青苔多少年了，更不知这受青苔青睐的粗榧树多少年了？

伸展的树枝上踱着只老成持重的胖胖锦鸡，尾巴长长的，蔷薇色的底色上缀着绛色的红。它走几步停下来，然后轻盈袅娜地跳到旁边的一枝枝杈上，缓缓地转动着金黄色的脑袋，向着树的更高处张望。对于人类的探视，它和它栖身的粗榧树一样，不惊不咂、不怨不喜，有着恬适的安然。

崖后山坳里躺着几间石板为瓦的土屋，一位老人在院边侍弄着几截圆木凿空而成的蜂箱。院下大片的芍药地正绽着白色、褐红的花，蜜蜂在翩翩地绕着飞着，嗡嗡作响地闹着。

老者谭姓，年虽八十却和屋前不太远的粗榧树一样硬朗。说起粗榧树，老人说粗榧的果子好吃，人喜欢，果子狸也喜欢。年轻时秋天粗榧果子黄熟时，晚上天黑前他常到树下去下尼龙绳套，天亮后去收套，每个秋天都能套到几只肥嘟嘟的果子狸呢。后来年纪大了爬不上那山崖了，果子狸也受国家保护了，再没有这口福了。我问果子狸啥味道，老人眉眼笑着说："听过山里这句老话吗？'天上的龙肉，地上的狸肉。’这可是人间的两绝美味呀！”果子狸见过没吃过，龙听说过谁也没见过。把果子狸和缥缈若无的龙相串在一起，山里人真有着旷若天际的想象呀！

我问知道粗榧树有多大年龄了？老人说他当小娃时见到树就有这么大了，好像他长树再没长过。听老辈人说老先人从湖南省宝庆府怀化县躲避战乱到这里安家落住时，这树都有水缸样粗了。我问知道老祖先哪年搬到这里的，老人想了会儿，挥了挥和粗榧树枝样骨感的手掌，指着屋后更高处的山坡说：“山上有迁陕老祖先的墓，墓碑上字迹模模糊糊，但看得出老先人辈分是‘宗’字辈。我们谭家排行诗我记得，‘朝宗关世代，万少可佳兴。仁能忠友德，孝顺显周清……，’我为‘德’字辈，我下面有三辈，从‘宗’字辈到现在已经有十七代了，按二十年一代算，大概三百多年了。可惜没家谱了，具体年代弄不清了。”

粗榧树没有因孤单而显得孤独，它以独立的姿态活出了自己的风采，又以经年的屹立羁绊着这片大山。

树木有着各自的秉性，有着各自的嗜好。柳树喜着水边，红豆爱着屋前，银杏曜金旷野，粗榧根扎山崖。水映细柳妩媚，院衬红豆清丽，地耀银杏绚烂，崖生粗榧峻峭。

绕路下山，林间小径又弯到了粗榧树下山崖，抬头又看见了高高的粗榧。那只漂亮的锦鸡，此刻不知还在树上吗？

2018年6月23日

金珠店的老药树

我无从记起看到过这药树的次数了。

药树突兀、高大，生在岚皋县佐龙镇镇政府院子旁边。进出镇政府大院，便会要从树下的斜坡上必过的。县上工作三十来年，无数件牵绊这院里的公务要在这里消解，先是区公所，后为镇政府，出入这院落的次数实难弄得清了。进一次院子便会看到一次药树，出一次院子也会看到一次药树，看到药树的次数自然要比进镇政府的多了。

药树立身处名为金珠店，为小地名，为小集镇，亦为镇政府所在地的村名。这硬朗挺拔的药树便把自己长成了这金珠店的一景，长成了金珠店一个耸立的感叹号。

药树本名为黄连木树，因树叶、树皮常被乡人拿去入土方入药治病，当地人怜爱称为药树。

药树无叶，近看却有着芽。纵裂的树皮被早春的风吹开，深藏的蓓芽躲在乍寒的枝梗之间。季节转换间，旧叶褪尽新叶刚刚萌生，枝柯光秃的树干透着几分苍凉几分苍劲，显着几分生气几分勃发。

苍树云平，天波澹荡，树下有淡淡阳光，流黄锦地。

再一次的我来看药树。邀约我的是位林业行家，专为药树而至。

树干约两三人合围，树身端直，在高处分枝散杈，像半撑开的巨伞。树身黑褐泛灰似铁似青铜，树皮斑驳如鳞如铠甲。树根离地面处生着几片耳朵形的灵芝，是树对大地的聆听，也或许是树对主人的回馈。

树生在佐龙镇镇政府院子旁边一户人家屋侧，或许这户人家便为树的主人。屋门紧锁，院舍无人，不知主人姓氏，不知主人年纪，也不知主人模样。主人是到女儿家串门去了，或是到儿子家帮带孙儿去了，是到邻居家谝闲喝茶去了，或是串门走亲戚去了，也或许到镇上买菜，也或许是陪老伴外出锻炼身体去了。

水面平稳，水下流急。地面无根，地下根生。树大根粗，地面上见不到根，却处处隐现着根的影子，水泥铺展的院子里，一处处的拱起，一条条地凸裂，连那砖砌的一层房子，墙体上也上下斜撑开手指宽的两条缝隙。水滴石穿，根凿地裂，在日日萌动、生生不息的绿色生命里，砖也、水泥也，都是软弱乏力、难以抵御的。红砖墙，泥瓦顶，铁样门，铝质窗，从房的形制上看，这房建得不短也不长，估摸应有二三十年吧。当年建房的屋主人，实难猜忖得出几十年后这树根咬石嚼岩的洪荒伟力对他当初心智的摧残，对他选择屋址后发起的挑战。自然之物不止于自然，人心之物不止于人心。这房在这立着，这树在这长着，屋没有命，树有着脉，几十年后，这屋这树会是个什么样子呢？

老树肯定比树下的屋老，也许有几百年的年龄了吧。树先生，屋后建，树无法选择屋，屋却可以选择树。树有根却不能走，人有根却可以动。当初邻树建屋时，如再离树稍远些就更好了，既可观树听鸟鸣，又不致树根地下伤了屋，这如同人群中人与人的距离，太远难免模糊而冷淡，太近嫌怨或宿恨就来了。人生如尺，有度宜好；感情如面，界内自安。保持一定的间隙，便是最美的距离。

老树下或许有着老的物件，我们在树周探寻着。院前高坎，院侧斜坡，我们爬上屋后山坡。药树正在生叶，坡上李子树却已绽放出了白兮兮的碎花，花簇上有嗡嗡的蜜蜂。有花无叶的李子树丛里，藏着座石质的古墓，碑石凹进，碑帽翘首，坟冢上上一季黄的杂草里冒出了青的嫩苗，间糅着绵软且柔和的绿苔，清莹莹的。

经年的风吹雨淋，已使碑文有些许漫漶，依稀看出墓碑勒于清光绪年间，却看不出具体年月，模糊的文字表明，墓的主人为张敦起。张敦起？是清末岚皋名人张敦起吗？是因人旺、财旺、德旺而得外号“张三旺”的张敦起吗？我仔细瞅看着碑文，残存的文字印证了我的判断。

在家读过地方史料，知道“张三旺”的传奇，也知道了“张三旺”命案被誉为清末地方三大奇案之一。故事睽异，读过后便记住了。

清咸丰初年，湖南双峰县人张敦起只身迁徙来到岚皋县的前身砖坪厅佐龙乱石沟定居。初来时住窝罩棚，除卖工度日外，每年秋冬时节拣苞谷糊口。年复一年，积苞谷数石，酿酒销往兴安。酒味上乘，饮者交口称赞。一次，至兴安途中，脚夫用麦秆汲酒，害怕短秤，又掺入凉水。不料头曲酒兑凉水，反成了堆花酒，十分走俏，一时名扬四方，以至连他家宅旁的井水也变成好酒，门庭若市，生意兴隆。

乱石沟顾家庄有位顾团总，见他为人善和，又是治家好手，便以数十石税课做嫁妆，将爱女许配为妻。从此，张敦起有岳父做靠山，又有贤妻为内助，他同妻子和三个儿子开烧坊，办纸厂，建油坊，兴硝窖，烧石灰，置商铺，设货栈，收山货放木排销往湖北老河口，购回日常百货回砖坪，家境越来越富裕，生意愈做愈红火，日积月累成巨富。他广置田地，先后在岚河下游、晓道河流域、紫阳洞河、安康岚河口购置田产，到清光绪中期，吃租达三千余石，成为砖坪首富和兴安府首屈一指的土地大户。他虽家财万贯，却布衣淡食，心地善良，乐于助人，借贷者借之，寒者衣之，饥者食之，修路、架桥、办学，深得民心，因人旺、财旺、德旺，被人称为“张三旺”。

金珠店本无名，为砖坪厅至兴安府沿岚河而行的一处小山包。“张三旺”依路筑屋开店，售百货，售副食，也售金银珠宝首饰。时间长了，便有了金珠店的地名。

清光绪七年正月，张敦起在晓道河铺的芝家坝历时六年挖沙填石，建造起一栋占地二十余亩、四进两合天井的砖瓦房和万石仓库的庄园一座。庄园落成上梁这天，张敦起备酒席一桌，二两银的红包两个，对木工工头雷木匠说：“你们父子辛苦了，我略备酒菜，酬劳上梁之功。但你我都是练过拳术的，先比武后吃酒。你若赢了再加两个红包；输了这两个红包下次再给，并罚酒三杯。”雷木匠应许。他们对打二三十招不分胜负。雷木匠后退时，不幸被一根木块绊倒。张顺势骑在雷身上双手卡住脖子，雷动弹不得。雷木匠之子以为父被卡死了，顺手用斧头向张的后颈砍去，由于用力过猛，把头削掉半边，于是惹出了一场命案。

雷氏父子惊惶万状，向乡约、保长投案自首：失手砍死“张三旺”。乡约派人将他父子押进砖坪厅城报案。通判铁似亭见雷家父子不像故意杀人的凶手，问明原因是误杀，按律一命抵一命。雷氏父子各愿抵命。铁通判见雷子年轻，雷父六十有余，批判以父抵命。

雷子坚不肯服。铁通判见他父子争名抵命，让他们先回家，由家族确定一人抵命。谁知三天后父子都来请死，只得收押，并暗派差人到兴安府刑名师爷问计。师爷说：“误杀可不论抵，自首更可从轻。”正在开脱之际，不料横生枝节。

雷木匠是佐龙沟举人谢仁居的外甥。谢仁居见雷家父子被关押必有一死，但悉通判仁慈，不欲判死抵命，便心生一计，用软匾白布黑字写了一幅“除暴安良”斗大四个字的匾，招摇过市，一直送到“张三旺”灵堂，想从侧面帮助雷木匠父子免去死罪。“张三旺”儿子张忠元、张忠乾、张忠坤及其侄男侄女正在披麻戴孝，痛哭不已，忽见此大字软匾，悲愤莫名，便向讼师潘大曰请教。

潘大曰，砖坪厅晓道河铺人，落第秀才，计谋多端，善于词讼，人称潘讼棍。他见张氏兄弟问计，便道：“尊大人死于非命，铁通判有意包庇凶手，谢举人又在背后使了手脚。如要凶手抵命，必须告倒谢举人。谢举人与尊大人平日意气不投，小雷敢用斧砍死尊大人，焉不知是谢举人主使？他今送匾正是不打自招。现只有告倒主谋谢举人，才能出此匾之怨气。”

谢氏家族清乾隆初年从福建武平县迁砖坪及岚河口一带居住，族中先后出进士三人、举人七人，有多人在外出仕为官，为砖坪、安康两县厅的名门望族。谢氏家族有权有势，谢仁居又是举人，如何告倒他？潘讼棍叫张氏兄弟先送铁通判纹银一千两，后门打点，然后由他进厅城替张氏兄弟打官司。铁通判见钱眼开，当即准状，传谢举人进厅署面质。

本为张、雷两家之间的官司转移为了张、谢两家。从事发的清光绪七年至光绪十年三年间，两家你诉我讼，我诉你讼，相向搏击，由两家蔓及两族。张家财多，谢家势大，互不相让，砖坪厅通判、兴安府知府乘机发财，频繁翻案，吃了原告吃被告，贿银马驮船载，巧入私囷。最终谢家诉至兰州陕甘总督府，判定雷家儿子获刑五年，张家饮恨息讼，成为清末地方影响颇大的一桩奇案。

看古树无意间走近古墓，懵懂中忆记起远去的古案。

身处墓前俯看，佐龙集镇街区四达，楼房林立，人影攘攘，车驰趋行。

这残立的碑，暗示着这山边生存过一拨又一拨人。生者与逝者混居，今人从古人走来。

我忽发奇想，“张三旺”有后裔吗？如有现栖居何方？我想起一位老家出自晓道现居县城的张姓友人，他知道如是的答案吗？微信问起，片刻答至：他便是“张三旺”的第六代后裔！多年交识的朋友竟是名人之后，异之，惊之，又巧之！

随之有拍自《张氏族谱》中“敦起公传略”文字照片传来：敦起公原名杞，字隽裁，清道光九年己丑年十一月十六日生，清光绪七年辛巳正月十九日没，年五十二岁。

葬兴安府砖坪厅佐龙沟金珠店山。年方及冠，跋履山川，由湘迁陕，落户砖坪，白手起家，打工营生，拾穗酿酒，醪香味醇，乡里争购，远销府城，生意兴隆，财源茂盛，广置田产，为富重仁，急公尚义，惠及乡邻，美誉“三旺”，箕裘络绎，繁衍后世，绳绳继继……

人遗子嗣千秋传世，树结籽实万年流芳。

读着手机中张敦起传略，我们和老药树作别。树上有几只山雀，剪影似地起落，间歇地鼓弄起一声声的鸣啭。

树下的主人还没归家。门前晾衣竿上晾晒的衣服表明，主人只是临时外出，此刻也许正在回屋的路上。

药树挺拔耸峙，树根凿石枘地。那地下蜿蜒虬曲的根系，自书着神笈，有着神秘，也有着神力。

人代代不息，树辈辈不止。“繁衍后世，绳绳继继”，那词可以入人的谱牒，也可以入树的谱系。

人是大地上传世的生灵，树也是大地上传世的生灵。

2019年4月20日

鸽子花飞

珙桐花开放在谷雨时节的海底里。

海底的式样是数亿年前的。眼前却是巴山北坡陕西省岚皋县四季河一河两岸山水的样式。

珙桐花扑棱棱地开着，开满了幽深清邃的四季河畔，开满了苍秀涵明的河两岸山坡。珙桐花一树树一群群地开放着，初绽时花淡绿色，盛时乳白色。一缕缕清新馥郁的花香，浸渍在了沟沟岔岔，山山凹凹，也浸进了身置树林的我的心田。

珙桐花硕大洁白，紫红的头状花序，形似鸽子的脑袋，两片大而绢白的苞片，犹如鸽子的翅膀，缀满了树的枝枝杈杈。远远看去，形似群鸽休憩假寐，春风轻拂，又似振羽起舞，迎风翩翩。

珙桐花因形如鸽子，山里人叫它鸽子树，又因它果实像水梨子，唤为水梨子树。

山里人不知道珙桐的珍贵，只知道珙桐木不翘不裂，细腻坚实。细的削为锄把，粗的劈为扁担，再粗的喜欢拿它做成细木工的家具。

“豌豆开花绿豆荫，女儿家中来辞亲。妈妈哭的幺幺女，爹爹哭的命肝心。……”女儿家出嫁时，在声声的哭嫁歌里，抬出家门，披红搭彩的陪嫁里，少不了珙桐木做成的衣柜、衣橱、梳妆台、首饰匣、洗脸盆架。凿孔榫接、雕花刻卉、土漆油红的珙桐木火盆架，是父母陪送给女儿必不可少的嫁妆。火是生活的红红火火，火是生命的代代延续。

上世纪末的一天，一位省城来的林业教授路过县城木材检查站，偶尔一瞥，眼光落在了一根木头上。他细细打量，又凑近摩挲，再而嗅闻，继之急问：此木从何而来。

教授的缘木求问，使巴山深处四季河畔的珙桐扬名天下。岚皋人由此知道了珙桐是一千万年前新生代第三纪留下的孑遗植物，一百万年前第四纪冰川侵袭后的幸存树种，为林中珍宝，植物界活化石。

岚皋人知道了树的珍贵，也知道了自己的珍贵。树成了名木，不得再行砍伐，房前屋后自生的树苗得到了呵护，家里不起眼的珙桐家具成了名贵藏物，连以前无人理睬的紫黄色树果，拾掇起来也成了能变换钱的稀罕物。

树纯生着，和其他树间杂生着。生在湿润的河岸上，生在陡峭的山坡上，也生在叠叠堆堆的岩石间，上下游扯了头桥、麦溪、青山、茶棚、木竹、苍水几个村和毗连的滔河镇几面山。树形高大通直，有着银杏的端庄，有着白杨的笔挺，粗的两人合围，多的伸臂搂抱，再多的脸盆、菜盆般的圆硕。树皮深灰泅褐，青苔密裹，苔须飘然。树叶靛绿，状如心形，边缘有锯齿，叶端急尖微曲，有着别于他树的形态，氤氲着稀有树木的典雅。

珙桐树旁常有着层层垒结的页岩石，祖辈人就地取材，层层剥离，掮去覆于屋顶，谓之石瓦。石瓦从屋檐低处往屋脊高处铺盖，上片之尾压着下片之首，块块衔压，层层叠叠，雨水便从高处顺流而下，不怕雨狂，不惧风掀，不畏火袭。石瓦黑褐透青，片片缀连，像鳞次栉比，似铠片匝辑，漫着远古的气象。

珙桐出了名，来看珙桐的城里人便多了。有一年珙桐花开时，一位肩挎长筒相机的壮年男人在废弃的石瓦上看见了一个虫子化石。他惊问这石片从何而来。屋主人答说山上的。客人指着石瓦上的化石说，这是距今五亿多年前寒武纪时至两亿多年前二叠纪时生活在海底的远古动物三叶虫化石。屋主人听不懂，客人简洁地说，这里在几亿年前曾是片汪洋大海。屋主人听了称奇，便把那有虫子的石片送给了客人。

三叶虫化石的消息不胫而走。县城的人来找，省城的人来寻，有人觉得它好看，把它做了饰物，有人觉得它命硬，把它做了胸前挂件。还有些文化人把化石石片镶了镜框，悬挂在了宽畅的厅堂里。我觅得了一方化石，恭敬在了书橱里。

最美人间四月花。伫立繁花雅丽的珙桐树林里，我想象着当年大海的模样，猜度着脚下土地历经了的巨变沧桑。

这方曾经是海洋的土地上，还隐藏着怎样未知的秘密呢?

2019年4月25日

第二辑　方觉夏深

阳光在葡萄架上弥漫，叶藤臃肿纠缠，豆蔻般的葡萄已成粒成串。青色的蜻蜓静静地栖在枝条上，只在偶尔地翕动翅膀时，将人的眸光悄然地搬动。蝉歌依然在桂花树高处鸣响，哧哧啦啦，缱绻延宕地流入葡萄架下。蝉鸣与夏天相互滋渥，如同人的当今难与过往切割。

溪柳山庄听夏

季节有景，亦有声。

盛夏的一天，我去了四季河畔的溪柳山庄。

在岚皋的水系中，四季河是条不大不小的河流。小河总要投奔大河，四季河亦是此样。她从大巴山巅一个叫界梁的山间汩汩涧出，滢澈而凝碧，逶迤似藤，柔婉如丝，层层就下，一路淙淙地流淌着，既没有大江亢奋的波澜狂涛，亦没有尘世太过的喧嚣浮华。水注而成雨，聚而成泉，激而成湍，流而成川，泻而成瀑，汇而成海，这是亦真亦幻的水的轨迹。四季河先是融入岚河，继而向北淌进再交汇汉江，汉江向东伸展，在汉口并入长江，最终涌进了旷古辽阔的海洋。

小河容纳了更小的溪流。四季河在县城溯南数公里的地方，又娇憨地搂吻了婀娜的青山沟。青山沟名曰为沟，实则为林中小溪。青山沟穿花绕树，曲弯迂回，吮一路兰草花的幽芳，揽数丛野百合的笑脸。青山沟沟窄溪小，人们说不准她的源头。有人说是块青石下透出的渗水，有人说是棵古银杏树根上乍现的水滴，有人说是蓬野菖蒲繁衍的湿地，有人说是窝绿苔藓眉开眼笑的露珠。

四季河与青山沟的交颈处，便是我的去处。

山风抖落的夏花零星地铺缀了通往溪柳山庄的道，转山绕水的身影在烂漫的山野间缭绕。午后的时光捋了捋我的发梢，也捋近了我步步丈量的脚步。人还未走近山庄，眼帘便被葳蕤高朗的一棵大树扯了过去。抵近驻足间，胸臆里积蕴起了姿势挺拔，心气卓群的一树绿色。树显伟岸粗壮，俨然已著古意，像是吞云吐雾修炼数百年的神仙。树身黑坳苍劲，粗如田舍村人烫洗过年猪所用的大木筲。树叶深绿，绿得深沉而厚重。树身青苔裹覆，丝绒般的披氅难让人瞅出树木本真的色泽。苔藓中零落落地生出几朵木耳和菌菇。离地一人高处，一分为四，枝干凌空，斜身别杈，枝叶横织，竞互生发，墨绿荫翠，冠蔽如伞，半身覆盖了河面，半身抵近了崖身，独木蔚然成林，清冽屹起了一道莽莽苍苍的景观。

树为喜宿溪河边常见的枫杨树，山里人惯呼麻柳树、水麻柳、榉柳、蜈蚣柳。蕴过了冬的生息春的花蕾，夏天的麻柳便是丰硕的果实。麻柳的结果连成一咕噜的垂吊果荚，密匝匝地挂在枝杈上，像一串串翠绿的项链，一缀缀的，一排排的，上头的串儿连着了下面的串，旁边的串儿抚上了邻近的串。有多少树叶，就好像有多少串果粒，叶果相间，墨绿相向，难让人分辨哪是树叶哪是果串了。细瞅，结连成串的每颗果实中间呈椭圆状而两翼微翘，似是燕飞状，似是元宝样，似是馄饨貌，无怪乎乡人又拟其模样，昵叫燕子树、元宝树、馄饨树了。

“昔我往矣，杨柳依依。今我来思，雨雪霏霏。”走近麻柳树下，倏忽间想起《诗经》里的这句话，尽管不是杨柳飘拂的春天，尽管不在雨雪交织的冬天，尽管我也不是《诗经》里那位返乡的征夫，但天性温婉的杨柳，总似给人一种雅致的亲近，女性的柔丽。绝世文情，千古常新。透过时空，诗境深处那种生命的流逝感，永恒的动人意象，蔓延温厚的内质，盘桓馨香的对美的思悟，今人和古人是几近相通的。就像是这不知生长了多少年的麻柳树，她经年前最初萌芽成形的树叶和我今天触摸到的树叶是没有两样的。依依杨柳，仍依依在眼前，依依在当今。

古柳树下有人家。一爿红瓦白墙小院在绿荫掩映下清新鲜朗，秀美敷舒。小院的主人是县城里一对工薪夫妻，向往田园生活而又向上勤劳的心性，使他们在这里安起了一个在乡下的家。清冽冽的四季河引来他们搜寻的目光，绿莹莹的麻柳树勾绊了他们探找的脚板。依山就势，敬河随溪，择木刈棘，掘挖屋基，勒石筑坎，砌墙布瓦。筑庐东篱下，悠然莳黄菊。小院成形后，他们怜爱土著莠木，新植异树篁竹，十多年来庭院内外林茂木森，果香花妍，丽景露显，奇势迭出，空暇天常引得有缘人三五碎步，半日闲度。

一个朗日，一位雅士受邀偶入，品茗之际主人请赐庐号。雅人稍忖，诵曰："小院傍邻溪河，古柳福佑，五行里说，金生水，水生木，木生火，火生土，土生金。水在，就会沃树。树在，就会养人。人在，就能生万物，衍富贵。小院谓溪柳山庄何如？"主人称好，雅名随即镌镂上楣堂。小院得名，喜悦了主人，捷便了来人，知名了众人，声鹊了乡邑。

河因水化而来，柳择河溪而栖，山庄因溪柳而名，人们慕山庄山水而至。山庄地处三山一河一溪相挽皱褶处，山水相连，河溪融牵。山坡水边，从下往上，能长树的地方都被树占住了，不长树的地方长满了野草，木挺沟壑壑，草芳香碧碧。庭院里，桂邃榴红，桃李居邻，竹纤风清。河床间，褐石森然，或立或列，亦跪亦息。溪水处，柔肠百结，或躺或行，亦绿亦白。溪岸畔，幽草丰盈，野花摇曳，蜂蝶点点。人伫院边，目光由近及远，山伴水行，水随山遁，路隐山水间，穿插交错，或藏或现，翠绿漫蔓，迤延穹际，天地一色，芳草碧连天了。

溪柳山庄溪清柳青，人亲路亲。上门为客，去了人客，主人自然不忍其空腹而走。山里待客，主、客皆喜庄外野生土菜。瓶装酒喝腻了，主人便用山上的玉米、苦荞、板栗、拐枣、猕猴桃自学酿酒，客人便是品酒师。纳溪汇河，日久技臻，山庄里竟酿出了美酒。客人喝了叫好，酒酣耳热之际还要买了带走。主人听从客人言语，乘势改坊为厂，添屋舍，置机器，树锅炉，掘山洞，聘酒师，过审检，报商标，印包装，山庄门厅上多了块岚皋钰坛酒厂木牌。量不图多在乎精，酒不羡快着眼醇。原料定要上品，酿后三年洞窖。酒香不怕巷子深，佳酿何惧山路远。青山沟溪水幻化成仙的原浆酒，沉醉了山里山外人。一家都市里的知名酒厂上门要求合作，细问得知是要用这人间粮食山里珍物涅槃而化的原汁原酿去勾兑提产。主人怕违了初心，婉言谢绝，仍然自酿自藏，半待客半售卖。销量如溪流细微却不穷，声名似溪水涓滢而不绝。

同我走进溪柳山庄的是几位山外的文友，厌倦了庙堂馆所繁文虚礼，他们想让山川草木去沾沐困倦的心扉，向往暂闲憩于一家山间的小屋。俊俗之士，既文既博。乡下小院，清明朗逸。顷刻，都市人便融进了山庄。

主人犹如夏之盛烈。客人们才稔熟山庄景象，便被邀至屋间小餐。酒是刚从几十米深的窖酒山洞里汲取的一壶板栗酒，菜是一桌山野时令菜蔬。酒香中涵溶着淡淡的栗香，酒香弥长，栗香味长。半边菜炖腊猪蹄、紫苏叶烩小泉鱼、天蒜爆鸡杂、花椒叶炒兔肉。蜂蜜蘸苦荞饼，让人猝不及防地闻到了其间夹杂着的那种植物的腥气，促使我在那一刻想起了童年时在汉中平原老宅门前那一望无际黄灿灿的油菜花。韭苔炒土鸡蛋，青黄相糅，入嘴微甜，了无腥臊气，有一种流质的至味，似是记忆的燕子在廊檐上筑了一个巢，从此生根，再不翕动。

天空蓝得像身边的河溪，云朵一片片的，自由舒展着身子，飘荡在这片静谧祥和的山谷顶上，慵懒安静地发着呆，若有所思，亦无所思。餐后主人请客人挪至室外喝茶小坐。主人在老麻柳树下置几侍椅，绿茶的板栗清香随热气袅袅升起。阳光经过树叶层层地过滤，已难以落到人的肩头。散坐树下，乘着荫凉，一圈人说着小令苏词、钟鼎彝器、民国残碑、文玩雅趣。说的，听的，你客气地开头，我适宜地响应，转化自如，情趣荡漾。渐渐地，人们不再说话，有人昂起头用目光搜寻向头顶树冠里，有人静声屏息在聆听着四外音律。乍隐乍现，听清了，是头顶上麻柳树丛里传来的鸟雀声，一声声，一阕阕。也许是刚才人们的热语，惊走了鸟群，又或许是鸟儿对人们的话题颇有兴趣，噤声默记，没了言语。人类有了礼让，鸟儿禁不住便要歌唱。

树大林深，难以瞅到鸟身。我们没再说话，没再张望，没再端杯，没再喝茶，静静地一动不动地被鸟鸣声笼罩住了。麻雀的低音，画眉的中音，白鹭的高音，云雀的清唱，锦鸡的高腔，燕子的小调，斑鸠的山歌，喜鹊的朗诵……时而婉啭，时而悠扬，时而舒缓，时而高亢，时而低回，时而绵远，时而清幽，时而神思。顷尔独歌，顷尔对声，顷尔多音部，顷尔无伴奏合唱。此起彼伏，难有休止的众多雀鸟的啼鸣声里，极易听到的是蝉那欢快的长调，那一声声“知了啊知了啊”的低沉，像一首歌的背景音节，好似从地表爬上脚趾，攀上腋下，贴上脸颊。人在地上走，鸟在天上飞，鸟见得自然比人多，眼界和心胸自然比人高远，她们的快乐自然也比人多。快乐多，歌声就多，她们哼着各自祖传的歌谣，朗读着自己独有的文字，歌迓着生活，抒发着胸臆。我们静静地坐着、听着，听这古柳树下鸟儿们的专场音乐会，听这季夏之月的旷野合奏曲。歌声里，我听到了似笙似丝，若埙若琴，有弹有拨，亦拉亦搂，在调素琴，在阅金经，在投壶，在咏诗，有水之花，有月之竹，有春江花月夜，还有秋山枫叶红。身在古柳之下，思绪倏忽地越荡到了前年初冬在黎平肇兴侗寨撞怀的侗族大歌。

“乍出暖烟来，又趁游峰去。恣狂踪迹，两两相呼，终朝雾吟风舞。当上苑柳浓时，别馆花深处。此际海燕偏饶，都把韶光与。”柳永笔下桀黠擅姿、上下其音于柳林的黄莺鸟的子裔们，也许也混迹于头顶的鸟群里。“暖律潜催，幽谷暄和，黄鹂翩翩，乍迁芳树。观露湿缕金衣，叶隐如簧语。晓来枝上绵蛮，似把芳心、深意低诉。”柳永，他见过这棵老柳吗？

作别时，月亮已泛白了天际，河溪里、山坡上平添了如鼓锣般的蛙鸣，像裂帛，如瀑布，更似茶盅跌落时的清脆。有文友脱口自语“我想写字”，一言溜出，四周响应。主人铺净桌面，拿出笔墨纸砚。文友接过狼毫饱蘸笔尖，开篇写下一副对联：“溪柳山庄品山珍饮山酿山青水秀，古柳树下听鸟鸣赏鸟语鸟语花香。”身旁一文友续过笔墨：“此地有古柳香溪奇石修竹，庄内能宜春消夏延秋暖冬。”再一文友泚笔留迹：“天子呼来不上船，自称臣是酒中仙。”又一文友接笔写道：“溪柳山庄听夏。”

溪柳山庄听夏。听夏古柳下。

2017年8月29日

一河溪流一河柳

撒开脚板，一天之际便可从小河源头丈量到小河尾梢。河尾接续的是岚河，汉江续之，再相连长江。

溪流逾小，逾是清滢。河水越细，越是和人们亲近。典籍书章，史人闲忆，细究多忖，凡间人物，心里总会有几条小河不逝。

四季河亦是如此。这是一条短河，婉转、低调、安娴、清澈，澄碧得近于一支温润的岚皋情歌小调。

山里的河溪如家蛇一般，弯弯扭扭地盘桓穿梭在村舍的中线或边缘。两岸多娟秀之坡，少险伟之峰，自有妩媚，鲜有阔大。

四季河在这山间踽踽而行了多少年？没人知道。也许，河源头的大巴山知道，大巴山上飘过的云朵知道。抑或，河里悠游的鱼儿知道，岸畔上连绵几十里的麻柳古树知道。

麻柳树有多大年纪了？村里年龄最大的老人说他小时这树就是这个样子。一河两岸的古柳有多少棵？也没人数得明白，只知上至河溪源头、下至四季河口与岚河交汇的码头之间，沿河两岸都是古柳，就像这四季河水滋养出的葱绿如柳的山里女子，谁能说得清数呢！

好花莫过崖边花，好柳莫过河边柳。四季河畔的柳树，大都为枫杨柳，当地人称水麻柳，因了水的滋养，越发健硕而又秀美。主干粗壮黑黝，或挺，或曲，或扭，或虬，枝茎纤细，婉弱如缕，曲委柔丽，扶疏纷披，亦掩亦覆，若映若影，把一树树倩影倒插在河溪里。手持狼毫书写的古人们，常为柳树赋予太多的女性色彩，个中缘由也许是柳树的纤纤枝茎，让他们想到了女子的腰肢。“舞低杨柳楼心月，歌尽桃花扇底风”，细细楚腰自然是妩媚的、迷人的。如此柳林之下，应该有小舫一只，间有一两个着红点绿的绝色女子，或弄笛或弄箫，轻揉出丝丝音律，逗弄着鱼儿推出微微涟漪。

有人说，四十岁是女性最有女人味的年纪，成熟稳重、雍容丰姿、自如自美、聪颖洒脱，女人过了四十岁，才能看出她是不是真美。水麻柳也是，四季河畔的柳树大都已近丰秀之年，该挺的挺起，应凹的凹进，裂皱有形，扭弯有韵，虬枝飘逸，瘿瘤灵动，蕴藉了千般滋味，释透了百样呢喃。

水麻柳，最初吟叫出这个树名的岚皋先祖是何等地聪慧。我一直固执地认为，一条平缓清明的河溪或堤湖的岸道树，只能是柳树，若杜子美的浣花溪畔，如苏子瞻的西湖岸堤。柳离不开水，水离不开柳。河溪因麻柳而姿美，麻柳因河水而绰约。

四季河从洪荒深处走来，走过了诗经年代，侧过了唐诗身后，悄悄地邂逅于了宋词的岁月，在这里和一位骑马提刀的将军相识了。不知具体时日，不谙因何缘由，没晓是甚战事，他率着几十里路长的队伍走进了这河谷山道。夜半时和另一支军队偶遇，月黑风高，人影绰绰，战马啸啸，敌我难识，混战中儿子听明了父亲的声音，忙息兵上前相见。缘是后行的人马夜遇了自家先期探路的先行官，这位跪地拜父的小将名叫杨宗保，那位被认作父亲的将军名谓杨延昭，后人更习惯称他为杨六郎。悠悠岁月已漫漶不清，将军和他的儿子也早已作古，唯父子相见的荒野峡口遗下了遇子坪的名字，杨延昭扎过营的山头被叫作了六郎寨，杨家军驻过的山沟传下了营盘湾的字号，那晚夜战被误伤就地留下养伤的伤员伤愈后，依恋这里的山水便再没离开，成家立业，分枝散叶，传下了杨家一支人脉，也承袭下了杨家院子的地名。岁月悠悠，史事难考，这炊烟袅袅、人丁兴旺的杨氏族人伴随着这些地名却真切地辈辈繁衍。

不知是一条小河扭来扭去寻一个村庄，还是一个村庄走来走去觅一条小河。四季河在一撇一折之后在一个叫杨公渡的小地方拥抱上了杨家院子。说是院子，实为一个自然村落，这便为杨氏族人集聚地。渡口仄小，青石条铺就，青苔湿漉，名谓杨公渡，也许是当年杨六郎从此过往过吧。

初次与杨家院子觌面还是十多年前在旅游局局长职上，几位同事同去鼓动几户村民开办农家乐，送去了“巴山人家”农家乐招牌，还激励一户率先开办起农家乐的年轻夫妇自带食料往赴西安献厨，以地方特色菜肴“辣子鸡”拿回了省旅游局命名的陕西十大特色名吃横匾。村里有一眼古井，不甚阔深，水极清幽，青石条砌铺井口，内沿有日久天长汲水勒磨的井绳槽痕，井外沿绿苔茂盛，野花点点。在一排土墙石板瓦房里，我见到了一位曾参加过抗美援朝战争的老人，我和他掰着玉米棒子谝着闲谈，在他那里，我知道了四季河老名为泗吉河，顺河而行的山间小道原为川陕盐道，盐道的起点，便是巫溪的大宁白鹿盐场。从他那里，我还知晓了杨家院子地名的起处。说起自己同为军人身份的先祖，时跨千年，老人唏嘘声中不时着太息，感念着不易。探问起家族家谱，老人答说没有谱书，先祖只口碑相袭传下了一首排行诗，可惜前面的记不住了，只记得后面的几句，随即诵出：“……志少福忠德，登厚崇仁义。文章帮国兴，永远昌龙继。”老人的话是对的，行军打仗的人身上怎会整日背携着一卷或几卷家谱呢！既是有家谱，弥经千载，传至今世是多么不易呀！离开老人家时，在他家猪圈旁的一丛狗尾巴草草丛里，我拾到了一块瓦当，剥净苔藓，瓦当透出本真，颜色青中透黑，工力古朴简拙，正面凸显着虎头线形。我带回随手闲放在办公桌上，有几位都城来的朋友见了，说是明代的，亦言是清代的。我极小心翼翼地置上小书架，有时我望望它，感觉着它好像也不气不恼地看着我。

一条古老的河流总会挽系几个有历史的村庄，一个古意的村庄必定有一些古意的老树。四季河在流经杨家院子时，两岸麻柳更显稠密浓荫，越发古老有形。密处枝杈织绕，稀处树根抵交。老树器宇轩昂，气质高雅，树干坚硬如铁，枝叶苍劲莽莽，像经年前从这里溯河而上的杨家将士，队伍齐整，形色昂然。一棵树是一名蓊郁的将士，一名名将士随河流蜿蜒成两行绿色的队伍，站列蓬勃千年，芬馥美丽千年，屹然为了永远不逝的风景。人在老树的影子里行走，有时会须臾生出缕缕的时空妙思，这大把年纪的一河古柳是怎么来的呢？千年前某个早春的时节，走入四季河畔连绵数十里的杨家将将士，春雨路滑，他们随手从山上折来根根柳枝拄路行走，走累了插入地里拄棍歇息，离开时柳枝忘了拔走。队伍走了，便留下了一河冒出绿芽的杨柳。这样想时，便愈觉得这一河老柳旷古似神，天长若仙了。

邂逅杨家院子后，我便不时地去看望她。每次去时都可感知到些许的变化，尤其是近一两年的样子吧，古井罩上了亭榭，台地建了瀑布，山坡植了玫瑰，民房饰复古朴，道路石条铺筑，河边辟了亲水步道。狭窄的杨公渡渡口上，建了钢索麻绳横跨的软索拉桥，人走上去，荡荡悠悠，犹如桥下柳条河底小鱼。杨氏族人还在村里小广场上，塑了祖先杨延昭的石像。新颖中不失原始，现代里弥存乡愁。乡村原貌，农家土菜，吸引了邑内邑外的人们前往赏游休闲，羽化成蝶为知名的一处乡村旅游景点。景点始缘看点，游客不是食客，攘攘而往的人，谁人能说得清他们没有几分河水情几分古木心呢。

我有一位魏晋风度的朋友，自由职业，来去自在，率真任诞，清俊通脱，热肠古风但并不嗜耽酒杯，年岁不长却填古体诗词，爱好奇石，收藏书画，情有雅趣文玩，独钟根艺崖柏。一日闲暇，我俩信步杨家院子外四季河畔觅寻河石，近距离触碰古柳。他随口诵出："先生不知何许人也，也不详其姓字。宅边有五柳树，因以为号焉。闲静好言，不慕荣利。好读书，不求甚解。每有会意，便欣然忘食。……"他一气不拉地吟完了《五柳先生传》，那声腔应近于陶令。约莫月余，他买了杨家院子紧邻河边的一处空地，他想在那里建一处小院，安一处乡下的家。

一河溪流一河柳。溪流、古柳，拉近了游人，也留住了我这位好友。溪流、古柳，成就了杨家院子，也让更多人走近了四季河畔，走近了河畔的古柳。

一个地方看多了，自会有喜爱之心。常去四季河畔看柳，心里常涤濡着一河清明。我最近一次去看柳，适逢一个夏末的午后。太阳光渐渐收敛，透过飘拂的云朵，暖暖地梭巡过柳树树梢，星星点点地照在凝碧的清流、俏俊的菖蒲以及娇憨的虎儿草叶上。河床里白石从绿茵的苔藓中隐露，蝶蜂在浅流中、野花上婉转。斜斜阳光带点绯红，眼前的杨柳枝叶蕤盛，果荚绾结成串，在光影下或深或浅，似铜绿，像杏黄，犹似薛涛诗笺之色艳，亦如其诗体之香留。几只野鸟在林梢间飞进飞出，有时泄泄其羽，有时啾啾而鸣。一位壮年男人坐在河边的卵石上写生，偷得半日空闲在远离喧嚣都市的山里长坐写意，颇有风雅余韵。我无意打扰，静静地走开了。

2017年9月6日

雨落菩提树

人在初夏想要走远，树在初夏想要伸高。

和暖的脚步，徐缓地流动，似轻舟过苇塘，顺畅有闲。峭拔地抬肩，展舒的枝叶，似朵云攀际空，悠然小歇。

布谷鸟的叫声，唤来了谷雨又将啼住立夏。老祖先智慧的，“立”字真好，有视角感，有触摸感，踏踏实实踞在那，任凭走过的人和花儿鸟儿去抚摸。在戊戌年这个有棱有角温热硬朗节令里，在岚皋县岚河支流四季河畔木竹村里，我又谦恭地来朝觐一棵六百五十年的菩提树。

树有些峥嵘有些老派，头顶青色礼帽，身著墨黑长袍，斜披深色马褂，布衣对襟衫，扎着四方步，心定神闲，坚实而又轻便地迎候着我的作揖拱手。树多七叶一簇，乡人惯唤七叶树，树果俗称梭椤子，又呼梭椤树了。梭椤树在岚皋也叫菩提树，此菩提树非彼菩提树，它应该不是当年释迦牟尼在菩提迦耶树下觉悟成佛时的那种菩提树，那种树原名叫荜钵罗树，因释迦牟尼在树下讲经说法，顿悟佛道，涅槃成佛而得菩提之名。“菩提”是梵文音译，意为觉悟、智慧，如忽睡醒，豁然开悟，超凡脱俗，明心见性。在植物学分类上，荜钵罗树那是一种常绿阔叶乔木，而眼前的梭椤树则会在冬天落叶的。佛有四大名树，佛祖诞生在无忧树下，悟道在荜钵罗树下，圆寂在娑罗树下，佛陀圆寂后，其弟子在七叶树下聚会结集了佛教经律论三藏。梭椤树音同娑罗树，七叶树也荣列佛树，岚皋人唤七叶树为菩提树，也是有佛学说道的，彼亦菩提，此亦菩提。

鸟的啼鸣声里，菩提树正缤纷着花。花序白色，由数朵小花密匝组成管状花萼，平斜向伸展，零碎地缀着柔柔的绒毛，花形奇特，素淡雅净。莹白的花蕾像一枚枚别致的发卡，恰到好处地夹在靛蓝色的枝叶间，一簇一高洁，一层一绾结，一瓣一雅情，一缕缕地送来它的幽香。树冠繁茂花束也繁茂，开得单纯，放得细腻，不争奇斗艳，不残花遍枝，谦逊地礼让，有序地溢香。一串盎然时，另一串素面等待，一束凋谢时，另一束静静绽放，一枝还未落尽，另一枝已经孕育在身。花团虽漫卷，花香并不扑鼻，颜不高贵，形不富丽，却淡若黄菊，从容似兰。菩提的花期只有十多天，能遇见便是有缘人，清清爽爽的洇白给这四季河畔添了几丝禅意。

山容仁厚，水涵明慧。菩提树背靠大山脚踩溪畔，前临岚皋县城到重庆市城口县公路。靠山根基牢固，踏溪汲水饱腹，临路思绪旷阔。我长久地伫立树下，看到了菩提树正在慢慢地长，树梢向上，树枝向上，树叶向上，树茎向上。我的眼帘每一次凝望向大树，心绪都随着树冠朝上提升。我看见了微风中翕动的花瓣，我看见了天空下鸟儿展翅形的树叶，我看见了苍翠蓊郁的树冠，我看见了皲裂成壑的树身。我亦看见了老树倚靠的青山和青山上附生的小树，我亦看见了树旁瘦瘦的清溪及溪畔的野花。鸟儿在树荫里啁啾着，尽管我看不见，却看见了古树和鸟儿沾合的世界，这个世界撑托着的一方天空。

天上有轻微的脚步声，我寻声探寻，是兼程而来的一场细雨。雨珠落了下来，打在树叶上发出沙沙的声响。我仰头望天，初夏的太阳有些微弱，天上有几朵云彩在信步悠游。

眼光从天空收回，我看见了树下四季河畔的几树晶莹红晕的樱桃，看见了樱桃树旁一丛刚刚暴出绿叶的芭蕉，想到了“红了樱桃，绿了芭蕉”的宋词，想到了这首词的作者蒋捷，想到了他因这首名作而得的“樱桃进士”的雅号。末了我又想到了“樱桃进士”的那首《虞美人·听雨》：“少年听雨歌楼上。红烛昏罗帐。壮年听雨客舟中。江阔云低、断雁叫西风。而今听雨僧庐下。鬓已星星也。悲欢离合总无情。一任阶前、点滴到天明。”我清楚地知道，这只是一刹那间闪现在脑海里的一个景象，是眼中红樱桃、绿芭蕉景况萦起，抑或是耳中雨打树叶声音牵引，我言不甚明的，也许二者兼而有之吧。佛经上说，一念之中有九十刹那，一刹那又有九百生灭。生生死死的轮回随时都在进行，须臾不曾停歇过。在这菩提树下，在那一刹那里，我想到了暮年听雨，想到了人生的悲欢离合，由此想到了晚年事佛去年病逝的母亲。有娘在家就在，一家老小聚在一起是何等的造化和福报啊！去年樱桃红时我曾开车带母亲闲转散心来看过这棵菩提树，树下母亲曾颔首致礼。樱桃谢了枇杷正黄时，某天的清晨，母亲被第一缕朝阳接走了，走时时逢杖朝之年，生死倥偬一刹间。

一花一世界，一树一菩提。菩提树，还是六百多年前的那一棵，还在雨中无言流动。树下人们走来又走去，相聚又相送，递着春的章回，迭着秋的棉质。

菩提树冠如伞盖，雨落下来，我听到的是树叶的声音并非雨声。雨落下来不会径直掉在身上，掉到身上的是菩提树叶上的雨水。雨珠先落在顶端的树叶上，而后轻轻滑落，落到下层的树叶上，一层层的移动，一枚枚的过滤，一颗颗的滴落，又一粒粒的细碎。雨珠走动时，没有颤抖，不曾惊讶，却有着连绵，有着韵致。黑云翻墨，白雨跳珠，是苏学士的雨；雨大如绳，急雨乱江，是蒲聊斋的雨；“斜风细雨不须归”是唐人张志和的雨，也是我感知到的雨。

雨声渐次静寂，山野发散着美好的味道。两只布谷鸟从菩提树丛里飞出，落在眼前的公路上，胖嘟嘟的，悠闲地漫着步。它不时地回过头看看我和我的同伴，不紧不慢地走进路下的桑树林里。看不见了身影，却传来了一声婉长的啼鸣声。

2018年4月10日

双松迎客

认识这两棵松树，应是十多年前的事了。

那时在旅游局局长任上，常往新发现的千层河景区跑。璞玉应要雕琢，景点需要打造。陪领导考察，邀专家策划，请省市财政部门现场调研项目、落实资金，约作家、记者添泼文墨以壮行色。位于千层河入口处的这两棵松树，我们便这样见面了。

松树傲骨凌人，间距数米，一般粗，一样高，就连那站姿都是同步的，笔直笔直的，让人想到了双胞兄弟、同胎姐妹。娇媚的女贞树如有些似女儿身的话，我倒是臆想这松树为巴山里的壮男子了。

松树背倚青山，前临千层河水。树、河之间，空旷着块山花丛生的乱石滩。绛色花的忘忧草、蓝色花的勿忘我、紫色花的七叶一枝花、黄色花的蒲公英，从先秦的《诗经》

中，从屈子的《离骚》中蹦了出来，落在宽阔的河石间，缀着灿烂的色，发着弥久的彩。或宽或窄的绿叶上，或卧或躺着晶莹的水珠，每一粒露珠里，都映着一片蔚蓝色的天空。

松树前的河滩边轻声细语地流过白亮亮的千层河。河水清冽地从陕渝交界处的巴山巅峰上渗出，吮露珠，饮山泉，纳小溪，蹦过崖，织过瀑布，钻过潭，亲过小鱼，染花香，伴鸟语，把自己跳进了大道河里，再翩翩地把自己舞进了汉江里。

松树对看千层河，也斜望神仙河，那是融入千层河的支流。山花烂漫的河滩一侧，潭池缀连的神仙河欢欢喜喜地跃进比它大不了多少的千层河里。神仙河，河神仙，神人住过，仙人住过，这才有了遗落在凡间的天物。传说在很早的时候，这山上一个山洞里住着位貌美如花、勤劳聪慧的女子，她与一位英俊的猎人相爱定下了婚期。俩人说好来年春暖花开等猎人归来成亲，谁知他一去不返。姑娘等啊等啊，等老了容颜，等白了头发，还是没等到未婚夫。有一天，她烧了一盆热水，正准备洗已经银白的头发，谁知一场大风吹来，掀翻了木盆，满头银丝随着木盆和热水，顺山坡而下，热水瞬间变成水雾缭绕的银色小溪，姑娘白发还青，也变成了年轻的仙女。仙女仍住在山洞里，每有周边人家过红白喜事时，她都向乡邻们外借自己准备结婚用的桌椅板凳、锅碗瓢盆。凡来借东西的人只需烧几张纸、焚一炷香，言明所需家什，所借之物就款款飘出，不由而然地摆在了面前。用后将所借物品堆放在洞前平地上，仙女自会收回，只是不再和人照面。自此，仙女住的洞人们叫成了仙女洞，仙女洗头盆倾翻洗头水冲出变成的小溪便有了神仙河仙气逸逸的名字。

千层河，河千层，水有千斛，石有千卷。亿万年风雨侵蚀下，岩石裸露出清晰的纹理，形成了一本本、一摞摞册页状的天书，在河水浸润下，册册蕴音阶，层层流水响，诵着藏在书页行间里的字，洇着灵灵书卷气。许是风溢着色，许是雨染着彩，地老天荒间，经年的青色天书的底色上抹了白金的墨迹，在河水的滋养、阳光的抚弄下，现出斑斓多姿的色晕，眩着人的眼眸，萦着人的情愫。我曾经走进北疆喀纳斯湖下游的小河边，那河水因含有从冰川带来的白色岩石粉末而透出玉色，透明与朦胧之间，给人以精光内敛、含蓄温润之惊艳。在眩白的喀纳斯河水边，我不由得想起了我脚步起点的岚皋的千层河，只是千层河畔密密的红桦林，没了喀纳斯河边白桦树林的白，多了些世间平常人欢喜的红。

映着身旁蜿蜒的山，河水增了些雄奇，河水淌着，山也走着，影影绰绰，静止的山走进了流动的河水里。山形倒在河水里而添了些妩媚，临水插花，面水描容。连树枝上的鸟儿都盯着水面，轻理着羽毛，凝望着这一刻的美丽。

“行到水穷处，坐看云起时。”河流不长，迈脚地走，半晌便可寻到源头，那是巴山巅峰上无垠的高山草甸。天高云淡，地旷草美，蜂蝶嬉戏，野花夭夭，弥漫着屠格涅夫《白净草原》的况味。

松树下沿河崎岖着巫溪县大宁盐厂经镇坪、岚皋入川的又一条巴山盐道。大宁盐厂宝源山上一股天然盐泉卤水狂泻而下，铺展开了中国唯一的盐瀑，写下了“一泉流白玉，万里走黄金”的俚语。陡峭的石梯，凿掘的崖壁，林间的小径，石砌的步道，柄榫的圆形、方形的栈道孔，零落的条形、楔形的青石条，隐秘着千年盐道的辉煌与悲酸。“打杵二尺八，上坡下坡离不得它，过沟过水探深浅，亲亲的儿子不如它。”巴山长坡路难行，步步都靠打杵子撑，一记记打杵子，砸出了大山里一串串曾经蹒跚的脚步声。

这是一条逾越巴山的盐道，这是一条用财富和血汗铺就的古道。“有女莫嫁盐背子哥，老死的少来累死的多。”“背二哥，奴的人，十冬腊月穿一层。心想给你脱一件，我脱一件你穿两层。”山还是那么高，涧还是那么深，但盐道早已废弃，背二哥也已不再。走走青石板的路面，爬爬凿过的岩壁，摸摸栈道孔洞，辨辨崖石上的字迹。去体察陌生的熟悉，感悟模糊的历史，揣摩难知的秘密，承载渐远的记忆，敬奉对大巴山的一份虔诚、一份尊重。

也许，松树曾是盐道上的坐标；也许，松树曾为背二哥遮过风挡过雨；也许，松树曾聆听过打杵子伴奏下的背二歌。“太阳出来郎要走，双手紧拉背哥的手。叫声幺妹你丢手，这条路上时常走，下次还要把你搂。”

河里的水、石头是风景，山上的树、花草是风景，曲弯的盐道是风景，挺拔的松树是风景。千层河国家湿地公园建成后，松树前山花摇曳的河滩开辟成景区大门外的停车场，松树跻身为了礼迎游人的见面树。

游览步道资金到位景区开建后，我调离旅游部门到了新的单位。不知何时，不知何人命名，松树下立了块石头，并刻下了“双松迎客”的字样。那石头卧着，有着山里人的拙朴。

又有一天，我去了黄山，见到了人人敬仰的迎客松。倏然间，我想到了千层河的“双松迎客”，似觉得它们有着异样。想久了我明白了，黄山的迎客松冠枝一侧伸展，独出一枝，似一只臂膀迎候客人，隽永飘逸，渗着江南水乡人的婉约与温和。千层河的“双松迎客”枝丫四散，蓬勃苍劲，透着巴山山里人的倔强与野性。

五月的阳光温暖着大地，山花的香味轻拂于山谷。我最近一次去千层河看松树，同伴是位林业部门的朋友。他看着树说，双松为华山松，因集中产于华山而得名，为松科中著名常绿乔木，没有黄山迎客松年长，却比黄山迎客松高出七米。

双松下多了块楔柱扇形的栈道石条，茂盛的苔花集簇地在石条上开放。越过树梢，我看见了一片枫叶状的云朵缓缓地在天空上游走。

离开双松时，我没有回头。我知道它会一直在那儿，每个日子里，我都可以来。

2018年6月14日

花开初夏女贞树

夏初的时节里，我在巴山北坡岚皋县官元镇二郎村里行走，被一团馥郁的花香浸润着。芳菲的气息从一对灿白如雪的树冠里弥散，嘉木用这友善惬意的邀请，送给了我缕缕清新，我寻芳走近了树旁。

二木互倚相挽，独立森森，落脚在大北河岸边小二郎坪里。树身水缸般粗细，布满了大大小小的树洞，苔藓裹挟下的树干依稀露出灰褐色的树皮。两树间距扁担般短长，高矮近似，粗细无异，根相接，枝相连，碧叶纷纷，枝条繁茂，高高地蓬勃在炊烟袅袅的一爿土墙石板瓦屋的院舍间。

花阵庞大的花儿奇小无比，米粒般大小，密密匝匝，攒三聚五在一起，相生成串，相连成瀑，仿佛天际飘落的云朵，缱绻舒展，袅袅娜娜，又似满枝白雪，振柯凌飞，须发白净，清淡素雅。细瞅，花初开时骨朵为嫩黄，绽放后呈洁白，萎蔫后泛棕黄色。盛开时，粗览之下，炽白便为花的底色了。

树花正值花季，香味浓郁，酽酽悠远，萦绕着山村，迷醉着田野。丝丝风儿拂过，清香入鼻，直渗心脾，素花入了素心。蜜蜂觅花簇拥，蝴蝶寻香成群，蝶舞蜂嬉，斑斓多姿，嗡嗡浅唱，把山褶里的这处屋舍洇染得处处入画，声声入诗。

我喜着花味，树下的叶姓人家也喜着花味。夫妇二人吮着花香，咂着树花冲泡的花茶，挑选着地里挖回的一堆洋芋，分出大小优劣，以备人的食材、畜的食料和来年的种芋。

我叹于树的花香，也探于树的品名。男主人回答了我的疑惑："我们农村人叫白蜡树，来给树丈量登记拍照片的林业专家说是冬青树，又叫女贞树。"

女贞树？印象里的女贞树总在城镇的行道旁和花园的绿篱里，半人高的树冠绿意茸茸，修剪得规整而又精致。这繁荫流翠、熠熠生香、直蹿天空的大树，蹿出了我对女贞树的记忆。

品着女主人端给我的女贞树花茶，我再次端详起女贞树，树干铁骨铮铮，枝丫横陈密布，树叶椭圆肥厚，树冠翠绿葱茏，树花繁密铺展，透着质朴与古拙，展示着生命的伟力。抵挡不住花香，我静心地再凝眸那敞开的锦簇，那花花花相依，花花相吻，柔软软的、湿漉漉的、甜丝丝的、青涩涩的，俨然似为十八变的邻家女儿的面庞。

不知何时喜欢上了林语堂，尤喜他的《苏东坡传》。记得他也喜欢女贞树，曾说过也让人欢喜的一句话："女贞花是夏初的桂花。"揣度细瞅，它们在于像与不像之间。像的是那似素裙曳地、香了一地的女儿身，像的是那不沉不飘香透了身体的香味，像的是那花朵娇小的个头。不像的在于桂花的色黄或色丹，女贞花的色白或枯黄；桂花生于叶下的树梢上，女贞花长于叶间的枝头顶端；桂花花形为簇拥，女贞树花像是小穗，小穗上复又分出许多小穗。

悠悠两千多年前的先民也欢呼着女贞树："南山有枸，北山有楰。乐只君子，遐不黄耇。乐只君子，保艾尔后。"《毛诗注析》称"楰""今名女贞"。经年前女贞树已倩影摇曳进《诗经》之中了。这是一首颂德祝寿的宴饮诗，全诗五章，章章开头都以南山、北山的草木起兴，颇像巴山人的民间歌谣，由此也知道了女贞树在远古时便是惹人爱怜的吉祥树了。

树在《诗经》里，人在《诗经》外。品味着女贞花茶，说着女贞树的事，香味入了心，树也入了耳。主人家有两个女儿已外嫁成家，平时的家里夫妻独自生活，就像院里的女贞树，相依相挽，平静而又安娴。院子名叫陈家院子，却住着陈、胡、方、刘、侯、叶六姓十多户人家，说是陈姓人家在乾隆老爷子当皇帝时最早迁住到这里的，便有了这个老名。院子多为土墙石板瓦老房，曾是两三百年前川陕古盐道吃饭、住店的小镇。盐道盐背子不断线，吃住的生意便不断流，人多时这山沟里有大半里长的街道。盐道后来不走了，这小镇慢慢便冷落了，人户也大都搬到山外面去了。女贞树下便是陈家开的最早的一家盐店子，也是当年镇上名气最响亮的一家客栈。

我环顾四周，女贞树前果有条石垒砌的石坎，平直而又厚实，屋基却成了长满了辣椒的菜地。它是那家人流攘攘的客栈的房前门坎石，或是店家女子笑语盈盈的屋后窗棂下的窗台石？是客栈依女贞树而建，抑或是女贞树邻客栈而生？这石条曾倾听过多少缠绵絮言，这石条曾看见过多少生离死别？岁月的蹭蹬里，已不再知道它的秘密，也许只有这安然的女贞树知道，树上仍在飘逸的花香知道。

午后的初夏阳光里，女贞树花仍在绽放着。那黏黏的香味有着鲜花与青草的味儿，有着药香与阳光的味儿，还有着泥土与河水的味儿。

2018年6月29日

又见迎春树

未知是风的悠游陪嫁，抑或是陈年种子的就地生发，或是鸟儿舌喙的腾徙挪移，数百年前，一棵小树悄然孕育了。如今这棵簌簌灿绿的古树，逸着硕大身躯，高邃在金帛色的盛夏时节里，周正在巴山北坡岚皋县大北河与后小河交融的河陂上。

树曰迎春，有着美妙温馨的名字，蕴着古意。念着树名，想到了贾迎春，思绪便濡染进了大观园金陵十二钗之遐思。相拊树身，自忖生铁般的老树应在“红楼”筑梦人曹氏雪芹之前便坚挺在了这里。

迎春树复沓着迎春花的芳名，炙热的时节里却绽放着羞怯的花迹。树旁的廖姓人家老汉说，树名迎春，春天只是生叶，夏天才肯开花。问及学名，老人不解。同行朋友说，树为香果，属国家保护珍稀树木，山中罕见。

热扑扑的阳光里，树上正绽放着树叶一样繁茂的花。花形喇叭状，花茎洇青，花蕊明黄，花瓣银白色多呈五角匀称翻卷，绾缀成簇，串联为团，抹抹白色半染了一树绿意。深绿点缀着亮白，树叶间接着树花，绿白相映的枝叶间，弥漫着阳光般馥郁的花香。

树开着柔软的花，有着温婉的名字，却耸着硬实的身子。树身粗壮，三四人合搂般大，色呈深褐，生锈似的铁线描摹满了树干和树枝。树干锥子般地扎在后小河畔的石崖上，水桶、饭碗粗样的树根时而钻进时而钻出，咬石嚼岩，隐秘盘结在了树下的廖家垭子半面坡上。几根树根，从崖缝里爬出，像黝黑的蛇，蜿蜒进了后小河河床里。

临河一方的树枝上攀爬着青藤，藤蔓上稀疏地开着粉色、圆状的花，那花朵朝向树梢，望着树叶，探着树花，向着透过叶梢能看见的瓦蓝天空、绢白云朵。端详间不知藤萝寄生于哪个树洞，哪处是藤萝的藤梢？藤蔓近旁的枝杈上，栖息着一群翅翼修长的鸟，它们是吮咂着树花的悠然芳香，抑或是羡叹着藤花靓于自己的羽冠？它们先是静静地立着发愣，继而有只鸟儿跳动了起来，随之一枝杈上的鸟都动了起来，“咕、咕、咕”地叫着，像是林间有人在吹埙，古老而神秘。是斑鸠鸟吗？我不太谙于鸟类的识辨，是吧，也许不是。

后小河谓河，实则为溪。溪水白晰舒展，源自不远的巴山山巅，蹦跳着顺从着来，欢喜着摆动着去，在迎春树下近近的石桥外河滩上，一头偎进了汉江的支流大北河里。

树下河中小潭边，廖姓老汉头戴草帽，裤脚高挽，赤脚坐在河石上。他用小竹棍绑着根串着蚯蚓的细竹篾在钓着泥鳅样的小鱼。竹篾无钩，小鱼有嘴，竹棍一动，老者右手迅疾上扯，鱼在出水瞬间松口下坠，却已落入老者左手伸接的鱼篓之中。细棍一颤，老人右手拽、左手接，拽接之中必有收获，少有空手。近瞅，那小鱼长短近似泥鳅却比泥鳅细瘦，尾极红，煞是好看。钓具无钩却能垂钓上小鱼，这姜子牙“直中取”的钓法，钓住了我的好奇。老人在我探问中应答说，鱼叫钢鳅鱼，海拔千米以上小河小溪里才长，石头缝里找吃的，没有泥腥味，细嫩得很。钢鳅鱼贪吃，笨头傻脑，反应慢，咬住钓线不松口，只要往上扯得快，十拿九稳就能钓上来。钢鳅比泥鳅小，味儿却比泥鳅美得多。

说起头顶的迎春树，老人说，这迎春树年代久远了，听后小河原来的老人说，清康熙年间最早有人户迁徙到这时，这河口就有这大树了。山里人见这树命硬，便把小孩拜寄给大树当干儿子，以求顺顺当当，平平安安。爷爷拜了儿子拜，儿子拜了孙子拜，连几十里外的官元镇上的人都来拜。从古到今，这树都不知收过多少干儿子了，多的谁也数不清，恐怕跟树上的树叶子差不了多少了。爷爷是树的干儿子，儿子是树的干儿子，孙子也是树的干儿子，辈分都搞乱了，反正树比人的命长，给哪个人当长辈都不为过。

老树总是藏风采、蕴故事的，老人总是有智慧、话道理的。山中常见千年树，世上难遇百岁人。树轻轻松松便把自己活过百年、千年，而人谨谨慎慎，遍求长生不老之术，有几人活过百年，有谁活过千年呢?

后小河为大北河分支，发源于大巴山北坡八大股余脉，河长十多里，一河两岸散居着几十户人家。二十世纪八十年代初，刚在县药材公司参加工作的我被单位派到后小河村里采写一位云木香、大黄、当归、牛夕中药种植大户致富的事迹，推荐为了全县百名万元户受到了表彰。山里的风情触摸了我，我写了《后小河村》散文，收录进了散文集《巴山深处》。后小河之行，我见到了必经之路的这棵迎春树，行到水穷处，结识了居住在山尽水源头的这户周姓人家，也平生首次见识到了木头垒砌的垛木房。只是那是早春的时节，迎春树未著着叶，也未缀着花。

流光容易把人抛，后小河之行已逾三十多年了。我向垂钓的廖姓老人打听周姓人家的近况。老人说，周家老汉病逝十多年了，周家大儿子也死好几年了，家里其他人都搬到镇上去住了，周家老屋场没人住，长成了树林了。我问周家大儿子年龄不太大，咋去世的呢?老人答说，周家开始种药年景不错，后来药材不景气便少了收入，大儿子便出去打工，财运不行，也没挣到过啥钱，便回了家。几十岁了也没娶上个媳妇，前几年爱上了喝寡酒，酒把人喝死了，死在路边的河坝里，第二天过路的人才看见。

我心一沉，有些黯然。周姓人家往来必从树下小道出入，他们熟识了迎春树，迎春树也看惯了周姓人家。树顺着时间的流逝而生长，将过往的生命深藏在内心里，将绵长的印痕镌刻在年轮里，不经意间把自己活成了神。

迎春树见过不少的人儿，也听过不少被树枝划开口子呜咽的风曲儿。人不知道这棵树始于何时、终于何时，这棵树却知晓树下的人们从何处来，又去了哪里！相比这收纳了千万计干儿子的神一样的迎春树，人的生命是多么的短暂和局促呀！

2018年7月27日

石在路边树在石上

石孤孤的，有些巍峨，有些高耸，粗看是座小山，细瞅是块整石。孤石为山，这山名曰高庙子。高庙子立在岚皋到安康去的佐龙半道上，一侧淌过缓缓的岚河，一侧竖着宽畅的公路。

树独独的，有些壮硕，有些挺拔，远望像丛森林，近视只是独树。独木成林，这木名曰黄连木，当地人习惯叫药树。葳蕤的黄连木屹立在高庙子顶端的一方崖壁上。

石生着树，树傍着石，石树相依，树石一体，孑立为路边一方景致。石头上的路仄狭，随意地弯曲，不经然地折叠，有凿衲的石壁，有垒砌的石梯，拱爬中我们来到石顶。石高耸，树高耸，树干黑黝，枝丫粗糙，树叶繁茂，身置石端，茫然四顾，悬石凌空，心收缩紧捏，胆怯中隐着新鲜，陌生中间杂着神秘，瞬间生出敬畏和安详感，渐浓渐重，与头顶的绿色一起，罩住了我的全身。平视见干，仰首望枝，不由得想到，这样的大树不知生长了多少个春秋，应该与石头永远同在了。

黄连木根扎在陡峭的崖缝里，扎根处是人难以走近的。不知崖隙有多宽，也不知树根有多粗，裸体的树干丰满得让三四人也许都搂抱不住。这只是人的一时缈缈遐想，树身悬空，人也是不可近身的。树从崖壁上探出，平身岩顶时一树分为两枝，再向上伸展各分枝散叶，直至把石头上方的天空挤满。树枝两分的正端处有一疣瘤，也许某一次暴风狂虐时，也许某一次大雪压顶时，主干伴着响声裂折，在这之后的又一个春天，两枝新芽从断绝的树干伤口旁萌出。日久天长，小芽嬗变为了树枝，树疤演绎为了树瘤。这树瘤初长时是在哪一刻？是在树的英俊年少时，抑或是树的端庄中年时？那一刻，这树旁曾走过怎样的人呢？

在树枝掩映的高庙子顶端平旷处，矮矮地坐落着一处片石垒筑的小庙。庙有些破损，有些仄小，没有牌匾，没有门扉，暗淡的庙堂后墙处供奉着几尊陶质的神像。残存的单檐歇山泥瓦顶式的风貌，让人猜度这应是先朝的旧物，这也许便是石头山名曰高庙子的缘由了。外墙斑驳的红纸上有着捐资进香人的名册，首行的字体里得知庙为祖师庙。祖师庙常供奉着某个门派修行好的祖师，不同的门派宗教，所供奉的祖师人物也是不同的，其目的总是以其道德善行为榜样，学习他慈悲为怀，损己利他的宽阔胸怀。不知这座祖师庙源自哪方门教呢？黄连木又为药树，药树的叶、果、皮、根通身都为益人的良药。药树旁的祖师庙也许供奉的是药王菩萨吧！

“官塘大路，宽以五尺为准；乡间小径，宽以三尺为度。”高庙子紧邻着岚皋至安康往返的公路，当半个世纪前车道未曾修筑前，这是岚皋外出金州府城的官塘大道。负者、行者、骑者、舆者，熙来攘往的大路傍岚河而行，时而阡陌田野，时而断崖绝壁，时而涉过山的褶皱，时而穿过林的幽深。古道上踌躇过怀揣尖底瓶的肖家坝新石器仰韶时期人，也踉跄过手持柳叶剑的骁勇巴人。李自成数十万的大军从这里经过，白莲教千万计的义军从这里走去……古道上走着悍将匹夫，也行着雅士文人。他们从高庙子旁走过时，也许曾屈膝弓腰涉上石顶登高望远过吧，也许在远眺一河岚水灵秀风光后曾走进祖师庙祈求过荫佑吧，也许还伸手撷取过黄连木绿的树叶红的果实疗治过自己或同伴的病痛吧？

车道通了，古道弃了。弃在了车道的或直或弯，弃在了车道的亦左亦右，弃在了路旁的棘榛杂草间，也弃在了昨日的时光里。

高庙子的根部伸进脚下的岚河，黄连木的倒影也映在河水里。身伫河岸仰望，岩层肌理清晰，岩石更为隆起。“江上舟摇，楼上帘招。秋娘渡与泰娘桥。风又飘飘，雨又萧萧。”岚河是没有公路时代的外行水道，河上舟楫川流，岸上店铺热闹，曾有过繁华，也有过富庶。河运冷寂于陆运，几乎是一夜之间，河面上的繁荣戛然而去。河水依旧，岸边磐石上纤绳摩擦出的凹槽依旧，隐身于河水之下的码头条石依旧。

静静地伫立，默默地张望，河面上空荡荡的，没有舟船，没有人迹，有的只是河面上一群上下戏水的水鸟。夏风从河面上吹来，脸庞上明显地触到了它的凉爽，它的清新。风带着河水一样悠长的历史，洇着时光深处的气息，呼啦啦地走进我的胸臆。“……汉水又东，径岚谷北口，嶂远溪深，涧峡险邃，气萧萧以瑟瑟，风飕飕而飕飕，故川谷擅其目矣。……”一部成书于南北朝时期的《水经注》，跳出了地理学的范畴，覆盖了文学领域，让历代的文人墨客折腰叩拜。郦道元对岚河惜墨如金的三十六个字的记述，给岚河描摹出了一幅如此峻美的画面，亦让岚皋的文化人跪地致敬，依此请求弃“砖坪”旧名改“岚皋”做了新县名。

高庙子距“岚谷北口”岚河口二三十里远近，不寻常的一峡地理和自然风景像极了郦道元的描绘。千余年前的郦道元身背褡裢，脚着芒鞋踏勘岚河，他是步行河边官道还是逆河乘舟远行？他会在此石下官道经过，会在此处水路上岸吗？他弯腰爬上过高庙子吗？他颔首致礼过高庙子上的这棵黄连木或者黄连木的父辈、爷辈吗？

河道为路，古道为路，公路亦为路。

石为高庙子，高庙子为石。

石在路边，树在石上。

2018年8月1日

庭中有奇树

“上古有大椿者，以八千岁为春，八千岁为秋，此大年也。”读过这句汪洋恣肆的话，便记住了庄子这位同样汪洋恣肆的人，也知道了椿树是树中的寿者。

记住了，便有一缕萦牵。当现实中的大椿出现在眼前时，脚步便有些急促。在岚河支流正沟的上游螺丝沟边见到一棵蕤貌古椿时，我便扑进它的一冠浓荫里了。

上苍赋予万物天择，有水，有土，有阳光，树即可繁衍，即可疯长。椿树雍容大度，拔地而起，秉承着寿者的基因，脉动着庄子式的逍遥，撑着一树圆形的深绿，遮掩住了树下一方庭院。雨露滋润，大地厚爱的椿树伫立在佐龙镇朝阳村村民杨荣军家厨房旁，树冠罩着杨家一排泥瓦平房，也掩蔽着平房对面的村委会小楼。

七月的阳光烂漫热烈，树下却浓荫盖野，绿风荡漾，我们在凉爽中亲近椿树。椿树为臭椿，约三人合围，通体粗大，笔挺端直，逾越过两层楼后四方散枝。树身壮实，树枝也如树干般硬朗，壮硕的丫杈托着片片肥厚的树叶，层层叠叠，把头顶的阳光遮挡在树梢外。

树皮灰黑色，平滑中布满着浅裂直纹，在丝丝缕缕的青苔包裹下，依稀露着树身外在的本真。主干枝杈处，长着棵枝叶、树皮迥异的分枝，瞅认并一番琢磨，原是椿树上寄生的一棵樱桃树。不由思之，那早春时节粉白的花，那初夏时令殷红的果，在这一树翠叶间那是何样的嫣然，何等的美妙！

树后院落边扭爬着村组的水泥车道，道上逶迤着一岭青山。路随山而去，山顶上白绸般的云朵，慢悠悠地踱着碎步儿。

树下的院落坎下是一畦黄花菜地，正绽着金黄的花儿。花丛受一只只的蜜蜂青睐着，它们也许是知晓的，这是从《诗经》里走来的萱草，这是从《本草纲目》里走出的忘忧草。不然，它们怎会那样的怯怯，那般地浅唱。黄花菜地续接着一坡玉米、魔芋，那玉米扬着褐红的胡须，魔芋昂着墨黑的伞叶。

院落边，庄稼地旁，窄窄地淌过一条溪流。有时能看见白色的水花，有时只能听见簌簌的水响，溪流隐进了青青草丛里。

树下的山野高低起伏，随意地向四周铺展。院落、树木、庄稼、山坡、溪流、灌木、花朵，安然地存在着，像昨天，像千百年前一样，岑寂而又恬静，久远而又清新。

炙热的午后阳光里，我们在凉爽的椿树下喝茶闲谝，话题自是头顶的古木。两鬓微霜的屋主人说，这椿树通人性呢，夏天人要乘凉它便猛长树叶；冬天人要晒太阳它便掉光树叶，遂着人的意愿。春天开淡绿色的花，秋天结好看的椭圆形的果，又顺着节令的天意。

续过一遍茶水，屋主人接着说道：“人和树天长日久在一起便有了感情，好几年前有年树上长树虫子，虫把树叶快吃光了，我看着心疼，跑到镇林业站去要了些药回来给树喷着打，有两个树枝人不得拢身，我把房上瓦揭了从屋里搭梯子上去才把药喷了，这才把树的毛病给堵回去。”我说：“你对树好，树对你也好吧？”屋主人回着话说：“那是肯定的，我们还感谢着树呢。前几年那年七月十八号，岚皋全县到处下大雨，下久了水把坡都泡松了，这沟里也跑了烂泥浆，滑了泥石流，水把这院子里泥巴都冲走了，露出了椿树水桶、菜盆子样粗满院子的根，这根起了大作用，硬是护住了这院子，这两院房子也才没被龙王爷收走，人也没受到啥闪失。”

乘着凉，说着话，同伴问：“知道这树有多少年吗？”屋主人说着他老先人曾说过的话，他家祖上清乾隆九年从安徽省潜山县牵羊山迁徙到这儿时，最初便是在这椿树下搭着窝罩棚，就近开始垦荒度日的，老祖先是这里最早的人家。见我们有意再问，屋主人回屋抱来一个破旧的木匣子放在我们面前，抽开匣盖，露出一匣木刻泛黄的谱牒，小心翻开最上面的一册几页后指给我们看。时间枯瘦的质地已使那木匣面上的雕琢褪去印痕，一抹抹地朽蚀，凹缝里窝藏着一撮撮的齑粉。竖排的繁体字记述着涂氏"学"字辈的先人独自迁陕的字样，后附着涂氏的排行五言诗。屋主人解释说：他本姓涂，排行为"修"，是迁陕始祖第二十一代孙。小时头顶上两个哥哥没养起来，他父母便让他随当地风俗改口认舅为父便于生养，他便随了舅家姓丁。但老祖宗不能忘，就像这老椿树不能忘了自己的树蔸蔸。

树荫下，我们推算着乾隆九年距今的年岁，也打问着涂氏迁居岚皋后的人口状况。

一棵树，偶遇间见证了一个家族的繁衍；一棵树，岁月中镌写了一方生命的美谈。

遐思间，我脑际里冒出《古诗十九首》中的一首诗："庭中有奇树，绿叶发华滋。攀条折其荣，将以遗所思。……"

2018年8月3日

闻道三株树

一条扭动的路，从岚河边岔出，弯弯曲曲地爬向佐龙集镇金珠店后方的张家山。

路穿林子，绕坡地，把一抹抹绿意转动描摹给了拐弯抹角处的又一处绿意。路因形就势，给绿让路，给绿里缀辑的红的、紫的、粉的、黄的山花让路，给掩在靛色屋舍和耸立的层崖让路。花支棱着身子把路挤到一边，路便一个弯又一个弯了。

七月的阳光明晃晃地照在路上，像是一坡青绿缝隙里流淌着条金色而细小的河。张家山逶迤于河畔，连绵于高低相接的山脉，车溯着溪河般的路而上，车中的人便升起了丝丝的崇高感。

山坳处，一爿绿意相映的院落迎入眼帘，同伴说我们要拜望的三株树到了。

树为古树，树生在院中，院藏在树下。下得车来，炙热又新鲜的空气扑面而来，而来的还有院落里高高屹立的几柱绿荫。人未进院，有犬接迎，吠声中一鬓白老者手牵一垂髫小儿出门探询，将我们领进院内。近身仰问，知道了老人姓张，八十有二。得知我们慕名觐树，老人蔼然伴导，悦声言释。

院落铺陈，土墙泥瓦，屋屋相接，间间攘连。老者引路，我们跟随，人随屋转，曲径通幽；屋不远树，祈乞荫庇。老人皓首，怡和自乐；老树峥嵘，拔地参天。院后一株是药树，蠹节莓苔，枝繁叶茂；屋侧一株也是药树，树瘤兀突，枝身虬出；门前一株还是药树，端庄硕直，浓荫蔽地。

树荫下，老人说："我们岚皋人喜欢叫这树为药树，县林业局来给树挂古树牌的人叫它为黄连木。春上树的嫩叶红黄红黄的，夏天开花紫红紫红的，秋天的果子和树叶鲜红鲜红的，一直红到寒冬腊月。一年到头这树都红着，好看得很。"

老人引我们在院门前药树下小木椅上坐下，顺手在塄坎边李子树上摘下一捧李子，在屋前自来水龙头下洗过，用一小竹盘端到树下小木桌上让我们解暑。李子青中泛黄，甜中清脆，蕴含着缕缕太阳的味道。

大树下面好乘凉。人在树下，太阳便被树冠顶在了头顶。老人说："人以群分，物以类聚。人欢喜在一起热闹地住，住在一起有个照应；树喜欢在一起亲热地长，长在一起有个依靠。三株树差不多一般般大，肯定是吆喝着约到一起长的。甭看三株树树枝不搭理，三株树的根却是连接在一起的。”

院边斜斜地展着几块菜地，不见了辣椒的白色小花，椒秆儿上挂满了墨绿、赭红的椒角。黄瓜藤蔓攀附在竹棍斜搭的埂垄上，叶片青黑，黄瓜灰白，间缀着稀疏的黄色小花。地边一垄韭菜，细细的韭苔上正蹿着青白色的花骨朵，似乎正欲绽放。菜地下方半躺着一坡玉米地，桃红的穗须一簇簇地鲜艳着，绿中缀红，壮观而娟秀。不时的菜地里、玉米地里有淡淡的香气袭来，不久又被一缕缕触摸不着的小风散去。

啖着李子，和老人谝着闲话。老人身着蒜疙瘩扣儿的老式布衣，皓齿明眸，风骨神采颇异，有乡间大贤的气象。老人自幼在这院里长大，一地经年，阅事无数，谈起话来有问便有应答。

我问：“这三株树是野生的还是人栽的？”老人说：“肯定是野生的，这张家山一梁两坡药树多得很，只是这么大的只有几株。这院里的三株药树，屋后那株长在石岩上，要是人去栽，咋会往石头上栽呢！”我问张家山地名的来历。老者回答说，乾隆皇帝以前这山上没人家，我们老祖先国第公是从湖北麻城孝感迁来陕南居住，先住安康张岭，又住汉江边火石岩，后才搬到这岚河边的山上安了家。因我们张家最早住到这里，后来人便叫这山为张家山了。我问老祖先来时已经有了这树？老者答说，听老辈人说老祖先住这里时，这药树就有水缸粗了。也许老祖先见这三株树大，有灵气，地方好，便选到了这儿落脚。我问起这药树下的小地名，长者说叫张家六房院子。长者继而言道，老祖先住这儿后人丁发旺，开始向这山上和岚河边上下分散安家，都以小分支居住和命名。老祖先乾隆元年迁来岚皋，至今两百八十多年，现在有三千多人了。我笑道："依你这年纪，族里该有人叫你太爷了吧？"老人也笑着答道："我们张氏家族在清光绪年间修了宗谱，宗谱的排行诗四字一句，好记得很。国尔文章，大金万宗；儒世永远，先德懋宏；泽承仁善，学绍正中；家传孝友，继述信崇……我'世'字辈，为迁岚始祖的第十代孙，儿子'永'字辈，孙子'远'字辈。今年族里大房院子里还刚出生了'泽'字辈的小娃娃，为迁岚始祖的第十七代孙。七代同世，算起来这'泽'字辈的该叫我老先人呢！"

山坡上拂过一阵微风，风扰动了头顶上药树的叶子，带来了若有似无的淡淡山野花香。树叶撩动间，我听到了树叶在空中走动的声音。

伫立四望，八方阔野。远瞰岚河东去，近视山野平旷，细瞅稼禾泛绿，后看峰峦舒缓。我慕叹药树萌芽时那最初一刻的选择，高度合宜，视野宽远，可看山，可阅水，可伴晚霞尽染，可同朝阳灿烂。

家族有着血脉相融的传承，同姓有着天然自来的亲近。闲暇阅书见着一姓的杜氏作者，自会多看几眼其作品。记得读过清朝诗人杜睿的名为《古树》的诗：“闻道三株树，峥嵘古至今。松知秦历短，柏感汉恩深……”今天与药树觌面的境况，不正是“闻道三株树”吗！

2018年8月15日

青冈生马头

尘间行走，总会与些许人力难绘的景致不期而遇。

清丽的汉江支流大道河岸边有个马鞍村。人们不知村名何年有的，却知村里有座身形极似马鞍的小山，这便衍育了区别于他方的名号。

马鞍山斜斜地横亘在河岸山坡上，齐匝匝的长，圆溜溜的高，形神皆似马鞍。凹陷一段山脉后渐自升高，似马的项脖，随之耸起一座山头，像高扬嘶鸣的马头。马头前倾两侧的断崖处，匀称地矗立着两棵高大的青冈古树，又像极了耸立的一对马耳朵。

马鞍、马脖、马头、马耳朵，这神雕仙琢的样儿，便在巴山北坡的岚皋县仙境般地显现了。

披着八月绸缎般灿烂的阳光，我慕名而访。

结伴的是我的同事李刚，他的老家便在马鞍山的近旁。

知道我的来意，李刚的父亲放下烤烟地里的农活，带着我们上山了。

青冈树根扎在悬崖顶端的一方崖壁上，可近视，难以近身。树干粗似乡人盛粮木缸，树腰处分杈四倾，两树枝杈近挨，脉脉相望，近似的粗，相像的冠，像是林中的一奶同胞。树身黢黑，树皮褶裂，拙朴里撑托起层层绿叶、缕缕苔须。

透过树隙，山下村景尽现，屋舍俨然，阡陌扭弯，大片的烤烟地青绿遮地，在阳光下泛着锃亮的光。

树枝倾斜，树叶浓密，遮挡着天上流火的热。山风微动，脸颊上有丝丝清凉。

在这山里出生、成人和变老，李刚的父亲自知山里事的前世和今生。树荫下我与李刚的父亲闲谈起了山上的事，在我的探问下，李大哥先说起了树的古老，又说起了比树还古老的民间流传的故事。这故事是他的父亲讲给他听的马鞍山的故事。

相传很久很久以前，这里还是一个荒无人烟的烂石滩。芦苇丛生，野鸭成群，一片荒凉。后来一群逃难的人们来到这里，他们用勤劳的双手，开垦荒地，修造良田，终于使这里成了鱼米之乡。但是好景不长，不久就被一个姓洪的地主知道了，人称洪剥皮。他硬说这里是他祖先留下的地方。农户们气愤地到县衙门去告他，谁知姓洪的用金银买通了县官，农户们不但官司没打赢，反而成了洪家的佃户。这一下，大家的生活就像是豆腐掉进了黄连缸——苦透了。山脚下住着一个名叫朱九的穷汉，也是洪家的佃户。他家只有一位六十多岁的老娘，身体多病，全靠朱九一人内外忙活。母亲看儿子可怜，一心想给儿子娶个媳妇，但看看自己的茅草房，也只有叹气。朱九明白老娘的心事，从不提娶媳妇之事，只是用心服侍老娘。光阴荏苒，这时已是开春播种季节，朱九安排好母亲，就扛着锄头上了山。朱九家种的地全是荒坡，茅草艾蒿足有几尺高，朱九先用镰刀割去杂草，然后用锄头挖，虽是使尽力气流尽汗，但一天也干不了多少活。这一天，朱九刚要放工，忽然听到日落方向有一阵阵的马嘶。朱九想，我们这里只有牛，哪来的马？准是洪家又来了什么贵客。可洪家住在东边，而马叫在西边，还真有些奇怪。朱九是个好奇的人，他就赶去看看究竟。来到西山脚下，朱九听叫声是从山腰传来的，他快步奔了上去，只见这里有个石洞，马叫声不断地从里面传出。朱九看洞子黑乎乎的，就壮了壮胆子，摸了进去。洞子越走越深，开始还要弯腰，后来显得特别宽阔。突然，朱九觉得眼前一亮，只见前面一个宽畅的石板上，立着一匹金光闪闪的马儿。那马儿只有一尺长短，见了朱九又是甩蹄子又是摇尾巴，好像见了老熟人。朱九被这奇景惊呆了。马儿却说了话：“朱九，你来了！”朱九吓了一跳，天啊！它会说话，还知道我的名字。

朱九手忙脚乱地应了一声。“朱九，你别怕，我知道你是个穷汉，又是个孝子。我是一匹神马，能干很多事。这几天看见你挖地实在辛苦，想给你帮忙犁地，不知你愿不愿意？”朱九听到这话，高兴地想跳起来。连忙答应愿意，可又一想，你这么点点大怎能犁地，而我又在哪儿找犁头？马儿见朱九面有难色，好像知道了他的心事。又说：“朱九，你不要担心，犁头就在我脚底石板下，等出了洞门，你就什么都知道了。”说完，马儿就跳下了石板。朱九高兴地从石板下取出一副只有一尺见方的金犁头，和马儿一起走出洞去。刚出洞门，金光消失了，只见马儿和犁头变得和真马真犁一般。朱九乐滋滋地牵着马儿，扛着犁头回到家中，把事情经过告诉给老娘，老娘也喜得合不拢嘴。

李大哥随手抚弄着膝旁一丛黄棕色穗状的鱼腥草花序，稍稍歇口气后继续着传说的讲述：从此，朱九不只用金马犁自己的地，也帮助穷乡亲们犁地，大伙儿都十分感激朱九和金马。世上没有不透风的墙，这事很快就传到洪家。凶狠残暴的洪剥皮高兴得手舞足蹈。他想朱九是洪家的佃户，金马就应归他洪家。又想如果把金马献给皇帝，还不知要赏他多大个官呢。于是，他命令狗腿子去抓朱九，叫他交出金马。狗腿子跑到朱家，还没把朱九抓到，就被前来的乡亲们一顿拳打脚踢，抱头鼠窜而归。这下可把洪剥皮的鼻子都气歪了，他暴跳如雷，亲自带着狗腿子气势汹汹地到了朱家。洪剥皮命令狗腿子包围了朱家，然后进屋去搜。可是除了躺在床上的朱大娘，朱九和金马已不见影子。洪剥皮听说跑了朱九，就命狗腿子烧房子，这时他的狗管家悄悄地凑到他耳边一嘀咕，喜得洪剥皮连声说好。他命狗腿子把生病的朱大娘抓到洪家严刑拷打，让她交出儿子。原来这是狗管家出的诡计。他知道朱九是个孝子，为了母亲，一定会交出金马。

故事在传说中有些绵长，李大哥捻莳着花序，侧耳听了几声头顶树叶间鸟儿的啼鸣，接续起了故事要紧处的转段。再说朱九把金马藏在山洞，听说洪剥皮抓走了母亲，只急得浑身冒火，便不顾一切地冲到洪家。洪剥皮见朱九来了，高兴地摸摸胡子冷笑着说："朱九，你是要金马呢？还是要你老娘？"朱大娘就吊在堂屋的柱头下，脸上、身上血迹斑斑。朱九见此情景，心都碎了，他扑向母亲轻轻地叫喊着，年迈多病的朱大娘怎经得起这一番折磨，她连儿子面还没见到就离开了人世。朱九望着母亲，只恨得咬牙切齿。他指着洪剥皮愤恨地说："你这个毒蛇，你霸天霸地，杀我母亲，我今天与你拼了！"说完一头向洪剥皮扑去。洪剥皮忙命狗腿子抓朱九。朱九虽然有勇有力，但因寡不敌众，眼看就要被抓住，忽然天空一声响，一道金光落在洪家院子。金光里，金马浑身闪闪发光，一副金鞍披在马背上。洪剥皮看到金马高兴极了，也顾不得朱九，忙命狗腿子去抓金马。只见金马扬扬蹄子，抖抖鬃毛喊道："朱九，快把你娘背出去，这里有我。"说完一耸身扑到狗腿子中扬起蹄子踢了起来。一个狗腿子刚抓住马尾，金马后蹄一扬，只听"忽喇"一声，狗腿子的脑袋像西瓜一样滴溜溜飞向空中。另一个狗腿子还没弄清怎么回事，肚子被金马踢了个大窟窿。其他的狗腿子吓得直朝屋里躲，任凭洪剥皮怎样狂喊也不敢上前。这时候，朱九已把母亲背了出去，只见金马慢慢升向空中，将身子一抖，那金鞍"轰隆"一声落了下来，正好盖住洪家大院，很快就成了一座马鞍形的小山。当乡亲们闻讯赶来时，洪家大院已不见了踪影，只见朱九母子骑在金马背上在向地面的乡亲们招手，他们飞向了远方。

李大哥止住了他的述说，眼睛静静地望向了山下的村舍田野。

我们置身的小山便为那金马的马鞍所变，山下深深地覆盖着恶极的洪剥皮的宅院。故事有些神奇，有些美好，恶人被罚，好人善终，天理昭昭，有着禅家的因果报应，有着世间的人好家圆。

青冈生马头，结树在人境。头顶树冠里的鸟声婉转低喁。李大哥抬头看看树，我也仰头侧向树梢。枝叶繁华浓深，只闻鸟声，未睹鸟影。

故事已经结束，鸟声仍在接续。

喃喃古树头，鸟鸣树更幽。静寂中手机嘀嗒，有信息忽至，朋友约我闲暇时到马鞍村马鞍山看古树。

这马头上的古树，还不止我一个人惦念着哩。

2018年8月26日

药树在弯道一侧

望见一棵好树，忍不住驻车细看。

古树氤氲，浓荫匝地，人的身影在荫凉间着上了绿意。

树身数人合搂，枝丫繁茂，青枝绿叶。树干挺立，腰板端正，皮肤却掩不住沧桑，枯槁皲裂，壮实里透着苍老，似入定老僧，经年兀然面壁，自有让人虔敬的肃穆与深沉。

树严严实实地遮蔽着弯来又弯去的路，树下是镇上到村上的水泥车道。镇上人多，村上人少，人多的镇坠到了河边，便把人少的村压翘到了山上。镇为岚皋县下辖的佐龙镇，村便为镇属的金珠店村。

路在树下拐了一个肘形的弯，树便栖身在这路的拐头处了。路好像是专为树弯的，树又像是伴着路生的。往山上爬，路尽头似乎只有树，向山下走，前方也只独有树。人置在树下上下巡望，弯道才在眼中拉长而接续，这时陡地想起老祖先曾造下个“曲径通幽”的词。

树罩着路，也罩着路下的山坡。坡上几株水桶粗的树上搭满红布红绫，嫣嫣红色映上了药树的绿树冠。红布四散搭挂，间围着座坟茔，茔上青草萋萋，坟头无碑无识，坟头前残留着烟花爆竹、香烛火纸燃过的痕迹。

树下路上走来一位黑衣白发老人，手里提着一把簇新的两齿羊角锄和一把板锄。搭话间，知道老人从镇上铁匠铺回村，新购了农具，准备采挖地里将要成熟的红苕。

阳光有些闪烁眼睛，我们走到树下说话。问其小地名，答说张家山。问其树龄，答曰不晓。几十年？那肯定不止。百把年？那也不止？五百年？应该差不离吧。

老人削瘦，却透着硬朗。问其年岁，答曰已逾古稀。问其贵姓，答曰姓张，并缀补曰，这山上人大都姓张，所以这山便名为张家山。问其何树，答曰本地原生树种，俗名药树，学名黄连木，嫩叶可食，叶、果、皮、根通身都为益人的良药，清热解毒，预防并去除中暑，还可治疗口疮、咽喉痛以及痢疾等病。

我们说起了药树和红布围着的坟地。老人说树是古树，墓也是古墓。我们说树粗大有形，眼睛能看出它的古，而墓没有石碑文字咋知道它的年岁？老人说这药树名气大，这墓名气也大，药树能治病，这坟墓也能治病，方圆十几里的人都来烧香治过病的，远的还有县外面的人哩。见我们疑惑，老人晃了晃腰肢，换了个站姿，一脚伫立一脚垫歇着后再言道，这坟里埋的人叫田仙姑，是个苦命人，五岁时送到金珠店丁家当童养媳。一次得了场大病，病好了，她奇异地能给人看病了。她好像被神仙附了体，小孩子说着大人的话，她看一眼人，便能说出这个人的前世今生，得病因由。她给人看病，不开药方不给药，只烧一炷香，祷告一下带把香灰回去冲水喝就行了。她看病不说收钱的事，病人自己随意地给，放在桌子上，给钱给物都行，给多给少都行，不给也行。

这天界仙女的神奇让我们有了听下去的乐意。老人见我们聚神伫听，弯腰把手中棕绳拴提的农具放在脚旁地下，直起腰后继续说着神界一样的事。田仙姑原来不知叫啥名，人们只知道她姓田，她给人看病后人们都叫她田仙姑。好人命不长，田仙姑给人看病没几年便死了，死时只有十多岁，好在留下了一个儿子，传下了后人。

我问老人说，你刚说田仙姑坟墓会给人看病是咋回事。老人说，田仙姑死了给家里人托了个梦，让把她埋在这大药树旁，说："埋在药树下，有病来找她。"她埋在这里后，家里的人有病了来她的坟上，烧上香烧上纸，祷告时说清自己的病，把烧过的香灰包回去喝，病痛就好了，这事有些神奇。时间长了近处的人知道了也来坟上烧香求医，病看好了的人，都来坟上披红炸炮子，香火旺得很。我问田仙姑是哪年死的，老人说不知啥时死的，我从来没见过，她的事我是听村里年龄比我大的人说的。我问老人你找田仙姑看过病吗？老人笑道，住在一个村，咋不找呀，人呀牲畜呀有个三病两痛，我都去烧香，灵验着呢。我问村里年轻人来吗？答说：来得少，大部分都出去打工去了，有些都在城里安家了。

故事有些聊斋，思绪也有些聊斋。翻捡中，想起了蒲公笔下的《王六郎》，那传奇里也有着梦。蒲公故乡淄川城北一个许姓渔翁，常在河边捕鱼，每夜携酒河上“饮且渔”，尝临河而祭，以酒沃地而祷之曰：“河中溺鬼得饮。”受感动的溺鬼王六郎便前来驱鱼，帮他捕获大量鱼虾，两人相得甚谐，情逾骨肉。一日，王六郎神情凄楚，前来告别，实言自己是鬼，明日业满，当有一妇人代他“替生”，他将往投生，相聚只今夕，故有些伤感。次日许翁果然看到，“有妇人抱婴儿来，及河而坠，儿抛岸上，扬手掷足而啼，妇沈浮者屡矣，忽淋淋攀岸以出，藉地少息，抱儿迳去。”许翁正暗思抓替生之事不灵，晚上王六郎又来，告其原因是他怜悯妇人的“抱中儿”，妇人代他死，婴儿无人抚养，也必死去，以活一鬼而残二命，他实不忍，故舍之。过数日，王又来别，说“前一念恻隐”，感动“帝天”，今派他做招远县邬镇土地，明朝赴任，约许翁前去探望。后许翁不远数百里寻至其地，问祠所在，祠旁村人热情接待并告诉他说，数夜前土地神已托梦给村里人说：“淄川许友当即来，可助以资斧。”当地人获悉神梦，家家迎候许翁，资助路费，请吃酒饭，备极丰盛。他在祀神祠时也梦到王六郎已成土地神，衣冠楚楚，大异平时。别时王六郎隐驾羊角风盘旋送行十数里，令人嗟讶不已。故事到这里结了尾。

王六郎的故事真好哇，只能这么好了。记忆有些遥远，思绪有些悠长，听到田仙姑的传奇，不知咋的想起了典籍里的王六郎。做鬼则蕴善心，为神也藏人性。两者遥遥远隔，似乎不沾，又似乎有些勾连。

古老的物事总是有些故事的。仙姑有些古朴，药树已为古树。这古旧的事生发萦绕在这古森森的树下，聊斋的古典思绪便会在这古树下徘徊了。

身伫树下，放眼俯瞰，安岚公路顺岚河而伸，车流相接，前后缀追，公路边的小镇上楼房林立，人群匆匆攘攘。现代的人都往疾驰的时间、封堵的高楼和闹市噪音里挤去了。变迁推动着恒久的时代，也变化着亘古的自然和人心。我不知道当我满头白发时，在静静的树下，我是否还有心去倾听田仙姑的神秘，是否还会有人能讲述这陈旧的乡事呢。

我们在古树下和老人告别。山路弯弯，回头望时，转身而行的老人不见了，拐弯处的路不见了，路尽头只看到那棵立着的药树。

2018年9月22日

天主教堂遗留的桂花树

在挤匝的县城里，和一棵古树相遇是再平常不过的事，一次却和四棵模样近乎一致的古树相见，却是有些稀有的。

眼前的树有些稀罕的，一样的高，一样的粗。站位一样，站姿一样，标标致致，四角四方，从哪个方向看，环绕着瞅，树的队形都是标棱直线的，像张老式的八仙方桌，无论怎样的摆放后瞅视，四个角总是直楞楞的，四条线总是端挺挺的。

行坐庄严的树端端正正地向上长着。主干挺拔向上，枝杈挤着挨着向上，树冠挺着伸着向上。它们的心劲一致，它们的方向一致，它们的步调一致，在一致中，它们把自己展示给了天空，展示给了太阳，展示给了白云。

生生旺旺、雄姿伟岸的树生在岚皋县城肖家坝一个院子里。粗，农家过年猪腰身一样的肥，一人搂抱不住；高，踮着脚，仰着脖，和身旁的四层小楼几近相峙。树树相接，枝枝相连，叶密蓊郁，四树一体，形成一个巨大的树冠，遮蔽着大半个小院。

树为桂花，四棵树均为桂花。

树生在小城里，人生在小城里。城里的这四棵桂花树理应我会常常见面的，只是我年岁尚幼时随家迁返父亲老家南郑生活了十年，回到岚皋后时间不长还未有机会走近桂花树旁。

记忆里最初见到这四棵桂花树应是我二十岁的初夏，那是县委宣传部、县广播站联合举办的岚皋县通讯报道会议。时间是三十多年前的一九八二年五月十日至十三日。那时，这个小院是县委党校。党校所在的肖家坝与县城隔着岚河，河上没有桥，过河靠的是个手拽竹索的小木船。会议以会代训，四天的新闻培训学习，使我第一次接触上了新闻写作。至今，我还保留着会议发送的盖着主办单位印章的笔记本，那塑料封面有着像桂花树叶一样鲜绿漂亮的颜色。手指厚的笔记本里我记下了培训学习的手记，这也是我在经年后能精确地得知我第一次走近桂花树的时日。

党校有着新建的教室，多的却是土木结构的老房子。回城过河不方便，与会的人在前面新修的伙房里午餐。县上的领导、讲课的老师和我们一样，围着对拼的课桌，一人一碗饭一碗菜，香甜了肚腹，省却了时间。这是那时就餐常有的式样。

其间我和邻桌的谭荣喜相识，他熟稔新闻稿写作，岁适中年，家在党校所在地肖家坝里，时任耳扒村会计。饭后休息，他领着我们几个第一次走进这院子的年轻人在院里转悠，说这党校原来是座天主教堂，神父是位年老的外国人，白皮肤，蓝眼睛，会说中国话。他小时候和小伙伴们常跑到这天主教堂玩，见到过那位身穿长衫的“老外”，开始怕他不敢走近，时间长了那外国老头还逗他玩，学他说岚皋话呢。

乡下来的通讯员便安排住在桂花树下面的方形天井旧屋里。桂花树生在天井里，四棵树四个角，井壁石条砌就，端直直的，树也端直直的。天井幽深，树冠遮掩，天井幽暗暗的，石条和树身上锈满了绿茸茸的苔藓，有着“庭院深深深几许”的悠长。

我们在绿意深浓的桂花树下看树，在树旁学员们住的木板宿舍里闲谝。谭荣喜说，小时候顽皮，他和小伙伴还悄悄爬上桂花树去掏树杈上鸟窝里的鸟蛋哩。鸟见他爬上树，像知道他要干啥似的，便在他头顶上扑扇着翅膀地飞，吱吱喳喳地叫。听到鸟的喧叫声，那外国老头推门出来笑着劝住了他，说小孩子玩了鸟蛋手会发抖，长大了握不了笔写不了字，也进不了学堂。进不进学堂他不太理会，但他想学会写字。过年时县城里那位手握毛笔在红纸上会写字的先生他是知道的，坝子里人接他过河来，家家都央求他写字，写完了他还一字一句地念。一群人围着他看，听着他念。伙伴们说那叫春联，贴了春联便能过年，穿新衣服，吃好吃的了。他知道，会写字的人是吃得开的人有面子的人，会写字的人是被不会写字的人请的人。他想学会写字，做这种有面子被人请的人。听了外国老头的话，他连忙溜下树和同伴跑了，再不敢去想树上鸟蛋的事了。

我们取笑谭荣喜说，你现在又会写字又会算账，是村里的个大能人哩，能有现在这个样子，真该感谢那外国老头呢。谭荣喜笑答，长大了才明白了，那老头倒真是个好心人呢，其实他是怕我们爬树摔下来，又则是心疼鸟，编了好意的谎话哄我们下树的。

相见了这群桂花树，便能常见到这群桂花树。因了党校的会议室，因了会议室的会，因了会议室里的培训和学习，我便时常走近桂花树下。

世易时移，岚河上有了大桥，河两岸不再疏远。新世纪里的党校有着新的容颜。旧屋去了，耸立起了一幢教学楼；天井不见了，平阔为了水泥铺展的院坝。没去的，是那四棵桂花树，仍是那么的绿，仍是那么的壮。许是树旁少了屋舍遮挡，许是树木在年岁中生长，那桂花树树干越发地粗硕，那桂花树树冠越发地蓬勃。

桂花树下的教室里，我听过西安高校教授讲授过公务礼仪。

桂花树下的教室里，我也为县机关工委所属新党员讲授过岚皋党史。

桂花树下的教室里，我学唱过岚皋民歌《打蒜薹》。“打蒜薹，打蒜薹，小的情哥，小的情郎，你要玩耍，栀子花儿开，三更过后来。／山也高，狗也歪，小的贤妹，小的情妹，山高狗歪，栀子花儿开，我怎能过得来？／后门外有棵桂花树，小的情哥，小的情郎，你要玩耍，栀子花儿开，轻轻梭下来。……”

桂花树下的教室里，我随同事排练过合唱歌曲。“南海中飞来一座仙山，月宫中移来一座金殿，山水烟云自丹青，人间仙境南宫山。冰川塑石林，飞瀑恋碧潭，海螺唱松涛，莲花开峰巅。神奇的南宫山，美丽到永远。美丽的南宫山，神奇到永远，神奇到永远。……”那歌儿是唱给岚皋的一座山听的，歌名为《神奇美丽南宫山》。

二〇〇一年，我在县委宣传部任副部长，也许因我在省城成人大学学习过三年，也许因我的新闻稿件在一些报刊露过脸，应县委党校难以推却的邀约，我为中央党校函授学院新闻专业岚皋大专班讲授了半年的《中国新闻史》。每两周两个周末课时的授课，是我和桂花树最频繁最守时的赴约。

教学楼傍树而建，四层的楼房里，推开每一层的教室门，便会被绿荫荫的桂树相迎。邻树的教室里，推开窗户手可摩挲桂花枝叶；过往的廊道下，俯身可咀嚼桂树的花瓣。湿漉漉的树叶，香喷喷的树花，在微笑的和风中，招着手迎着我来，挥着手送着我去，陪伴了我一次又一次。

树扎下根便不愿走了，人却常常迁动着住处。二〇〇八年，我搬到了离桂花树不远的肖家坝溢河路置屋居住。一段时日，我爱上了羽毛球。三五球友相约，常常就近来到桂花树下，在白漆描就的水泥地线格里，或单邀，或双混，起拍发球，挥拍回羽，跑动着，吆喝着，度过一个个汗涔涔的傍晚时分。

桂花树给羽毛球场常年遮着荫，花季时还奉送上芬芳。擦汗歇息时，望着桂花树我倏然忖想，人有寿庚，树也有年岁，这桂花树树龄多少岁了哩。猜度里，我在清光绪三十一年成书的岚皋旧志《砖坪乡土志略》里见到了相关的文字："五洲宗教，门户纷纭。历观厅境，士庶皆纯。嘉庆中叶，教立清真。回民礼拜，从无汉人。光绪癸卯，天主堂兴。汉人从教，二百余民。外无他教，煽惑人心。事关风化，理应志明。""光绪癸卯，天主堂兴。"翻阅万年历得知，光绪癸卯年即清光绪二十九年，也即一九〇三年。由此知道了岚皋境内肖家坝天主教堂分堂始建的时间。从天井植树式样推测，应是先建教堂后栽树。那时恐怕难有当今大树进镇、古树进城的时兴做法，植下的许是树苗，抑许或为小树。环环臆断中，这桂花树的树龄便大致可以知晓了。

一九五八年至一九六一年，西北大学先后三批下派六百余名师生支援岚皋建设。新世纪初的一年里，白发星星的他们写下了集名为《岚皋岁月》的回忆录。在西北大学团委副书记、下放干部大队部负责人杨茂祥的笔下，我见到了教堂里桂花树的影子："我们莲花劳动锻炼小组共有十三位同志，集中居住在坝子上一座原来的天主教堂内。高大的围墙，宽大的院落，石木结构的二层楼房。临解放时，意大利神父回国了，神职人员回家了。部分房屋由县委党校占用，在这里举办各种学习班、训练班。莲花大队也占用了一部分做仓库、饲养室。这时的教堂，墙皮脱落，门窗破旧，房里设施所剩无几，显得凋零、破旧。最令人惬意的是，院中有两棵一抱粗的大桂花树，树身高出房顶，树冠像伞一样遮天蔽日。夏天，劳动之余在树下休息，真是一种难以名状的享受。到了八九月，金黄色的桂花开放了，那种浓浓的香味远飘四方，全县城都能闻到。"

桂花树与时间静寂地并行。这不长的文字里，我们能依稀打量出经年前桂花树和他相伴的岚皋天主教堂的大致轮廓，勾画出二十世纪五十年代桂花树屹立在一院老房子中的黑白剪影，嗅闻出花绽满城的悠然桂香。记忆让桂花灿烂于眉峰，回忆让教堂宽阔于眼前。院内桂树实生四棵，杨茂祥老人的回忆里却为两棵，这让人心生疑惑。我持书询问桂花树不远处居住的多年旧友谭荣喜，他在老花镜下细细默诵。

临了轻轻地说道："桂花树一直是四棵，年代久远，也许老人记差池了吧？"

最近一次走近桂花树下，是陪朋友为印制一部古树名木书籍去拍摄这群桂花树照片。树为旧识，楼已新易，党校变更为了幼儿园，院子里跑动着五彩衣衫的稚龄孩童。时值午后，幼儿园即将放学。园门口，我与谭荣喜相遇，他来接迎他最小的孙子。

夏日的阳光下，树身硕伟卓，敦实年青，枝旺干壮，挺拔着生命的隽永，散发着翠意盎然的光。树下的人，却在一代代变老，又在一代代走来。

2019年8月9日

桂树生兮山致幽

午后的阳光打在桂花树上。我背悬山坡，面向桂树，看见绿绿的树叶淌着油旺旺的光。树后是迤逦的山，满头白发的朱方清手持着旱烟杆指着高处告诉我说，近邻的人叫这山为狮子头。身后的坡下流动着一条白花花的清流，我知道这河名曰滔河，为汇入汉江的岚河的支脉。

阳光灿灿的，山谷里一片明亮。方觉夏深的季节里，万木葱茏，缕缕又香又涩的草木味弥漫在桂花树的枝叶间，飘然在岔岔凹凹里。

这是一株十多米高的桂树。桂树独木出土，半人高后八方散枝成丛状。枝杈菜盆般粗细，大小近一，形状几致，直立的、斜伸的，挤挤挨挨二三十枝，匝匝密密黑黝黝一团，好似人为斫槎的巨型盆栽，抢走了我们同行人的惊叹！

遍地有桂。印象中，桂树总是高高独立，或者是三五分枝，如此低处分蘖、丛生四野状的桂树，倒是先前没有想象力作为参照物的。

桂树树干处也许两人可以伸臂搂抱，分杈处估摸着得四人牵围。人触摸于树身，树枝也触摸到了人的发端。脚踩着“野有蔓草”的地，头顶着“清扬婉兮”的枝，眉角陡自飞扬，眸水泽溢盈盈。

想起一首读过的古人的赋：“桂树丛生兮山之幽，偃蹇连蜷兮枝相缭。山气巃嵸兮石嵯峨，溪谷崭岩兮水曾波。……”

我诧愕于树的形体，也讶异于树的粗大。我问树高寿了？手抚树身的朱方清答曰：“寿不高，还不到八十。”我疑问于树龄的精确。老人再答：“这树是我小时候栽的，记得栽树时我十岁了，已懂了事，刚有力气动得了锄头挖得了树坑。树苗子是我从斜坡下面吴家瓦屋场姑奶奶家挖回来的。”我又问为啥想着要栽桂花树？老人续答：“当年人小，只知道桂花香，见吴家姑奶奶把桂花当茶喝，我去了还给我泡着喝，好香噢。茶喝了，见到有几株小桂花树，便向吴家姑奶奶要了一株，连树带根上的土，挖回来栽上，那树苗和我当时差不多的高。桂花树命硬，栽下便活了。这地方土质好，树长得快，年龄不长，却长得大。”

桂花树常年在这里生长，飞虫、鸟群却在季节的更迭里变换着亲近树的部落。树冠里有知了一声声的啼音，间或地传来枝梗上喜鹊的鸣唱。知了是立着或卧着难以知晓，我却看见了黑白斑缀的一对喜鹊，它们有着绿蓝色的翅膀和楔长形的尾巴。它们和树下的我们一样，青睐于同一棵树的树荫，欣赏着同一样的景致，萦绕着相一致的心境。

我问老人贵庚？老人答：“民国二十四年生人，今年八十有四了。”

树邻老人家农舍。长溜溜一排十多间，两端各横两间偏厦，撮箕口状，有着山里大户人家的模样。屋土墙木窗，壁黄棂褐，洇着山野的彩。房石板为瓦，面玄容缁，映着岩崖的色。庭前桃子缀满桃枝，庭边一溜美人蕉、一溜黄花菜。坐在清风翥翥的葡萄架下，呷着甜翠的鲜桃，赏着蕉红花黄，心绪静下来了，时空慢下来了。

慢下来的时光里，我们一圈人说着闲话。老人的长子朱世中是我多年的旧识，他先后任过滔河镇和县交通局的书记职。在老父亲面前，年适花甲的他，恭恭敬敬听的时候多，插嘴接岔说的时候少，有着桂花树一样的宁静与谦逊。

朱世中兄妹七人，五儿两女，个个添子，有的子又续子，四世得以同堂。兄妹们大都在外工作，平日里只有三弟一家和父母在老宅居住。老人说，别看平时院子里人不多，逢年过节儿孙、曾孙们回来了，满屋子满院子的都是人。去年除夕夜，全家在院子里搞了个家庭篝火晚会，四十八个家人全部到齐，烤了只整羊子，还烤了鱼和青菜，啤酒喝了几箱子，光木柴烧了千把斤。

桂树矗立葳蕤，儿孙瓜瓞绵绵。我问老人这其中有内在联系吗？老人笑说：“栽树时我还是个小娃娃，哪想到那么多。后来才知道了桂花是个吉祥树、富贵树。桂花与‘贵’同音，种在屋边上沾了个贵气，讨了个喜气，全家人丁兴旺，都过得顺顺畅畅，也许真是沾了桂花树的光呢。”

朱世中说，人有子嗣，树也有子嗣。我结婚后在坡下面滔河边泗王庙边修了房子，从这树上压枝育了几根小树栽到屋旁边。树长大了，后来被县巴山珍稀植物园看上挖了三棵去移栽，现在也有小脸盆粗了。

我们聊起朱家屋场的来历。老人说朱家祖先是乾隆年间从安徽省潜山县黄泥石门冲迁徙到岚皋县滔河岸边构坪村这台地上的，忙时开荒种地，闲时砍树放排，渐渐在这巴山里兴起了家，传下了人。后来人口增多了，便就近四散居住，到现在全族有三百多户一千多人，成了滔河边上的一个大家族。

我问有家谱相承吗？朱世中答说老谱原在位长辈人家里，文革“破四旧”时怕被红卫兵搜去毁了便藏在堂屋屋檐下，后来去找，却发现被老鼠啃成了碎片。老家地址和派行是他父亲原看过家谱凭心记的，前几年他寻祖跑了趟安徽老家，找到了朱氏根脉，续上了宗谱。从派行上看，老祖先搬到这里有十三代了。

阳光在葡萄架上弥漫，叶藤臃肿纠缠，豆菽般的葡萄已成粒成串。青色的蜻蜓静静地栖在枝条上，只在偶尔地翕动翅膀时，将人的眸光悄然地搬动。蝉歌依然在桂花树高处鸣响，哧哧啦啦，缱绻延宕地流入葡萄架下。蝉鸣与夏天相互滋渥，如同人的当今难与过往切割。

朱方清看过家谱，他必定识字。老人这个年代的人小时能读上书的不多。老人见我疑惑，说他小时候上过私塾，私塾就在这院子边上，土墙石板瓦，墙檐高，窗子多，老师是本家的一位秀才。私塾后来没办了，时间长了便垮了。听朱家的老人们说，这老师的爷爷也是位读书人，还当过清朝的官，坟在蛇头嘴上，墓碑现在还在哩。朱世中见老人说完端起茶杯喝茶，接上父亲的话说："坟离这不远。续谱时我去抄过碑文，坟是光绪年间的，老祖先叫朱祖荫，高我五辈，碑上记载他任的是皇清例授修职郎一职。我在网上查过，这职位是文官的散官官阶，一般为正八品。"

我们趣笑朱世中，说他是官宦之家，名门之后。笑声中我问老祖先传下来的有啥老书或老物件吗？答曰："我小时候见过几本线装的书，那时我还不识字，也不知道啥书，后来便不见了。"朱方清说："是木刻版的四书五经，后来公社派人收去烧了。"

缄默中我们静静喝茶。朱方清的老伴不时地从屋里走近葡萄架下，续满一盘盘的山货小吃。方桌的正中盛放着一小盆核桃，那是去年秋天贮存下来的干果。皮薄薄的，核白白的，手掌轻轻一捏，壳便破了，涡出醇醇的香香的味道。

院旁的玉米地一派墨绿，遮畦蔽地。秆儿上正在萌起着玉米棒，酿育着苞须，在濡软中充溢着饱和的粒，在靛绿里洇染霁青的颜，在怯涩里迓沐日月，待序时节。

坡下的滔河边峭立着险峻的“张飞岩”，人坐在院子边，俯眼便可瞰着。朱方清说，那是河边两块对峙高耸的大石头。传说张飞曾来到这，他坐在岩石上歇息，将脚伸在水潭中洗脚换鞋。他脚穿草鞋，脚足巨大，走后在潭边留下一双一丈二尺长的烂草鞋。山民们看见大草鞋都很惊异，口口相说，代代相传，这石岩便得名为“张飞岩”了。

阳光西斜，山色在杏黄与铜绿的山影中迭接。山脉低缓，河溪岑静。空气里飘逸着缕缕的山风，燠热正在稍稍散退。

朱世中接续着他父亲的话说，张飞岩的传说跌宕婉转，细节丰满，父亲只说了个大概，细说有些绵长，故事风趣而又传奇。

夕阳余晖，葡萄架下，朱世中叙说着张飞岩的传说。时空相隔，缈远赓续，故事向着时光深处掘进，岁月在意念中牵绊。

太阳落下山了，月亮还未升起。我们向朱方清夫妇和他的家人告别。拐过屋舍，下山的路在桂花树下折弯。天暮人归家，日晚鸟归林。独木为林的桂树上蝉声应和，群鸟唱晚。循声仰望，黑团团的桂树蹲在坡上。那蝉声，那鸟鸣，穿透了幽静静的夜，飞到了黛玄色的天上。

2019年8月20日

第三辑　木叶青黄

树叶正黄，浮光曜金，涨满了亲昵。脚步移动着，一树金黄从季节的烂漫景色里，从悠悠的希冀里，摇曳而至，飘然而起，诗意地萦绕进了这绛红色的日子中。黄叶灿亮了人的眼睛，亦悸动出了人的叫声。我抓起一把厚厚坠落的树叶，在鼻息里深深地嗅了嗅，抬手抛向天空。每一片树叶，都在旋转中翩飞，每一枚叶子，都在舞动中舒卷着各异的姿态，飘拂成一叶叶晕黄的眷恋，念想着时光的经往，缠绵着美奂的景象。

明日秋分

河流总是亲近人儿的，就像飞天神女身上长长的衣带一样，飘逸、弯曲地盘桓在人的眼前。屋旁的岚河亦是这样，把县城抱在怀中，倒影铺在涟漪里，似倒置的隐隐插花，静默或微动，波起亦折叠。

一个上行节令的日子里，晚饭后我去散步，从耳扒山公园折回县城，临近岚河廊桥时，夜已黑尽，伫目河面，我见到了满帘灯河娟影。水面上彩灯闪烁，虹桥廊影舞动，星光若云，玉壶光转，暗香嬉嬉，熠熠生辉。微风跌宕中，一树虬影状的大树剪影般地闪现，媚容娇态，盈盈入眼。

岚河日晚，满目烟波凭阑。登山临水，惹起平生心事。见过那树的倒影，再过廊桥，我便多注意了，映入水中的是桥北头一端倔强而生的一棵麻柳树。树身硕大，形态壮美，茕然孑立，树干歪着身子，斜斜的挺过廊桥一层平台后，回过身来直直地向上伸长，随之分枝散叶，紧贴着桥身，将三层高的廊桥俯视在树梢下。树冠蓬勃葳蕤，铺陈喧哗，树叶旺盛肥厚，层层交叠，遮风挡雨之余，更阻隔灼人的光照，遮蔽了廊桥北头上下梯步和桥头河堤步道。树身祉荫出的一方风水绿地，常常挤来卖李子、卖核桃的商贩，烤红薯、烤苞谷的泥炉，烹鸡脚、鸡翅的炉膛推车。

我关注到的这棵麻柳树学名枫杨，当地人多叫水麻柳。记得古典小说《开河记》记述，隋炀帝下令开凿通济渠，号令在新开的大运河两岸种柳，并亲自栽植，还御书赐柳树姓杨，享受与帝王同姓之殊荣，此后柳树便有了“杨柳”美称。印象中这棵麻柳树优然屹立于此，似乎有三十多年了。二十世纪八十年代初，因工作原因，我常到岚河对面的肖家坝县委党校开会，那里有县城不多的会议室。过岚河时扯着竹篾拴套着铁链的小木船，犹如《边城》中翠翠拉扯的木舟，竹篾连接的绳索最终便套在了岸畔上这棵麻柳树身上。树的歪身子也许天长日久间便被拉拽成的。

我不知道我见到这棵麻柳树之前它的模样，它是何时开始兀自在这里生根，长个头，分枝杈，有别壮天厚地的生长的。它是母树分蘖而生吗，它的母树又是哪年最早落脚在此的呢？夏去春来，一载一载，在某个瞬间被我捕获，从此为它驻足因它徘徊。麻柳树最早落根栖息于此处时，或许没奢望经年后一度存在的铁索木板吊桥和现今仿古典的钢筋水泥廊桥与它为邻，没奢侈估摸出满县城的人，以及南来北往的过客时刻不断地从它身下走过，一如身边不舍昼夜的岚河水。多年后一位对文字充满了敬意的后来人，蜇身在离它不远处的一间书斋，推窗便可傣嗅到它清爽湿润气息，堵塞着充耳的世喧，静寂在书案上，书写下对它朝觐后的谦恭，缠绵出树寿数百年的慨叹！对此，麻柳树可否想到呢？

麻柳树虽已年长，却无生命行程里下行节令必有的萎靡和苦寒。它的枝干虽已斑驳沧桑，但并无桑榆暮景，没有老树常有的粗壮臃肿，而是攒眉蹙额地往高处奔，斜出的枝叶探进了廊桥的亭榭窗棂，仰天的枝梢高出了廊桥顶端的飞檐翘角许多。春天里它俏俏地开花，夏天里它喜喜地结荚，秋天里它羞羞地脱去纱衣，冬天里它涩涩地着几串未完全坠落的金元宝似摇曳的果实，呈现出文人画般的瘦骨嶙峋。

麻柳树歪踮着腿脚，斜着腰胯，舒着颈脖，伸着身势，自恃与婉转，阴柔并温暖，虔敬地亲吻着大地和天空，卷舒云霓，吸吮雨霁，慢慢湿润一方绿意，洇染一缕诗的情怀。前阵子的中国诗词大会上，记住了一位选手馈赠给主持人的话：“美人当以玉为骨，雪为肤，芙蓉为面，杨柳为姿，诗词为心。”如此女子，应是世间的稀罕物了。这位女子应是知性而隽永的，谙知人生况味而给人安详之态相伴之娴的成熟女。电视机前，听到这新奇古香的话，便想到廊桥头侧的这棵古柳了。

麻柳树黄了又绿，叶落了又生，但不离不弃的是以此为家诗意栖居的鸟儿们。密匝匝的枝杈仿佛天然的鸟巢，奓翅飞翔的小鸟便坦然地在其间蹦跳耍嬉，并不在意树主的皱眉和笑意。也许有临风或朝阳的差池吧，鸟儿们常常不休口争，喋喋斗嘴，舌长舌短，喧闹纷纷。吵得没有休止的常常是欢喜群居的麻雀，间接接话的多是黄鹂、画眉、斑鸠、云雀、锦鸡、白鹭、杜鹃。晨出晚归的有夜莺，它多在黑暗中呓语。喜鹊不缠不恼，常邻人居，自然懂得“话有三说，巧说为妙”的人语秘笈，开口便谐吉祥、喜气，常常不战而屈它鸟之兵，获得树冠高阔明媚处，高翔而下，矫然敛翼，演绎“鹊登高枝”“声名鹊起”“鹊桥相会”“喜鹊筑巢”等人皆爱之的开心景语。记得年少时读过敦煌曲子词的《蝶恋花》：“叵耐灵鹊多谩语，送喜何曾有凭据！几度飞来活捉取，锁上金笼休共语。‘比拟好心来送喜，谁知锁我在金笼里。欲他征夫早归来，腾身却放我向青云里。’”这首写法别致，不知作者姓氏的小令，读过一遍便不易忘却了。爱情是古典的，喜鹊是古典的，麻柳树又何尝不是呢？

古典的麻柳树应是先朝旧物，明亦或清？这个也许只有林业专家诠释得明白。但有一点我是明晓的，麻柳树初始长成时，树身所立之处是没有街市的，也没有钢筋水泥的大桥，更没有旁立的楼舍闪烁的霓彩，有的也许是泥土筑就的村屋，掮扛背驮稀拉拉而往的田舍郎，还有撑船往返岚河两岸的山里人。古柳伴古渡，这里肯定有过韦苏州“野渡无人舟自横”的诗境，这里也定然再现过苏子瞻“牛衣古柳卖黄瓜”的乡趣。

小树喜爱歌舞，老树洞晓史事。五千多年前，麻柳树所在的肖家坝仰韶文化遗址上，一群草履葛衣的男女，在“山头斜照却相迎”的午后，上耳扒山狩猎，下岚河里叉鱼，他们手持的打制石器，是在这河滩上拾捡濯磨的吗？“……汉水又东，径岚谷北口，嶂远溪深，涧峡险邃，气萧萧以瑟瑟，风飕飕而飂飂，故川谷擅其目矣。……”一千多年前，那位探访岚河，以区区三十六字尽现了岚河无限风光的我国游记文学的开创者郦道元，携着《水经注》初稿，“竹杖芒鞋轻胜马”似的来到巴山深处的岚水边，是在这渡口上岸的吗？“鹿柴处处远人家，一望环山积翠花。竹筏有人争野渡，枯杨惊起旧栖鸦。”四百多年前，那位“一蓑烟雨任平生”的士大夫式的本土作家刘应秋，是在这河边筑起他的《砖坪别墅》的吗？一百多年前，那位来自浙江绍兴府，被清政府任命为岚皋县的前身砖坪厅抚民通判的进士沈祖颐，会在案牍劳形之暇，挑选一个“也无风雨也无晴”的好天气，携领着孩提时的三个儿子沈士远、沈尹默、沈兼士在这棵大柳树下逗留戏耍吗？沈祖颐他自己也许都不会知道，他手手相搀而大的昆仲兄弟，后来会成为享誉国际文化界并对中国文化发展做出杰出贡献的“三沈”吧！

麻柳树前依岚河、后倚耳扒山，清清的岚河水从它脚下流过，绿绿的耳扒山与它的枝梢眉目顾盼。河水里有透过波光的石，优游觅食的鱼，游泳健身的人。山上有斑斓多姿的花木，扭扭捏捏的步道，雕栏石砌的亭阁。许是树的绿荫，或是树的仙气，钢筋水泥的时代到来后，树旁先是架起钢索吊桥，再是大型廊桥，涵有善水之心的岚皋人有着怀旧之念，眼中之景，幸运地把树保留了下来。人们感念着麻柳古树，古树也感念着给它福分的人们。河阔树高，麻柳树自然和每一天的太阳最先相遇，随着冷暖的转换为路人给光送荫。枝壮叶繁，敏达地际遇着每一场风雨的飞扬，赐有幸步入身下的行者雨伞披氅。

你送我一件衣裳，我接过来，轻轻地再披上你的肩膀。筑堤建桥后，麻柳树伫足在了廊桥头人行河堤步道的中间。廊桥成了老城通往肖家坝新区步行桥，也成了县城人下至岚河二桥、上至廊桥而绕着河堤步道健身散步的拐折处。廊桥上开了女人青睐的服装店、年轻人喜欢的酒吧、友人见面言欢的茶室、文艺人独爱的琴行、游客嗜好的巴山小吃。脚步匆促的赶路人，步履悠闲的散步者，时刻从树下走过，感知它的萌芽或落叶，体味它的夏云与冬雪，呼吸它的清凉或温暖，走过它的秋分和春分，释怀它晨风暮影中的孤寂，倾听它一世沧桑里的愁绪。歇歇脚时，还可望望远处圆形的太阳梁、宽宽的中梁子、长长的西坡，看看近处的耳扒山、身旁的岚河水，还有河两岸林立的高楼，攒动不止的细碎市井。山川相接，葱郁苍苍，峰岭四合，隐然如环，如山水画般纤细而逼真。白净的天空、飘游的云朵、细密的雨丝、静默的落叶，风雨晦明，花草枯荣，都在古柳盈盈的眸光里更迭与退却。熟稔或陌生的人们，因为这棵树、这条路走到一起，由此涡满温热的气息和生动的未知，承启起遥远的前方那绵长的希冀。

闲时读柳三变的《破阵乐》，蓦地觉得这是穿越似的为岚河、河堤、古柳和廊桥填的。“露花倒影，烟芜蘸碧，灵沼波暖。金柳摇风树树，系彩舫龙舟遥岸。千步虹桥，参差雁齿，直趋水殿。绕金堤、曼衍鱼龙戏，簇娇春罗绮，喧天丝管。霁色荣光，望中似睹，蓬莱清浅。”

回黄转青是孩童时就身悟知晓了的，五十多载春秋接续中，我素朴又硬实地明白，节令的路是永远不会停滞的。和往常一样，晚饭后我散步又踏上了河堤步道，前几日馥郁的桂花淡了香气，有些树叶已开始褪绿泛黄。一缕风悄悄地从河面上溜来，幽幽的，怯怯的，蹑手蹑足，在平静的水面上划了道浅浅的印迹。微风过处，我敏觉地感知到了轻浅的微凉。我思忖这应是仲秋的况味，这介于热与寒之间的些许凉意，是最宜于人与人之间不近不远的温度，过热怕被融烬，逾冷或可僵硬。

我轻轻地走近麻柳树下，那低处的枝丫伸展到我的头顶，几近抚上了我的发肤，那么柔和，近似故交。眼前不远处一只红黄色的鸟儿，歇在向阳的枝干上，用主人般的眼光对视着我，歪着脑袋，翕动着翅膀。两只松鼠在稍高的枝杈上跳跃，它们是在攫取那黄黑相间的柳荚吗？一位缟衣玄裳的长者立在树下，望着古树良久良久。临转身时，他对着树干说着，又像是对着我说着，抑或是自言自语地说着："明日秋分！"

2017年9月22日

隋朝走来的银杏树

仁者喜山，寿者亦喜山。

深秋时节的一个早晨，我和一棵一千四百多年的寿者银杏树相见在岚皋县木马河畔的山坡上。寿者多喜幽处独栖，朝觐的路需耐烦地逆岚河，溯支河，趖木马河，当河流分支再分叉，溪水喧嚷而柔婉时，攀上一面缓坡，我和银杏树觏面了。

树叶正黄，浮光曜金，涨满了亲昵。脚步移动着，一树金黄从季节的烂漫景色里，从悠悠的希冀里，摇曳而至，飘然而起，诗意地萦绕进了这绛红色的日子中。黄叶灿亮了人的眼睛，亦悸动出了人的叫声。我抓起一把厚厚坠落的树叶，在鼻息里深深地嗅了嗅，抬手抛向天空。每一片树叶，都在旋转中翩飞，每一枚叶子，都在舞动中舒卷着各异的姿态，飘拂成一叶叶晕黄的眷恋，念想着时光的经往，缠绵着美奂的景象。

树身伟拔，高过了树后的山峰。树身离开地面后一分为二，似开未开，若分若离，我抱着你，你抱着我，缠绵着挺向天空。树干高过人头处，挂着块当地政府名木古树保护牌，仰头细瞅，啧啧得知，树围十五米，树高三十八米，树龄一千四百年。默言自忖，回退一千四百年，银杏树最初萌芽立身时，那是隋朝的时光，上承南北朝下启唐朝的大一统王朝。大树爆芽初生时，也初生了三省六部制，初生了开科取士。楔地挺起的银杏树，洇染着“开皇之治”的欣欣气，远汲着大运河的脉脉水，也难怪根劲树茂十四个世纪了。树干粗阔，和树下间土屋近乎一般模样。有人说树得十个人牵手合围，有人说要十二个人伸臂相量。树下不远处一放羊老人闻听此言走近说：“这树早年间有人量过，八搂九拃一姑娘，现在恐怕还不止呢。”我问咋是八搂九拃一姑娘？老人挥了挥手中放羊竹棍说：“说是慈禧太后老佛爷在世的时候，一位赶考秀才路过此地到树下躲雨，见树奇粗，有心想量一下，便搂抱了八搂。搂动时发现树后站着个大姑娘也在躲雨，不好再搂，只好收臂改用手量，量了九拃到姑娘身边。雨停秀才赶路，遇到同道人闲谝，说木马河边的银杏树搂了八搂，拃了九拃，还剩有一个姑娘站立的宽度。”这话后来被传回到木马河，“八搂九拃一姑娘”就成了这古树粗大的形象说法了。

树下土屋的院里，卧着座古墓。墓碑拙朴，文字漫漶。残存的文字透出这是清代中叶甘姓夫妇的合葬墓，让人不由得想起树旁甘家坪出生长大的清末画家甘棠。甘棠出生于道光二十二年，原名甘大霖，号醉霞。幼时读过两年私塾，从小喜爱绘画，因家贫买不起纸笔，放牛、砍柴时用树枝在地上比画山水、树木、鸟兽、虫鱼。一天一位农民请甘棠画画，现场却没笔纸颜料。甘棠看见旁边地上有一块灰白色的大石板，笑了笑，兴趣盎然地让和一盆黄泥巴水来，大家虽感到奇怪却照办了。甘棠挽起袖子，就势把眼前坐着的一个光屁股娃娃提起来，放在黄泥巴水里蘸蘸，屁股沾满泥水，又把娃娃提到石板上轻轻蹭了蹭，一个红黄色的南瓜雏形立刻现出来了。顺手扯了几把青草、绿叶，揉搓一阵，挤出绿汁，在石板上点点画画，一幅活生生的南瓜画跃然于石板上，妙趣横生，引得围观人捧腹大笑。八国联军占领北京后，慈禧太后逃往西安避难，陕西巡抚鹿传霖召甘棠为太后的行宫作画。甘棠先是在墙壁上依据“万绿丛中一点红”画题，先画出葱郁的桑林，继而又画出一位背着背篓的采桑女。只见采桑女左手爬树，右手摘叶，左脚隐于林间，而右脚则在树缝间露出红色绣花鞋的一点尖部，赢得了众人对其点题之妙的叹服。随后甘棠又受命为太后内室画了葡萄图。画面上葡萄藤蔓蜿蜒，绿叶掩映，疏密相间，葡萄串串，似伸手可及。偷吃葡萄的老鼠，有的瞪着警惕的小眼，有的竖起灵敏的耳朵，好像稍有响动即可逃遁。又有二鼠争食，似有吱吱叫声，惟妙惟肖。慈裕太后见后叹为“神品”，留甘棠到京供职紫光阁绘画，自此名播京师，其画作被收藏于故宫博物院。

树下出画家也出文士。树下木马河畔有座清乾隆五十五年留存下的叶仁安夫妇合葬墓，碑文七言诗体，新颖且别致，收录进了《陕西金石文献汇集——安康碑石》和《安康碑版钩沉》典籍。我们慕名去看，荒草萋萋，苔藓茂密，扯把草叶拂拭碑面，碑文楷体左行竖书，文字依稀显现。“盖闻初生太平世，福寿康宁人人钦。生于楚北通山邑，欢欣移居至秦境。惟望光阴百岁寿，古稀余四登天庭。□□□□□□□，严君慈母厚德情。略表寸心之薄意，稍酹劬沥一片心。生于康帝伍十伍，殁于乾王庚戌春。安葬此处平利境，木马河尾小地名。坐定西北平安稳，正向东南水秀清。兰桂腾芳垂万世，荫佑儿孙发千金。父母恩深如海报，刊碑不朽永留名。”碑诗无撰写人姓名，想来应是墓主人的一位文字颇渊的子嗣。孔子曾曰：“小子何莫学夫诗？诗可以兴，可以观，可以群，可以怨。迩之事父，远之事君，多识于鸟兽草木之名。”“迩之事父，远之事君。”这位写诗的叶氏后裔不知是否做到了“事君”，但却真切地做到了“事父”。碑诗渗透了丰富的史料价值，佐证了明清两朝陕南移民的重大历史事件，从诗中也明晰地知道岚皋置县前此地隶于平利县境。墓碑前的拜台上横陈着块镌刻精美的硕大方石棋盘，只是如洗的流光濯去了棋盘上最初的石质棋子。子承父好，子悉父好，墓主人生前许是谙熟文墨的，也是极喜象棋的。两百多年前的碑诗几近完好地存立于今，是叶氏后裔的幸运，也是木马河的幸运。树下的事总会受寿者的庇佑的，千载的银杏树鸟瞰着树下的万物。

嗜文痴棋的叶仁安早已成为古人，画艺卓绝的甘棠也已成为古人。但这棵银杏树仍不急不缓地行走在时间的山道上，一岁岁地发芽，一载载地结果，不疾不躁，不卑不亢，矢志不移地走着，行过了唐宋，步过了明清，穿过了无常，迎迓着穿越。

“叶长千年茂，根扎大地深。不思登大雅，惟愿送温馨。”年年岁岁叶相似，岁岁年年人不同。康熙、乾隆王朝时的叶仁安曾漫步树下把玩银杏口诵诗文，道光、咸丰皇帝时的甘棠也许身蹴树下手捋树叶枝画白云，慈禧太后时的赶考秀才曾在树下搂量树身雨邂村女。今天，我们来了，为了千年的一晤，循着冥冥之意的高远，在一枚枚金黄叶片的轮回里，探索树的秘笈，抚摸树的蠹节莓苔，凝望前人背影，踏觅历史轴心上移动的道场，跟着季节的脚步，将红尘烟雨和对生命伟力的敬畏，系上树的枝枝杈杈。

树下曾有过学堂，有过村落，也有过繁华。如今大多的人下山去向往高楼，去寻找远行。但这棵银杏树依旧牵着岁月的巨手，不弃初心契定，盘紧春秋，在岩石里涅槃，在阳光里崛立，看热闹褪去后的阒寂，阅风雨游梭中的人往。

树旁一户人家依树而筑起数间土房，屋内地面上树根悠游伸没。一丝炊烟从屋内飘出，女主人正在给她的孩子烧火做饭。主人家的一双儿女吃完饭后便需要乘车前往二十余里外镇上的学校，他们和母亲再次见面便已是下周末的光景了。她的丈夫在山下的石板厂里务工而数周才回家一次。平日里的这座山头上，只有她一人独自生活，陪伴她的除了春耕为稼秋收为穑的农活，便只有存在于电视机里的光鲜世界了。她家的邻居早已迁出而搬至山下的高山移民安置房，而她自己却不太清楚何时会离去，毕竟丈夫和孩子终是要回家的。

屋旁的银杏树，许是已经看惯了千年间的“春花秋月何时了”。人世的场场离别重逢在它眼下哭笑交替着，多少往事也无须细心铭记，而身处时间长河之中的它早已不悲不喜。

回望那棵银杏，树下炽色的树叶上睡着屋主人的家狗，它的眼睛闭着，睡得沉沉的。银杏树叶辉煌的黄，家狗看习惯了。

2018年4月2日

南宫山上铁橡树

霜降的脚步蹑足潜踪地悄然走到南宫山上，嫣然一笑的红叶便将笑靥挂满了树梢。猩红胜似春花的榛丛霜叶里，我与一棵绿意盎然的铁橡树相约而遇。

满山红叶似彩霞，灿灿光晕里，这绿便有些别致，几分异样。万红丛中一点绿，绿的铁橡树让人看一眼便不易忘却了。山本有色，树生有形。铁橡树巍然挺拔，昂首屹立，枝叶繁茂，葱茏劲秀。走近抚看，主干坚似青铜，从根到枝的周身苔痕斑驳苔须飘扬，岁月风霜凝聚似器皿上的翠绣。苔藓裹覆下的枝柯已让人难识本色，只是从凸势凹形上依稀可辨瘤瘿与树洞。常年不凋的树叶椭圆形斜展，叶面泡状微隆，边缘有锯齿形，丰盈雅致。硕壮的枝干四散着丫杈，每一根丫枝都像一棵成年的树，匍匐着膝下，用写实的目光探巡着绕树三匝的小鸟，小鸟栖身的小树和蹦跳其上的岩石。挺直的干、嶙峋的枝、峻厉的形，透着苍劲，漫着古老。

铁橡树长在火山岩石林景区的三炷香旁。名为三炷香，实为三根高耸直立、形似香炷的石笋。仄立峭拔的石笋，源自不知多少年前这方土地的神仙爷的一次发怒，嗔愤的声浪掀开了地下深层的岩浆，喷发、奔泻、凝结、冷却，再经洪荒时日的浸蚀与磨蹭，才遗下斧劈钺凿的石林，再被后来筑庐邻居的高僧演绎为了一段禅意弥浓的传说故事。

神仙憩临过的山上，不乏凡间臆揣的流传雅趣，众多逸闻中一则的主角就是这棵数百年的铁橡树。相传很早以前，南宫山下周边几十里的山民眼红成疾，痛苦不堪，遍求民间郎中均不见效。一日村里来了位手拄紫藤手杖、鹤发童颜的老人，见状顿生怜悯之情，他要村民第二天烧好开水并在家等他带药来。次日早晨，老人身背青黄相间的一捆长须青苔进村，分发给山民并嘱咐他们用开水泡着喝。不过一日，全村人的眼睛全好了。老人离村要走，村民求告姓名，老人说他姓云名雾草，家住森林里面。村民挽留不住，送老人一袋燕麦面作别。老人攀山回家，临近三炷香时忽觉肩上口袋很轻，放下一看，袋子里燕麦面只剩半袋，再看见袋底有一小洞，燕麦面顺着归路零星撒落。老人沉思片刻，叹了口气，隐身到铁橡树身里去了。

老人与村民分手时，一位年轻小伙子猜想老人为神仙，便乘老人不备戳破燕麦面口袋，想找到老人住处，意欲得到更多仙草。老人前头走，他循迹而追，来到三炷香前，见没了燕麦面踪迹，四处遍寻，见铁橡树上长满了治病的长须青苔，又见苔须飘拂，酷似云雾草老人仙发，便认定了老人即是这树变的，那苔须便是老人的胡须。他满心欢喜，便想爬树扯采，小伙子正想上树，只见金光一闪，树下石头上闪出几行字来。小伙子走近细看，见是一首四句诗："修行山上五百年，云云雾雾罩满山。仙草可去凡间病，医治不了人贪念。"小伙子读过石头上的诗，明白了云雾草仙人的意思，惊惶跪倒树下，叩头拜首后，慌忙下山回村去了。

当地人知道这个传说故事后，就把树上长须青苔尊称为了云雾草。枝杈上长满了云雾草的铁橡树是古老的，依附其身的民间传说也是古老的。树下火山石凌列，青苔藤荆杂布，石缝里野菊花挤头窜脑，间杂摇曳着几株七叶一枝花。茂盛的是褪青转黄的草木，淡却的是那树的传说，寻不见的是那树下石头上仙人题写下的诗句。

树下石痕小径通往弘一古寺，庙里传来《大悲咒》的声声梵音。驻足树下，道上走来一位僧人，身着布衣长衫，步履稳重，面色平和。我退步路边，双手合十，低头尊称一声"师父"。僧人颔首还礼，而后悄然离去。

深山藏古寺，微风送磬声。佛心唤我走进寺内，黄墙黛瓦衬着掩映的林木，清寂而幽静。脚步声里偶尔传来一两声泠泠的钟磬脆响，秋色愈益浓缩，声响愈加绵久。肉身殿前有青铜宝鼎，黑亮亮的鼎内正燃着香。风里有细碎的诵经声起伏，低低地悠长地飘着。

母亲晚年事佛，和周边寺院多有交往。坐在今秦法师禅房里喝茶，先听她讲述母亲生前敬佛的往事，再叙述弘一寺的历史，又讲诵起《心经》。她泡给我们一杯云雾草茶，又泡给我们一杯老荫茶，说这都是她春天去山上采回来自己晾晒炒成的。攘攘世间，寻一隅恬适之处，平心静气地喝茶是极好的养性修心。我们听她说着话，杯起杯落啜着茶，窗外山色一片清明，林木清爽滋蔓。

“观自在菩萨，行深般若波罗蜜多时，照见五蕴皆空，度一切苦厄。舍利子，色不异空，空不异色，色即是空，空即是色，受想行识，亦复如是。”今秦法师讲读着《心经》：“‘五蕴’，世间色、受、想、行、识一切事物总和。‘照见五蕴皆空’，有心为想，无心是照。照的意思是离开我们的妄念，像镜子照东西一样，明明白白，清清楚楚。”

倏忽间，我想起了与母亲生前闲谈时她谈及的《金刚经》里的一句话：“若生化者，一切烦恼，本自无根，起妄想心，忽然而有也。”遐思之，脑际里冒出了铁橡树的传说了。

2018年1月17日

红豆树近古人洞

梦幻般的青碧小河浮现在腾挪的脚步旁。它深藏浅露，首尾都隐秘在巴山北坡的深处，低低喁喁，扭着一湾清流，温润地绕山崖前滑去。

山牵着湾，山景蕴画。水萦着环，水淌有音。山水相拥，水山脉脉，有些悱恻缠绵，有些含情缱绻。

河曰岚河。仲秋时节的河洲之上，有着红的火棘，白的芦花，黄的金菊，绿的菖蒲。

脚踩河石仰望，山就压过来，漾着绿中泛浅黄的光晕，泠泠地峙垂在眼前。扑面入眼的层崖一方，直直站着棵黑乎乎的大树，在清丽的山色里，腰肢自在。树有着高大的模样，树冠横斜伸张，树身铁青黑黝，树根外露虬曲，树粗约两三人合搂，景仰中尽显沧桑之态。

宋人的画里常有着老树生崖壁的景象。见到这棵古树时，我在想，水墨成画的宋人也许是到过这河边、看到过这景致的，不然这景况咋会在泛黄的纸册上似曾相识的呢！

树曰红豆。肥硕的枝叶滞留在褪绿转黄时节，梗叉间缀着仕女弯眉般的豆荚，孵养着晶亮剔红的豆粒，似贝壳蕃孕红色珍珠，赤凝荚角，荚隐叶间，内敛着母性般的气息。

红豆树一侧立着坡高约六十米、宽约百米的断崖，崖面上散布着几十个大小不一的崖洞。崖石泛白，崖洞深黑，像山的一只只眼睛。洞穴多为横穴式，洞顶呈不规则穹庐顶样，洞深三四米，洞高两三米，有的洞室相连，有的独立为舍，有的后壁下部有排水孔道，有的门壁两侧有安装门栅的凿槽，漫漶着人为痕迹。《易传》曰：“上古穴居而野处，后世圣人易之以宫室。”厚甸甸的《陕西文物》载明崖洞为早期古人穴居遗存，省市文物专家现场坦言崖洞为古巴人部落聚居崖居遗址。

崭凿而遗的众多洞穴，或簇或连，或群或单，或方或圆，或深或浅，深涡着远古的拙涩。身置树下的洞前又想，那宋人肯定是来过的，或许他们也是寻找先人足迹而至的。

洞曰百子洞。“百”为“僰”之近音讹叫，“僰”为殷周时期在岚河流域及巴山北坡活动的巴人之一族。“西南有巴国。太皞生咸鸟，咸鸟生乘厘，乘厘生后照，后照是始为巴人。”古老的《山海经》说着一样古老的话。

“川崖惟平，其稼多黍。旨酒嘉谷，可以养父。野惟阜丘，彼稷多有。嘉谷旨酒，可以养母。”成书于一千六百多年前的地方史志《华阳国志·巴志》载录的巴人民歌，描摹出了巴人凿饮耕食的太平生活图画。河流两岸平畴，尽种好黍；山坡丘陵，多多种稷。用来酿酒做饭，孝养父母。

每株树木都有生命，每个崖洞都着灵魂。树长在悬崖上，洞生在崖壁上，聚集为群的部落匍匐在山岩上，鼎沸的人声融合在岩石崖壁上，他们与它们，随四时轮回，伴草木衰兴，繁盛了一个个浓夏，萧索过一季季寒冬。

洞的主人饮着河水，呷着河鱼，嗅着山花，啖着山果，在欢欣的山歌里用他们掘凿山洞的有力臂膀，在山脚旁、在崖顶上，从洪荒里、从荆棘下，执拗不休地开垦出土地，揉熟生涩的泥土，种稷兴黍，炙制清酒，哺幼养老，壮其族裔。

自然的崖壁上，山洞的主人与神同居。他们敬畏天地，敬畏风雨，敬畏生命，也敬畏冥冥之界的神灵。他们躲避战乱，逃避猛兽，以山为屏，以洞为家，在这崖壁上繁衍着一世一世，生息了一代一代。人力敬仰着自然，自然屈就于人力。在悠长的行走中，人身在弯腰拾起，人身也在侧身弃去，有限的人力，终掮不走路边的太多。他们耗尽了一辈辈人的力气，最终四散走开，故乡坠落在心里。或许他们不愿离去，最终被风干成了一具具的躯体而石化，他们的山洞也去了烟火终成废址，弃于山里。

历史在这里结成了一个谜。烟雨亘古长，时空语不息。我在崖壁上攀缘，在崖洞里摩挲。日久年深的寂静并未磨掉崖洞多少高古的气场，崖壁光滑，杂棘未逝，洞壁平整，光线昏暗，隐蔽在洞里的永恒式样，不曾凋零的清风絮叨，猝不及防地蓦然展起，使人心生茫然。

环顾洞室，仿佛有一个个兽皮裹身的人儿围着火塘烧烤猎物。他们手端土碗，半盛巴乡清酒，手撕烤肉，口诵铿锵山谣，火旺声高，仰面尽饮。闭眼遐思，焰火炙身，酒歌萦耳，肉香直入鼻息。手提竹筒斟酒的是位年轻女子，她的青黑长发随她弓腰屈起而摆动，随她绕着火塘徐步而飘起，她从我面前走过，发梢似从脸颊上拂过，那发端有山花的淡淡香味，有露珠的静静湿润。身置洞底外望，蓝天被洞口切割成不规则的小片，似斜逸的树叶，像飘荡的月牙，每片形状都是古人剪裁出的，和远古的人看到的一样。

崖壁上有着粉红的野棉花，她们从古时走来，麇集于此，生生不息，在山石之上，摇曳着盛装的气象。秋天的阳光恬适地与锦簇的花儿妥帖，成群的蜂儿在吮咂最后一季旷野里的花蕊，酿制入冬前最后一疙瘩蜂蜜。这蜂儿簇簇集集，嗡嗡的低喁穿透着时间的裂缝，像它们的祖先曾陪同过的崖洞主人，它们和他们用相同的方式绎承下一个共通的名字，叫“族群”，或称“部落”。

旷古的风连同野棉花的清新氤氲散开在崖壁上，漫进崖洞里，糯进红豆树梢里。凉深温浅的秋天里，山野开始绚烂，晶莹的红豆已浸渍熟透之色，三分落地，七分恋枝，颗颗粒粒，角角荚荚，晕红了一方山崖。

爱在山野游荡的王维也爱红豆树上的红豆，喜极间，他动容地写下了四句短唱：“红豆生南国，春来发几枝。愿君多采撷，此物最相思。”红豆的相思唐时有了，唐前的古人也会有的，混沌初开的上古人也会有的，谁让红豆鲜红浑圆，晶如珊瑚，莹似玉珠，这般美丽，这样可心哩！

红色也许斑斓过山洞主人的眼睛，也许装饰过山洞主人的脖颈。相思的寄托也许在他和她的手腕上牵缠，他和她也许采撷过这红豆树母辈、祖辈的红豆，抑或这老树是他或她脉脉相送而遗落的豆粒发芽长成的。

我弯腰拾起几粒红豆，种进了近旁的一窝土里。

2018年10月1日

珞珈之树

我不知是何时走进武汉大学的。

没有围墙，没有大门。街区连接着校区，信步着走，信步着游，直到眸光撞上了“国立武汉大学”字样的牌坊。

那矗立的牌坊是曾见过的。在书册里，在电视里，在儿子的博士生录取通知书里。

牌坊古韵经典，拙朴得让人心生敬意。绛红的阳光滑过，那花岗岩石的廊柱和孔雀蓝的琉璃瓦上，便镀上了绚灿灿的光。

牌坊是惹眼的，牌坊两旁的行道树是惹眼的。树木粗硕成行，迤逦漫长，蓊郁出了遥远的气象。

初秋早晨的时光里，天仍有些燠热，燠热的人便专挑林荫道下走。树先是香樟、楠树，再是枫香树、鹅掌楸。再行，遮阳蔽荫的便显出银杏、梧桐的身影了。

“江城多山，珞珈独秀。山上有黉，武汉大学。”道随山高，山高木高。路随坡弯，径曲树直。山中有树，树下藏路。坡上有林，林中有楼。开学报到的季节里，路上有匆匆的师生，多的是如同我们一家三口新奇四顾的新生和家长。

林木下的道路修长，绿荫中的校园旷阔。笔试和面试两次走进过校园的儿子在旁边引着路，寻觅着次日的新生报到处和网上提前查知的宿舍楼。

儿子即将在这里度过三年的博士生学习时光。这里的一切，他是关心的，我和他的母亲也是关心的。我们缓步行着，温情地吸纳着迭现的景致。

自强大道樟树森森，端庄高雅中散发出从从容容的清香。

弘毅大道梧桐列列，亭亭如盖里旷远出舒舒展展的美丽。

生命科学学院旁，端直直地生着三排高高的水杉。水杉林下一条路去，一条路来。树笔挺挺的，道笔挺挺的，走在树下的人也是笔挺挺的。

新图书馆前，一排雪松一排玉兰。雪松挺身，熠着晶莹的光；玉兰缀果，泛着橙红的色。树下有学生披着炽色走进，迎着暖色走出，陪伴他们的，还有手中捧着的书卷。

新闻与传播学院门前的小树林里，几位学生围在圆石桌前说话。身旁一棵粗壮的藤树攀扯着，悄然逾过他们的肩胛，越过他们的发梢，爬上两棵朗逸的大树，在他们头顶搭绊起一丛绿茵茵的凉棚。是紫藤，抑或是山葡萄？树身奔突屈结，藤柯跌宕绕旋，如岩崖，如乱云，拙眼的我难辨其名了。

走过了几个体育场。一个圆形的体育场旁，一棵乌桕在绿树林中拔地而起，黑压压独立。原始而大气，安娴而淡然地观望着一群群的少男少女或奔跑或疾步，或挥汗涔涔或喘息吁吁。

万林艺术博物馆前，有着玉兰，有着水杉，多的却是银杏。折扇似的杏叶密密匝匝，淌出霁蓝釉般的彩；圆润润的杏果粒粒串串，泽出象牙黄似的色。

月湖边，绿水盈盈，绿树绵绵。杉树昂着身躯，柳树曲着脖颈，棕榈树长发飘然，凤尾竹轻拂水面，一池鲜妍的诗意弥漫在林间堤埂，也徐徐地浸渍进我的心房。

鉴湖畔，柳枝迎风飘拂，柳青水清，游鱼漾波，水鸟鸣啭。岸边一对高大的古树静穆穆地峙立，宽绰的身影倒映进湖水，树便长进了水底里。古树树叶椭圆，果实澄黄下垂，小如鲜李，状似秤砣，清风习习里，宛如一树秤锤在枝条上缓缓走动。

校园的建筑少有连缀成片的，星星落落，自在恬静地散布在掩映的古树间，藏匿在错落的山林中。缀接楼宇的是一棵棵树木，是一片片枝柯相接的林海。

绿云蔽日处，岔出四条林荫道。细瞅路标牌，各自铺向梅园、桂园、枫园、樱园。妻子生在梅花绽放的日子里，有了“致梅”的名字，见了梅园自是要去礼敬的，尽管这不在梅花开放的时节。梅园里遍生着梅花树，疏密相宜的林地里间陈着十几张石桌石椅，有几位学子静静地阅着书。梅林青青，走过了春，走过了夏，在这秋实的时节里正孕育着雪花飘零时的花黄花红。小道旁，树丛里，秋果的季节里，鹤立鸡群地耸立着一棵年深久远的酸枣树，雍容庞大，体态凛凛。伸手可触的，是一枚枚摇曳的青黄色枣子。

武大的樱花牵着人的心扉，见了樱园自是要急急走入的，明知道这时光是见不上花飞花雨的。樱花大道曲径通幽，入口处坡稍显陡意，路略有弯折，两旁数十棵梧桐，许是品咂云雨，许是吮吸地气，一律的粗壮着，一律的高耸着，枝杈交抵，天然有致地生成一道长长的绿色拱门。庄重里氤着亲近，规整里透着生趣，是有心植之，抑或无意为之？让人仰望之，又让人敬叹之。

樱花大道幽长，路上的斜坡里多生着成行成簇的樱花树，碗碟细的、钵盆粗的，直立的、斜生的，青枝绿叶的延伸到了路的远处。路的下方遍布着一坡树林，少的为樱花树，多的为桂花树，间杂着星星点灯般的枇杷树、拐枣树、松树……独立的、群生的，小树似杯，硕树如缸，黛绿色的桂花树弥漫向了路的前方，弥漫向了山坡的深处。树林下，有着修长的石板路，路下，显出了赭泥色的操场。秋阳丽日下，树林深处拂动出淡淡的清香，是松果的味，是山花的味，随之的是或清亮或柔婉的鸟唱声。

驻足伫立，我看见了桂花枝梗间萌出了鹅黄色的芽蕾，我知道，那是桂花绽放的前奏。八月桂花开，过几天，再过几天，这里将会是怎样的一坡花海，这里将会是怎样的一地芬芳呀！

樱花大道上方，横陈着三幢罗马券拱门式建筑。楼柱为灰色花岗岩，墙面清水青砖，窗扉朱漆木门，门扣黄色铜纽。楼舍十六个门洞取《千字文》“天地玄黄、宇宙洪荒、日月盈昃、辰宿列张”十六字为斋舍名，故曰“老斋舍”。拾百步阶梯而行，如同穿越历史，走进了民国时代。楼为旧式，却住着新款的人，石墙木门里，不时地有简上衣而短下裤的学子们出入。人行高处回望，那西式拱门后便透出了樱树丛丛、桂树簇簇，让我想到了樱、桂盛开时，如人立在此处取景摄影，以窗借物，近远兼宜，那会是咋样的一帧美轮美奂的照片呀！

老斋舍后，散生着一株株的柏树和银杏。树籽饱和，色青色黄，漾着秋的欢喜。小风微动，叶行叶走，涡着光的笑意。走过了时日的树木巍峨，巍峨的树木映照着走过了时日的老图书馆。宫殿式的楼宇、八角檐的翘塔，绿色的琉璃瓦屋顶、灰色的墙壁，镂刻的老子画像、篆体的馆名门楣，昭示着图书馆的古老，氤氲着岁月沉淀下的光影。

树木接连着树木，老楼相映着老楼。走走停停，文学院老楼走进了眼眸。四合院回廊式楼阁，翘而尖的南方式飞檐，是让这学文的学生做人要四平八稳，为文要文采飞扬吗？这是当年文学院首任院长闻一多的创意与祝愿吗？

校园阔远，林荫大道上，我们找寻着湖滨舍区，那是孩子的住宿地。湖为东湖，舍为湖边一幢小楼三层的一间小屋。院内桂树枝繁叶茂，楠树籽实串串，松树盎着绿意，竹林迎着小风。

漫步湖边，微风沐面。天光水色，云走鹭游。水杉映水，梧桐衬湖。栈道上、木椅上，有着学子，有着游人。

临湖憩坐，思绪攸起。武大之木，家乡陕南多常见的。当它依偎与武大之山，映入了武大之水，伴居着武大之楼，清香了武大之人，和这校园相遇，春色秋颜，夏肥冬瘦，淡妆浓抹，相安相宜，咋会妥帖得如此美丽、如此沁润人心呢！

2019年9月19日

泉边两棵高高的树

学校旁边有眼大大的泉，泉边长着两棵高高的树。

树上常有鸟儿叫，瞅鸟时，脸便得仰起来。明亮鲜洁的阳光有些晃眼，粗枝密叶掩遮着鸟形，待看清鸟了，便觉脖颈有些酸硬，眼好像也涩了。收回脸庞，嘀咕着鸟名，扭着脖子，揉着眼睛，背着书包，便往学校走。

书包有些大，母亲到供销社买的布回来手缝的。课本有两本，一本《语文》，一本《算术》。大的书包斜挎在身上，跑一步，书包便在屁股蛋上拍打一下。

泉圆圆的，大大的，有学校操场的篮球场大。泉清莹莹的、晶亮亮的，里面游着两条小课桌长似的黑色的鱼。学校开学了，母亲领我去报到，走到泉边时，母亲攥着我的手说，过路时莫到这泉边来，掉进去了，会被鱼吃掉的。

泉水透透的，像春霞衣兜里透明的玻璃小镜子。春霞和我同桌，她悄悄地照镜子时，我悄悄地看见的。老师把男女同学分在一块坐，别的男同学常常在课桌中间用铅笔刀划条线，女同学胳膊腕越线了，男同学便用胳膊肘子给推回去，我却没有。春霞眼睛亮亮的，像泉水，我想长大了娶她做老婆该多好呀，我不能欺负她。后来，呵呵，后来长大了，唉，迄今，我也不知道这好看的女同学出嫁到了何方。

上学出门时，母亲总吩咐我和哥哥不要到泉边去。哥哥说妈怕我们掉到泉里淹死了。每天上学放学总要从泉边过，我过，同学们过，老师们也过，但都只是从旁边走，没人在泉边洗手，也没谁到泉水里洗澡。也许他们和我一样，怕掉进泉里被那两条大鱼吃了。

泉水清冽冽的，每天从泉边过，总会看见那两条鱼的。一条稍大点，一条稍小点，它们总在一起游荡，像院子里二爷家刚办了喜事的狗娃哥和他媳妇，出工时在一起，到县城周家坪赶集时也在一起，一路去一路回的。

泉水清楚楚的，我看得见鱼，鱼儿也看得见我。我怕鱼吃我，鱼恐怕我也吃它们吧。每次我在泉边看它们时，它们总躲在水下面，有时在泉底冒着水花的三柱泉水间逛着，有时在泉底水草丛里钻着。我在泉边看它们时，它们好像也在泉水下看着我。

泉边有两条石砌的水渠，石头上绣满了绿茸茸的青苔。冒出水面的水便从堰渠里缓缓地淌走了，水流到哪里，便流到哪里的田里，便被哪里的人挑到了缸里，舀到了锅里，喝到了嘴里。村里人都吃堰渠里的水，每天天亮时，爸爸便去堰渠里挑水，村里人也都去堰渠里挑水。爸爸说，早晨堰渠的水最干净，人没脏过它，牛没饮过它，天亮时候堰渠流来的泉水，是给人喝的水。懵懵懂懂里猜想，泉水里没人去，是人怕弄脏了水，那是人自己要喝进肚子里的水。

泉里的水人喝着，泉边那两棵高高的树也喝着。树身黑黝黝的，树枝灰蒙蒙的，树叶绿茵茵的。树映在泉水里，树根也伸进了泉水里。

树皮咂着宽宽的裂口，像泉里那鱼的嘴。树枝扭结着往上盘着，像春霞那扭来扭去的头发辫子。枝头上疙疙瘩瘩地长着瘤疖，像饭碗倒扣在树杈上。一天放学时，一群同学跑到树下戏楼玩。那戏楼高高的平平的，屋顶翘着牛一样的角，墙上画着穿着长褂子骑马的人，柱子上雕着盘来扭去的蛇。那蛇和我们在地边上见的蛇又不一样，头上有角还有胡子，看着让人害怕，一个人我是不敢上去的。玩毕了，月娃说树得五个人牵，女娃说得六个人围，两人便打赌说谁输了便趴下让谁骑。说的热闹了一堆同学便牵手围起树来，结果女娃赢了，月娃却不让女娃骑。两人扯闹间，月娃抓起书包抽身便跑了，女娃追不上，捡起个土坷垃打，末了嘴里直骂月娃的娘。女娃名字叫女娃却是个男娃，上面有六个姐姐，爸妈最后生下他，稀罕得很，便给他取了个女娃的名，说是好养。月娃是女娃大姐的儿子，女娃骂月娃的娘实则是骂他的姐。我们听了笑话他，他捡起土坷垃又要打我们，一群同学取笑着他，便轰地散了。

进了学校，我知道了这泉这树和人一样也是有名字的，泉叫玉泉，树叫柏树。玉泉是啥意思我不知道，我想肯定是好的意思，不然，老师们咋会叫他们每天进出的学校为玉泉小学哩。

大柏树下有一排青砖红门的老房子，大部分房门锁着。有一次我趴在一间房门逢里往里看，见靠墙处坐着个穿着红衣服的大泥人。我问爸爸，他说那是龙王，是龙王的塑像，老房子是座寺庙，庙叫玉泉寺，寺庙有一千多年了。

爸爸是村里的兽医，经常到老房子这儿来取药。同族里的一位长辈是村里的赤脚医生，名叫杜哲，我叫他老老，爸爸叫他杜哲哥，他的医疗室便在戏楼正对面的一间老房子里。我跟爸爸到医疗室去过几趟，再后我便一个人常往那里跑。我去不是看老老给人打针，我怕打针，我也怕看别人打针。我去，是每次去要一个用过的装过针剂的空药纸盒，扯掉里面的衬格纸条，好用来装铅笔和铅笔刀。上课时摆上课桌面，下课时便会惹得同学们围上前来一个个的赞叹和打探。被同学们羡慕的那份神情，好像考试得了第一名，得到了老师的表扬。那纸盒，硬硬的，散发着轻轻的药香。

学校在泉东边不远的地方，几排有横有竖的几长溜泥瓦平房自然地形成个院子，院外有块四四方方的操场。玉泉水引出的东边堰渠在教室窗外淌过又从操场边淌过，坐在教室里能听到泉水走过的说话声。泉水夏冷冬热，冬天泉水流过时升腾起一条白雾，长长的，弯弯的，堰渠看不见了，那白色的雾却能看见。看见远处青色的小麦地后面的雾气，便知道泉水流到了那里。

堰渠对面的坡地慢慢变高，最高处连接起了大山。大山挨着的是寨山，大山长长的，寨山圆圆的，远处看，那山一座连着一座，锯子齿似的排列成长长的一排。多年后我才知道，这山山相系的山脉叫梁山，偏东几座山后便是梁山旧石器文化遗址。

大山是座石头山，陡陡的，不长树，只长草。山上写着大大的十几个白色的字，也不知是谁什么时候写上去的。上学后我识字了，才知道写的是“下定决心，不怕牺牲，排除万难，去争取胜利。”我知道，那是毛主席说过的话。我们《语文》课本第一课就是“毛主席万岁”，毛主席是全国人民的领袖，我知道，老师讲过的。那字大大的，每个字都有学校篮球场那么大，有次去县城草堰塘幺爸家，人在院子里，十几里路远，那字都看得清清楚楚的。人往家里走，眼睛看着字，心里在想，那么大的字是咋个写上去的。

天天看的毛主席的话，也有不会写的时候。记得有次考试，让填空写“决心”，“心”写下来了，“决”字一时想不起来。挠头苦想时，转脸抬头看见了窗外山上的标语，心里为自己的聪明高兴了好久。

婆脚小小的，说是小时候缠小了的，我想不明白，好好的脚咋要往小的缠哩。小脚的婆不常出门，但她却常说着乡里的事，说着泉和大柏树的事，有些话好像是专给爸和我哥儿俩亮耳朵的，像是有意无意地吩咐。她说泉下面有条龙，泉是龙的口，大柏树是龙的两只角。人不能下泉，也不能砍树，谁下了谁砍了，谁便会有大祸的。

婆的话听得懂又听不懂。泉里没人洗澡，原来是人不敢去；那树那么大，谁能砍得动。

一天临放学时，有人闯进教室，拉起邻桌的同学王政文边往外走边说，你爸在泉边的医疗室快不行了，你快去。王政文在前头跑，我们在后面跟。医疗室外的台阶上，有人抱着坐在地上的一位中年男人，他口里鼻子里流着血，王政文扑到面前直喊爸爸。杜哲老老蹲在地上用听诊器听着，过了会儿站起身说，人不行了，抬回去吧。

人散去时听见有声音说，王政文的爸今年三十六岁，三十六岁是男人的坎，王政文的爷爷也是三十六岁死的。又有人说，他不该上柏树，半个月前他爬上树砍了一根枯死了的树枝回去当柴烧，惹上祸了。

王政文有好多小人书，我常和他换着看。我家在泉西村，他家在泉那边的王合村，这件事后好长时间他便没再上学，我也没见过他。又过了几个月或一学期吧，王政文来上学了，他变得话少了，也不再带小人书了。最让我们不习惯的是他改姓了，他叫瞿政文。同学们私下悄悄地说，王政文的妈带着他改嫁了。

婆爱唠唠叨叨的，唠唠叨叨的话里好似藏了一句谶语。谶语，是我长大后想起这事想到的，那时，我还不知道这词。说这谶语的婆早已不絮叨了，她躺进了泉水淌过的一面坡下的土里，父亲和母亲后来先后也去这个世界陪婆去了。王政文，那位我们换着小人书看过的同学，现在也不知什么样子，身栖何方。

离开玉泉和大柏树四十多年了。每隔几年，我便会回去看看它们。先是泉里的鱼不见了，后是大山上的字慢慢褪色看不清了，再是村医疗室关门了，再后那锁着门的玉泉庙锁开门敞，开始有了来往不断的香客。泉水碧绿晶莹，仍从东西两条堰渠里淌出，灌溉着周边的土地，只是人们不再从堰渠里挑水了，村里家家都通上了自来水。有年春节回去给婆上坟，时逢玉泉庙会，戏台上鼓声铿然，人声喧然。想进去看看，人多得难以插身，只好作罢。

那院我曾就读过五年的小学先是土房变成砖房，再是小学变成幼儿园。去年南郑县油菜花旅游文化节回去时，校门锁着，透过门缝看见，院子里长着半人高的杂草，只有一群麻雀在草丛里蹦跳。陡地，心里油菜花落，生起丛丛杂草般的荒凉。

一次次回到南郑老家，一次次朝觐大柏树。变了的是周边的景致，变了的是我一年年老去。而没有变的，是那一眼清泉和泉边两棵高高的柏树，泉仍是那么的碧透澄净，树仍是那么的挺拔苍劲！

2019年10月14日

丹东街头银杏树

那天早晨，我在丹东的街头信步走着。本是要去鸭绿江边寻断桥的，却被一排排的银杏树给领走了。

银杏树甚蕃，遍及街边，棵棵相连，株株缀续，延绵向了眼眸达不到的街道尽头。

树形盛大，韶容中展动着粗犷，凝壮里磋磨着苍硬。

树枝斜逸，盘桓中贯注着韧劲，滋蔓里沁润着丰沛。

树叶浓酽，翠意中静美着蓊郁，婆娑里袅娜着灵动。

树多伞状，巨荫蔽天。阳光簌簌地落在树上，树叶如绿色的伞幔颤舞着，镀起亮亮的光，把光彩璀璨在了树上。

树叶深绿，阳光绛黄。绛黄的光束挑捡着树与树的罅空倔犟地往地面上晃，晃动着一个又一个光斑。阳光走着，轻风走着，树叶走着，光斑也走着，走着一个又一个的图案，像羊，像牛，像花，像草……

一个个图案在我眼前喜庆地变幻。我小心地伸出手掌，把手指伸进了光圈里，轻轻地握着。我握住了透过银杏树叶的一缕阳光，一缕阳光也温暖地握住了我，握住了银杏树呢喃给我这位远行人的问候。

树隙间的阳光斑斑驳驳地握在我的手上，星星点点地洒在我的身上，缓缓地停在身旁的路面上，也静静地停在了我的眼眸里，给我闲适，与我厮守，和我对视，送我幽远。

树与树之间的空隙宽处有窄，窄处相连，曲曲拐拐，扭扭弯弯，绿色的穹顶或间接成幽邃，或衔接为林带，顺着端直的街道，直直的独兀为树，簇拥成群，站立成行，相接为了长长的一排树的纵队。大道通直为街，街边两旁为道，道边各自生树，树自繁衍成林。成林成行的银杏树一侧一排，隔街相守相望，端端的峙立，在空中相拥相牵，搭建起长长的绿色甬道。

银杏老道，街道古老。街边的楼宇多为上了年纪的式样，在阳光里不经意处轻轻晃动起它们的沧桑与优雅，旷远与娴静。陈年旧色的檐柱上悬挂着木制的楹联、牌匾，橘黄的鸡蛋果子，好看的糖画，热乎乎的焖子，飘香的打糕，不时地渍入人的眼前，沁入人的味蕾。

银杏树下的街，有着时光的深邃，有着历史的宽容。那街道，从清政府的安东时代走来，又走进了新中国的丹东的今天。随同走来的，是街道两旁生生的银杏。

街道宽展，银杏苍茫。街道上车流不断，头尾相缀；街边上银杏相邻，排排行行。如树成纵队的车左右往前驰骋，如车为队形的树在我的身侧一棵棵后移。

银杏炫目，银杏掩映的门店人流如树。店楣多描镂着中朝两国文字，货架上也多摆放着中朝两国的货物。如树蕃样的行人多身着汉服，少样的拽着朝鲜长裙。入眼的式样让我知道了，行人中有着朝鲜族人，脚下的土地已毗连着异国朝鲜，间隔我他两国自然分界线的鸭绿江就在脚步的前方。

“阿里郎，阿里郎，阿里郎呦，我的郎君翻山过岭路途遥远，你真无情啊，把我扔下，出了门不到十里你会想家。阿里郎，阿里郎，阿里郎呦，我的郎君翻山过岭路途遥远，春天黑夜里满天星辰，我们的离别情话千言难尽。阿里郎，阿里郎，阿里郎呦，我的郎君翻山过岭路途遥远，今宵离别后何日能回来，请你留下你的诺言我好等待。……”朝鲜的文字我不识的，但朝鲜歌曲《阿里郎》的旋律我并不陌生。那曲调，那凄美，在汉语语境里，让人会想象到梁山伯与祝英台的。

舒缓低迴的曲声起自身前的一家门店。循着曲声，我们踅足而入。门厅畅亮，玻璃橱窗里展列着高丽人参、虎骨酒、白头山芥子酒、甘红露酒，货架上摆陈着朝鲜生产的平壤虹缎、啤酒、红虾、香皂、香烟、邮票、工艺品……

《阿里郎》的旋律波动着，《阿里郎》故乡的物品摆放着。小店一角横着方小桌，桌上的电脑迭现着一位身穿裙服的朝鲜族姑娘，她正在哼唱着那婉转的歌谣。桌后坐着位和电脑银屏里模样几近的姑娘，她身着朝鲜族裙装，神态娴静，不趋不卑，少有着商家多言多语的热辣。

姑娘身着朝鲜族服饰，却答着汉话，她是朝鲜族吗？低问浅答里，我知道了这长着银杏树的街名为九纬路，银杏树龄都在百年以上了，和这九纬路一样长满了银杏大树的街道还有六纬路、七经街、锦山大街、青年大街。末了，姑娘续了句，她喜欢银杏树，丹东人都喜欢银杏树，银杏树是丹东人的市树。

姑娘的端雅蠕动了同伴们不在外购物的相约。卢君购了香烟，祝君买了虎骨酒，吴君选了沓朝鲜邮票。王君挑了块虹缎围巾，祝君说这是王君回家要送给他迎门而拥的娇妻的。

我自个挑选着惹眼的物件。我买了盒高丽红人参切片，当厅拆封，散奉给众伴品尝。

姑娘见惯了购物的远行人，善解人意地提出帮我们快件递送，省却了我们手提物品四处奔寻的劳顿与麻烦。

抿着红人参细小的薄片，齿唇间涡溢起参片淡淡的清香，也涡溢起与这位萍水相逢的身着朝鲜族长裙姑娘告别的言语。

七月的银杏树，它的干它的枝它的叶，它的每一处肢体都在静默中张扬，它的每一处发肤都在悄然地膨胀。

阳光一刻刻炽热。树丛里不时地有蝉鸣声交织，声声地拉长，又短促地折高，恣肆地把夏天推向极致。

树下一阵阵清爽。树枝伏下身来充盈给我抹抹绿意，街的一头拂来鸭绿江上习习的微风。

置身树下，我用眼睛记忆，我用手机摄录，我用语言默诵，我用心灵抚摸。记忆银杏的诗意与浪漫，摄录银杏的鲜妍和古朴，默诵银杏的端庄与肃穆，抚摸银杏的明丽与高雅。

街道向前伸延，脚步向前伸延。天白土黑，绚烂丽日下，我们在银杏树蔚然的一个个绿荫下庇荫和行走。

脚步动着，银杏树动着。银杏一冠冠的绿荫牵引着我们向前，银杏一冠冠的绿荫又护送着我们向前。

脚步动着，银杏动着，齿舌动着，口中的参片也动着。动着的还有参片的味道，它有着淡淡的甜，有着微微的苦，有着中药的香，还有着泥土的涩。那味道，让人想到了动着的人生，想到了动着的一方土地。

身伫断桥尽头，脚下是奔涌的鸭绿江，前方是异国朝鲜新义州的土地。这里曾是抗美援朝战争的桥头堡，这里曾有过轰炸声，这里曾有过枪炮声，这里曾有过“雄赳赳，气昂昂，跨过鸭绿江”的歌唱声……

战争的弥漫硝烟里，这里曾走过多少中华儿女。他们曾成排成行地从成行成排的银杏树下的街道走过，又成排成行地从这长长的桥上走过，去创造出了一个个成行成排的英雄壮举。

断桥上密匝的弹痕依旧，撕裂的桥架宛存。桥头处群群白鸽低翔，江面上艘艘游艇悠荡。

断桥使人动容，江水让人流连。

离开断桥，我们依然选择步行游走，特意绕道走了鸭绿江江边步道、六纬路、七经街……我们在纵横交错的街路间寻觅银杏树的影子，在古意不息的银杏大道上去轻掂脚步的长度。

行走着，慢慢地行走着。持着一种缘，看见该看见的人，遇见该遇上的景，与山川相聚，与大地相贴，行兹见兹，念兹在兹，自在着凡俗的别致，幸福着别样的美丽。

离开江边时，我在丹东出入境边防检查站外的街角留下了一张照片。那里，一方接迎着清清的鸭绿江水，一方注目着森森的银杏老街。

时间静静地走着，像无声无息的银杏古树的细细枝条，某一刻与另一枝枝条偶然彼此相遇。昨天，对，准确地说是昨天的早晨，我在陕南汉江的支流岚河边，在岚皋县城大桥路文化旅游局办公大楼四楼西北角我的办公室里。案牍之隙间，我临窗而望，看见了探过窗外的一棵银杏，它平凡之容透着不俗，朴素之貌涵有高贵，不喧扰暖颜的色，不回避姿致的雅，几天前淡黄的树叶，骤然间已变得锦黄，烂漫出了一树深秋的况味。

那一刻，我想起了数月前在丹东邂逅的那一街街银杏，想起了那秋叶一样静美的那位身着朝鲜长裙的姑娘。她说过丹东人喜爱着银杏，她也喜爱着银杏。她那飘扬过《阿里郎》歌曲门店外的街道上，此刻，该有着一街怎样灿若云锦的绚烂啊。那坠落在她店门前的一地黄叶，她舍得扫去吗？

那一刻，我挪过写字板，开始了这篇短章的起首。

2019年11月8日

红红的紫薇树

我是先知道这棵树，后见到这棵树的。

准确地说，我是先听到这树的故事，再拜觐到这树的。

故事是在流入岚河的滔河支流汉河岸边的一片小院里听到的。那小院有着吊脚的楼，有着石砌的墙，有着石板盖的瓦，有着鹊尾形的脊。那是一个秋阳暖身的午后，我们聚桌圈坐，端杯品茗，晒着太阳，晒着时光，晒着周末的自在。

天空碧远，四野如洗。季节温和安妥，人群温和安妥。

故事便在这时候开始了。早年间，岚河流域上游朱溪河大坪有户张姓人家，为当地名门望族，常修桥补路，济穷救贫，仗义疏财，积德行善做好事，在村邻里口碑极好。一天，不满四岁的小儿子暴病身亡，一家人正哭成一团，乡邻们也为此难过。忽然，一道灵光乍现，一位鹤发童颜的老者持杖飘然而至，问大家因何悲痛。家人指着白布掩盖、尚未入殓的孩子说，小儿不幸夭亡。老者说，且请强忍悲痛，容我看看有救否。家人想，反正小儿已亡，即使无救也无妨，便依了老者。只见他对着担来的一桶水念念有词，吩咐即刻灌入孩子口中。不一会儿，孩子竟神奇般地复活，不多久便如睡觉刚醒来一般，翻身下地行走。一家人连忙磕头大谢救命之恩，执意挽留老者酒饭并赠予银两财物，老者力辞不受。小儿死而复活，张姓人家诚心要谢。老者见感恩之意无法推却，留下一句“若实在要谢我，日后在汉河口找一姓马的便是”，说完飘然而去。朱溪河、汉河两地相距数十里，翻山走小路半天即到。第二天天亮，张家人备上银两干粮，急忙赶往汉河口，一打听上下几里地全无马姓人家。只有一棵大树立于汉河与同心沟两河交汇之处，张家人这才醒悟过来。原来，是这棵古树成了神，化为人身前来救了小儿，忙跪在树前，上香烧纸谢恩。这树本名紫薇，后来人们根据这棵紫薇树自称姓马，又显灵光前去救人，故又称这棵紫薇为“马灵光”。后来随着这故事的广为流传，当地好多地方都管这种紫薇树叫为了马灵光。

这故事有些神奇。

说这故事的是我的同事，说这故事的时候他在他父亲祖传的老宅院子里，当然，故事是说给我们听的。他说这故事是他小时候听他父亲讲的，他父亲又是听他父亲讲的。

他的话有些拗口。我们却听得专注。

同事有个好听又诗意的名字：石柳山。

石山上生长着柳树，或者说柳树长在石山上。听到这名字，人不由得思绪遐遐：石山兀然，柳树立然，那石山灵动乎，那柳枝虬曲乎……那都是一阙可入诗的妙文，一帧可入画的景致啊！

看紫薇树去！这个想法迸发得突然和倔强。

紫薇树离石柳山家不远，溯汉河上行百米即到。

诗情画意的人讲出了一棵诗情画意的树。这是我见到紫薇树时脑中冒出的想法。

树，向来是生在人世的风景；而古树，便是人世间的稀罕景致了。

古树是景，古树生长处亦是景。

古树可入画，古树处随地可入画。

紫薇树高高地站立在一河一沟相挽处的沙洲上，躯干坚挺，腰身隆起，树枝横斜四逸又倔强地伸向天空。树皮褐红，树叶绛红，树枝搭着红绫，树干围着红绫，沙洲上、河面岩石上坠满了红叶。远看，树身是红色的，沙洲是红色的，河面是红色的，秋阳下的远山近水也是红色的。

我仰望着紫薇树，紫薇树仰望着天空。紫薇树是红的，天空是蓝的，红蓝映衬间，树好像蹿进了天上，伴上了日月星斗。

高高的蓝的天色，也许只有那高高的树的红色可以托起。那高高的紫薇树旁，再没有比它高挺的树了。它高过了脚下的竹林，高过了身旁的柿子树，高过了河边的岩石，高过了近处的农舍。比它高的，只有远处的山峦，山峦里挂着的瀑布，瀑布顶上的一朵像紫薇树叶的云了。

紫薇树立脚处是块不规整的河边平地，周围皆是山峰，四周聚合，树像是被远的座座山巅合捧在手心里。树下方，一宽一窄的两条溪流泛着莹白的水花，从山岭罅隙里淌出，踩着舒展的脚步，款款从树后环绕而来，在树前聚汇为一后又缓缓而去。当然，这前与后是从我的视角看出的，也是我强赋给它的，如若让树来看，它那圆圆的身，八方的枝，环顾的眼，看每一个方向也许都是一样的，有着青翠的山，有着清亮的水，有着羞怯的云，有着哼唱的鸟。也许真的，在树眼里，每个方向都可为前，每个方向都可为后了。

紫薇，读来温软糯口的名字，读来迂回弥香的树木，咋会诧愕出如此的巍峨，惊讶出人惯常的想象呢。

移步换景。走近树旁，树便还原出了它生活的姿态和细节。

树叶漫踱秋红，光色端凝，气韵饱满，身形粲若明霞，体态逍遥纵脱。半仄挂枝节，半仄醉地下，洇红了枝上树下，迤逦着绚烂的芳华。

树枝遒劲似松，峨冠褒衣遂古，博带长袖轻舞。树桠苍桑似槐，披发仰首问天，襟拂衣飘苍穹。

树皮薄如纸膜，柔软嫩肤，黄中泛红，旧褪新生，老皮褐黄，新皮桃红，细腻如脂，光润似玉。没有着别处老树树皮的粗糙，也没有着别处老树树皮的皱褶，触之如绸缎，视之如唇妆。

树根游走奔腾，远蜿近蜒，凿河抱岩，龙曲蛇盘；树茎瘿结罄露，凝固坚砺，意态自得，虎踞狮卧。裸根纹案奇丽，线形铺卷，如山水，似云彩，像花枝，拟闪电……斑点增生，色泽渗合，深褐、褐红、土红、棕红、杏红、橘红、嫣红……交缠如急水，决裂似流云。

树形阔绰，需四五人牵手相围。绕树匝观，脚下树叶簌簌作声，脚踩响了树叶，裤管撞动了树叶。一地红幔，脚有些不忍挪了。树杈上歇着落叶，树身上栖着落叶，用手碰一下，用衣角蹭一下，用嘴吹一下，甚至用眼瞅一下，那落叶都摇摇欲坠，像是要回到大地，回到四时的节气里，回到生它养它的树体里去。树上停着叶，树身挂着叶，树下卧着叶，它们用它们自身的红，互相打望着，互相映衬着。地上的红，仰脸对望着树上的红，抑或在等着它们下来。

树下的小河里，有着流水，有着卵石，有着红叶，有着菖蒲。河滩空旷，河水幽长，我们面向紫薇树在河石上而坐，在凉深暖浅的深秋里念叨着阳光，也念叨着紫薇树身上散发出的话题。

溪水缓缓地淌着，从我们的面前走过，从我们的身旁走动。它有着声声絮叨，它有着潺潺低语。

石柳山的父亲生自兹，长自兹，说起兹的事情自会说得通透，说得明晰。朱溪河大坪张家人寻找马医生找到这紫薇树烧香跪拜后，这紫薇树便被人尊称为了马灵光树，紫薇古树修炼成神化身人形治病救人的故事无腿而走，周边乡邻有了大病小灾便会到紫薇树下拜树烧香，装回香灰，捡上树叶，回家泡水喝。一来二去，还真有人祛了病痛，没了灾难，信的人便更多了，本河本地的来，沟外山外的人也来。来时乞求祛病许愿，顺了心下次来便还愿，搭红绫，烧香表，树上的红绫便越搭越多，越搭越红了。

身前的河石上，落下一只短喙长尾、黑背有纹的小鸟，望了望我们，尾一抬蹦到石旁的小水潭里去了。浮游、潜泳，继而跃出水面，跳到一丛菖蒲旁，摇头摆尾，去抖落羽衣上的水珠。

同伴问起树龄，石柳山的父亲答说，紫薇树边长边褪皮，长得慢，长这么大，估摸着得过千年吧。当地的人把树也尊称为千年神树哩。同伴笑说，古人有句话，千年成神么。树吸食天地之精华，都修炼成神仙了，肯定有千年了吧。

见父亲说起紫薇树褪皮，石柳山插言说，紫薇树爱干净，每年都长新皮褪老皮，所以树上长不出青苔。有人在树上刻自己名字，也有人在树上刻保佑家人的话，过不了几年，字都褪得没有了。

溪水低吟浅唱地流着，我们的闲谝舒枝展叶地延续着。

见我们听得敛声屏气，石柳山的父亲接续着说，山里人命贱，灾痛多，为了孩子好养，父母亲常把孩子领到紫薇树下拜寄给树当干儿子、干女子。一家人跪在树下，烧上香，报上孩子名字和生辰八字，让孩子朝着树喊三声干爹，说出心愿，回家让孩子喝半杯香灰泡的水，拜寄仪式便成了。一家人往往是几辈人都拜寄给紫薇树当干儿子、干女子的。

同伴笑着问石柳山的父亲，你拜寄给过老紫薇树吗？石柳山的父亲笑笑回答说，这两河两岸的家家户户，差不多都拜过。我家老爷子拜过，我拜过，柳山小时候我领他也拜过，老爷子的老爷子拜过没拜过我没听说过。

同伴笑着又问，一家几辈人都是树的干儿子。若当着老紫薇树论班辈，你们一屋子自家人之间咋开口称呼？柳山的父亲朗声答道，农村人有句话，黄泥巴打灶，各喊各叫。就像农村大户人家坐在一起，班辈上下扯起六七辈，没法叫了，班辈低的见了班辈太高的，只好喊一声老先人。

见脸识人，见叶识树。老紫薇树的近处或远处，河边或山坡，端直或分杈，壮硕或纤细地长着一棵棵小的紫薇树。它们是老树树根上爆出，或是小树的籽实萌芽，我不得而知。它们是何年破土，又是何载挺身，我也难以知晓。那小树，那更小的树，它们，又是老紫薇树的第多少代子嗣呢？

秋春节令自顾地走着，走着。又一年，我又来到了老紫薇树下，恰好又是深秋。同事石柳山的全家已搬迁进城，单身的石柳山已娶妻成家添女，他的父母亲要帮助照料他那已上小学的女儿。他那祖传的好看的鹊尾翘脊的吊脚楼还在，房屋已换了主人。尽管屋内的人满眉笑容让座让茶，那面孔却有些陌生。

不陌生的是那老紫薇树，它仍是那么的古意，仍是那么的火红，有着红色的树叶，有着红色的树身，树枝上仍搭着红绫，树干上仍围着红绫，只是树下多了座灰墙红瓦的小庙。树下钟姓人家告诉我说，来树下烧香拜树的人太多，他怕香火熏坏了老树，便好心地在树下盖了座小屋，让烧香拜树人稍远了树身，也让烧香拜树人有了个遮风挡雨的去处。烧香拜树的人进了小屋敬了香，便把小屋尊称为庙了。我问庙有名字吗？答曰马仙庙。

树下环望，我看见了树下老紫薇树那四散的子孙树。它们也挂着红色的叶，裸着红色的皮，一棵棵，一株株，昂着身，撑着枝，出落得更高更粗实了。

那红红的老紫薇树，在流年时光里，似乎也伸高伸阔了树身，高高地耸立进了空空的天上。仰首觐望，恰有一叶从树梢离枝，飘飘荡荡、柔肠百结般地落在我的衣襟上。那天上的叶，是问好着我这位故人，是庇佑着我这位朝树人吗？

树叶来自树梢，来自高高的天上。我掂叶细看，那秋叶静好，色泽樱红，逸着淡淡的清香。

我想起了紫薇树的故事。

人在地上，神在天上。

2019年11月16日

古寺生古树

火焰般的簇簇火棘果，瞬间斑斓明媚了峻崖山峰。绚黄的丛丛野菊花，霎时烂漫生姿了石缝岩壁。红黄间洇的草木，泼泼洒洒地丰盈着眼前的色调。

暖融融的阳光堆砌给山顶长天般的明亮，荒寂寂的四野迭荡着旷古遥远似的时光。山巅兀然孤立，崖壁峭拔悬挂，顶端平旷空阔，山道扭捏蜿蜒。石砌的寨墙，石砌的门洞，凿枘的石壁，深凹的石崖，凝固在一处处无法合适的落脚处，晾晒在一段段倾斜缭乱的眼望处。石墙圮坍，石道垮塌，火棘的掩饰处，野菊的遮蔽处，立着、斜着、躺着一通通的碑石、一爿爿的石香炉。

斜斜的山道旁，黑黑的活生生地挺起一棵岩栎树。树干直立，树枝滋横，半幅遮路径，半幅悬崖谷。树冠叶繁枝茂，墨绿深沉，树身粗壮坚硬，苔须深覆。路曲弯的一条，树曲弯的一棵。树下的路仄陡折叠，路上的树枝杈虬拐。树罩在路上，每个上山的人，便俯仰在它的身下了。

我是山巅的造访者，在正午的阳光下，新奇地走过树下，爬上崖壁。同行的，是位地方文史爱好者。

山巅矗立在汇入岚河的支流蔺河旁边的山岭上。岚河，发源于巴山之巅，贯流于岚皋全境的一条河，那是一条把自己送入了汉江的河流。

慢慢地走着，细细地瞅着。崖下的台地上有着寺院塌去的模样，崖边上有着庙舍依山搭建的石墙，崖上的乱石台依稀曾做过祭祀台面，崖顶的佛座让人猜度这或为寺庙的大殿。

轻轻捋掉青苔，碑石上露出了浅浅的字迹。我们知道了这是一处寺庙的遗址，寺庙建于清光绪三十年，寺名玉皇庙。

石墙坍倒着，祭台半陷着，佛座裸卧着，香炉斜躺着……方的基石、圆的柱石、长的条石、薄的片石，散乱乱地杂布着，涵着苔绒，绽着苔花，伸着苔须，裹着苔衣，长在了深深的时间里。

这散乱乱的石墙，这散乱乱的石头，让人猜度着寺庙曾有过的袅娜香火，曾有过的善男信女，曾有过的声声梵歌，曾有过的晨钟暮鼓。

硬朗的流年里，寺庙隐去了，隐去了曾有过的时光。

深山藏古寺，古寺生古树。

古树下，我们与躬身而来的一位老者相遇。寂寂山顶，仄仄山道，古意的寺庙遗址上人迹罕至。不约而至，不期而遇，本不相识的人拢身聚首，这便为佛家所言的一面之缘，也谓是份佛缘了。

佛家之地见面便互有着佛家般低声的致好。老者鬓发皆白，却神清气爽，手持木棍，身背挎篮。

老者挎篮是空的，言语是实的。老者张姓，家在寺庙下半山腰，他每年都要到这山顶采摘野菊花，拾掇晒干后供全家一年的取用。见我疑惑，老者说，野菊花药性优于家菊，当茶泡水喝，可清热解毒，消暑明目，还可治风热感冒、咽喉肿痛。夏天山里蚊虫多，叮咬后便会红肿脓疮，这野菊花便是消肿止痛，杀菌祛疖不花钱的特效药。我说，野菊花山里到处都有，你从山下往山上跑，多累呀。老者答，山顶上野菊花多，花朵大，摘一趟便够了，不需要再往别处跑。年年摘山上的野菊花，摘熟套了；年年喝山上的菊花茶，也喝习惯了。

说起身旁的岩栎树，老者说，这树分量重，掉到水里不浮水，木质细，木头结实，像铁一样的坚硬，农村人俗称铁甲木。又因为这树木头硬难砍，砍树需要有九把响子，农村人又称为九把响。

常往山里跑，我听得懂，响子即斧头，这是山里人的俚语。铁甲木、九把响，好响亮的名字呀。我问知道这树高寿了吗？老者答，这树长到这崖边上，半边实半边空，人拢不了身，要是人能拢身围，咋也得三四个人牵手吧。这树木头细，长得慢，长到这个样，真不知这树寿高多少了。我小时候见这树时它好像就是这个样子，我今年八十多岁了，看它好像还是这个样子。我老了，这树看倒还年青，人要是能和树一样的活，那该多好哟。同伴笑着响应说，你老八十多了精力还这么好，登山爬高，摘花养生，肯定会和这大树一样长生不老，年年如春。

老者笑了，身后崖壁上的几丛野菊花也颤巍巍地笑了。

我们席石而坐，谈起玉皇庙的今生前世。老者说，小时候听我父亲说，这地方原来有所私塾，近处的人家都把娃娃送到这来读书。后来私塾迁到了山下，这里便建起了玉皇庙。我小的时候常跑到庙里来玩，庙里有好几个和尚，他们还给我舀饭吃。

我问记得庙里的样子吗？老者说，庙里供的是玉皇大帝，还供的有其他神仙，墙上有壁画，大殿上有牌匾，门和窗子是红漆漆的，看起来好气派呀。每年正月初九庙里要办庙会，人最多也最热闹，说是这天是玉皇大帝的生日。

同伴说，几十年了，小时候的事还记得这么清，好记性。老者说，我姓张，玉皇大帝也姓张，张家人的事肯定会记得清。

玉皇大帝，天老爷，无人不知，那可是神话传说故事里家喻户晓的人物，他是天上至高无上的神，统领众神之首，端坐在凌霄宝殿，居住在玉清宫，地位犹如人间皇帝。玉皇大帝姓张？同伴不知，我也不晓，面皆茫然。老者见我们脸露疑色，轻声续道，玉皇大帝原来是一个寨主，名叫张友人，又称张百忍。话说盘古开天辟地后，诸神互相不服，开始争斗，使得天地三界大乱，太白金星因此下凡寻找才德兼备之人来做三界大帝。太白金星化身成为乞丐，四处寻访，后来来到张友人所在的张家湾，发现张友人为人和善慈悲，声望很高，将寨内治理得非常和睦，便把张友人带回天庭。张友人以慈服仙，三界众神仙敬重张友人的品德，共同推崇张友人为终身天帝，共称玉皇大帝。从此，玉皇大帝上掌三十六天，下辖七十二地，掌管神、仙、佛、圣、人间、地府，为天上最大神仙，天地三界从此太平。

大树多生山间，高人多在民间。老者的话，使我陡生孤陋寡闻之慨，徒生学有无涯之叹！

啧叹里，我问玉皇庙咋成了如今势样？老者手抚了抚身旁一枝野菊花说，这要从国民党部队在这里驻军说起。

玉皇庙里驻过国民党部队？我又一次陷入了孤陋寡闻之中。老人见我眼露探求之神，徐徐道，一九四九年岚皋临解放前两三个月，庙里驻进了一个连的国民党部队，他们赶走了庙里的和尚，在上山的路上用石头砌了哨卡，在这大树下用木头拦了道门，还到山下农户家抢粮食。我爸看见国民党当兵的往我家里来，忙跑到屋里把干谷子浇上水，当兵的见谷子潮湿摸了摸便往别家去了。后来有一天说解放军的部队从邻县平利县那边要来了，庙里的国民党部队便急急忙忙地下山往岚皋县城里跑。解放军的部队人多，当天下午便来了，没进农户家，也没叨扰跟前的人，在河边用石头垒灶煮饭吃。我那时过十岁了，胆子大，跑到跟前看，一个年龄大的解放军还给了我块锅巴吃。几个解放军坐在一起在唱歌，我觉得好听便用心记，听了两遍便记住了。

我急急追问，还记得那歌吗？老者略想了想，轻轻地便哼唱了起来："军号滴答响，战鼓咚咚敲，我们的解放军勇敢地过来了，战马前进努力呀，红旗迎风飘。"

歌声在岩栎树下响起，继而在玉皇庙山顶上飘荡。我的心里倏然生起一种敬意，那是对老者的敬意，那是对战火硝烟里走来的一首歌的敬意。屈指算起，这歌声，在老者的心里已扎根了七十年，在这山里也飘荡了七十年了。

我和同伴请老者讲下去。老者接续着说，解放军吃过饭，没有停留，顺着蔺河便往岚皋县城去了。听说，第二天便解放了岚皋县城。

老者停了停继续说，说起这国民党部队的事，还跟着出了件稀罕事。国民党部队被解放军部队追着跑去几天后，村里有人说，半山坡上光棍汉于家发娃子拣了个国民党军官的媳妇，说是这女人跑时崴了脚，跑不动了躲到路坎下，被发娃子看见了，领回家去当了老婆。我跑到发娃子家去看，那女人三十几岁，脸白白的，长头发，穿着件对襟衫的制服，左上衣口袋里插着只钢笔，说着外地话口音。那女人懂草药，自己拄着木棍到坡上扯了几样草回来捣烂用布包着贴，几天便能下地做饭洗衣服干活了。那女人不愿意和村里人说话，有时一个人在屋里看书，在于家待了两年便不见了。后来有人说在平利县兽医站看见过她，再以后便没消息了。于家发娃子以后也没再娶，七十多岁时也去世了。

歇了会儿，我想起啥似的，再问玉皇庙啥时候垮的？老者笑答，说了一大圈子话，忘了回答你的正题了。国民党部队跑了以后，被赶走的和尚也没再回来，庙便一直空着。时间长了，风吹雨淋，庙便慢慢垮了，成了现在这个样子。

晌午的太阳，闪动着翅膀，给人一阵阵紧蹙而温暾的热气。深秋的仆仆阳光里，山菊花氤氲着缱绻宁静的光晕。身旁或直立或铺散的皱褶卷曲的朵朵深色的黄，勾动起了我的手臂，我拉近一枝菊茎，凑近鼻息细嗅。那繁繁簇拥的花状里，散发着草木的清香，也散发着中药的清香。

那一刻里，我想起了杨万里昔日口吐的平仄：“已晚相逢半山碧，便忙也折一枝黄。”这句意和此时的我，切题而又妥帖。只是，我没舍得折下那一枝枝的黄。

岩栎古树下，我们和老者话别，我们往下，老者向上。

晚上，在岚皋县城岚河边我的书房里，我翻阅到了《岚皋县志·军事志》，里面的文字印证了张姓老者的话。驻守蔺河沿线的是国民党鄂陕人民自卫总队第四团，追击国民党鄂陕人民自卫总队第四团的是中国人民解放军第二野战军第十九军五十五师，岚皋县城解放的时间为一九四九年十一月二十八日。在解放军文艺出版社二〇〇九年出版的“中国人民解放军野战部队征战纪实丛书”《陕南雄师——中国人民解放军第十九军征战纪实》一书里，《岚皋县志·军事志》相关的记载，也得到了相应的佐证。

2019年11月22日

巴山顶上这片云杉林

在天的半空，在山的顶上，在河的源头，在云朵歇脚的地方，生长着一大片云杉树。

树粗野着，壮观着，直挺挺地往云层里伸着蹿着。

树圆满着，丰腻着，鲜活活地往四周散发着瑞祥。

高天阔野间，赫然一山起。巴山亘古长，绵延千余里。山高岭为巅，岭巅生群树。云杉数里绿，俊逸山巅美。

巴山蜿蜒，蜿蜒至城口县与岚皋县交会处，蜿蜒出了一大片云杉树。

城口居山南，隶于重庆市；岚皋毗山北，属归陕西省。

山有多高，水便有多高。山高水生处，汩汩出一源小溪。水源源自青苔苔须上滴的汁，抑为山花花骨朵上坠的露，许为树根根须上渗的液，或为岩石隙泉里淌的水。一滴滴地聚合，一泓泓地走拢，在神仙的撮弄下，滴水汇流为溪了。溪水汪汪，溪水湲湲，名曰神仙河。

河名咋来的，人不知。河名什么时候有的，人也不知。河谓神仙河，也许，只有这里的神仙知道了。

神仙喜着水，神仙也喜着云。“行到水穷处，坐看云起时。”河水的上游，河水的源头，常常升着云朵，也常常住着神仙。

人喜着树，地喜着树，神仙也喜着树，云朵也喜着树。神仙庇护着树天长地久地往古里长，往天上长，往神仙住的云朵里长。云朵呵嘘着树汪洋恣肆地蓬勃，露水净心，白云润靥地往天的那一边长，往云的那一方长，往自己遨游的美丽处长。

神仙喜着树，给了树林常年的岚气波涛，仙境缭绕；云朵喜着树，把自己给了树林，还把自己的名字也送给了树林。

有了神仙的垂爱，树林里便有了晨雾夕烟；有了云给的名字，树便有了云杉的大号。

神仙河的源头便称为神河源。神河源里住着神仙，住着云朵，也住着这片云杉。

云杉吮天之灵气，咂地之灵脉，把自己的露水给了草木馥郁的神仙河。神仙河把自己跳给了层层叠叠的千层河，千层河把自己淌进了澄澈碧透的大道河，大道河把自己融入了清绿粼粼的汉江，汉江把自己交给了水光潋滟的长江，长江把自己送给了浩瀚无垠的海洋。

海洋有着云杉的芬芳，云杉有着海洋的鲜碧。

云杉把自己送进了海洋。

曾经的海洋又迎迓着云杉生长。

云杉的扎根处，有着页页叠迭、堆堆裸露的石岩。片片崖石面上，游荡着一只只、一群群三叶虫化石，生动着一叶叶、一株株海草化石，那虫脚爪皆现，似游似走；那草或聚或散，如挺如憩。那虫曾是五亿多年前寒武纪时海底独有，那草曾是五亿多年前寒武纪时海底独生。

亿万斯年，洪荒的岁月里，那化石纳接日月，沐雨经霜，已幻似黛玉，嬗如墨珏，等待着一位又一位的有缘人，走进一位又一位有缘人家的庋藏高橱。

走近神河源，是为了一睹三叶虫化石的灵动，拜望海草化石的芳容。

我在一仄石片上寻觅到了一只昂头翘身的三叶虫化石，我把它连同片石装进了一幅小小的镜框，恭请进了书橱里。

觏见到了三叶虫化石时，我也觏见到了化石生处的这片云杉树。

云杉苍翠葱茏，逶迤起伏在巴山山顶北侧的山巅和山坡上。南侧，则是陕渝两省市自然分界线的巴山山脊。云杉，生在陕西一方，生在陕西省岚皋县地界里。山脊的那一方，界碑上红色的字，镌刻着重庆的字样。

物华天宝，造化天成。这疏密有致、间接有度，或密匝群居、或三两簇生的云杉，或相拥而立，或枝倚而生，或嶙峋沧桑，或遒劲茂盛，自在而又恬适地生在巴山的顶上，生在时间的深处。

树冠如塔。树粗犷，枝粗犷，更粗犷的是树高处的树冠。树冠铺展，张扬，像半撑开的伞，更多的像矗立的塔。山挨着云，树挨着云，塔更挨着云。挨着云的树塔上结着杉果，像一个个小塔似的，像一个个小灯笼样的，泛着褐黄的色，挂在枝间，缀在叶间。泛着清香味的枝叶，涡着油脂味的果核，总逗着松鼠、果子狸在树塔上蹦跳，总逗着云雀、相思鸟在塔冠上啼叫。

杉叶如针。杉林一秋秋地天老地荒地生长着，杉叶一春春地新生老去地更迭着。像针一样的一叶叶老叶落着，似针一般的一叶叶落叶铺着，黄的杉叶落到地上，复沓在了更黄的旧叶上。一叶叶地落着，一叶叶地迭着，地上便有了厚厚的杉叶。人走在上面，脚软软的；人躺在上面，人软软的，像走在棉花垛上，像躺在棉花垛上。恰时如有雾来，人便像是走在了云朵上面，人便像是躺在了云朵里面。

树多三两人牵手合围，挺拔健硕，轩昂昂地笔立。流年的时光里，树林里也间杂着少有的倾斜的、倒下的云杉。许是山巅风狂，许是山高雪暴。何年所致，人是弄不清的，但倾斜的仍生着绿枝，倒下的却发着嫩叶，身子没再端直，根却仍紧咬着大地，将生命的倔强虬曲成一道独特的风景。

树根深扎在泥土里，树根深扎在崖石里。扎在泥土里的深深隐去，把云的清新鸟的私语，秘密地絮叨给山的深处，海的深处。扎在崖石里的根偶尔的再悄悄探出，裸露出树身般的黝褐，盘根错节，似蛇蟒蛰伏，再多想看它凿石枘崖的身姿时，它又羞怯而又倔强地钻入崖石下隐去了走向，把石破天惊的生命伟力深邃给了走近云杉树林里人那长长的叹息。

木草皆美。神仙河的源头上罕存着这片原始云杉，也罕存着更大片的高山草甸。草甸上山形柔软，山花柔媚，铺天盖地，五彩烂漫，从云杉树林漫向了看不见的远方。

草甸深处深凹着方清澈剔透的弦月状湖泊。蓝天白云，绿茵野花，映在了水里，也映在了天上。有人叫为巴山秋池。巴山秋池？人立在水边，自然想到了李商隐秋夜独吟的诗句："君问归期未有期，巴山夜雨涨秋池。何当共剪西窗烛，却话巴山夜雨时。"李商隐的家在河南郑州，当年他赴任去的梓州在四川三台。李商隐会是从这里取道北上入川的吗，他见到过巴山之巅上的这一汪水池吗？这仄仄之语是他旅寂中见到这秋水触景而成的吗？千年前一首诗的事情，千年后我实难知道的。谁知道呢？坐在湖边，手抚山花，我在想，这千年之谜，李商隐他自己知道，也许还有这山花知道，这湖水知道，映在水里的云朵知道，贴着水面低翔时而点水的画眉鸟知道。

千年前一位雅士的愁肠寄语，成了千年后读书人共同的喜爱。古今相通，思接千载，诗意与现实同在。湖水悠悠，诗意悠悠，诗在远方，诗亦在脚下。

有了古意的云杉林，有了山花盛开的草甸，有了碧水蓝天的秋池，有了晶莹透亮的神仙河，便有了一群群游人。

云杉喜着云朵，有云朵的地方便山高水高，有着高峰与峡谷，有着斧劈与刀削，有着深幽与陡峭，有着峻拔与险要。

云朵喜欢的地方也是人喜欢的地方。人们在通往云朵的地方修了盘旋的路，人们在云朵住的地方建了翘脊的屋。人们把这里命名为了一个名字：神河源森林公园。

从九曲十八拐的挂壁公路上盘旋而来的有语调肃穆的秦人，有柔音袅袅的蜀人，还有京腔溜溜的都市人。

有一天，写了《白鹿原》的那位关中老人，也盘旋着来到神河源森林公园，我有幸陪着他。他漫步在云杉林下，他静坐于草甸之上，他沉吟于秋池之畔，他凝思于神仙河岸。他把他的足迹留给了高高的青山，他把他的赞美留给了长长的绿水。

云杉林旁的山坳里，藏着两幢小楼，一为重庆市城口县巴山护林站，一为陕西省岚皋县巴山护林站。小楼隔车道相望，路的中心线便为渝陕的分界线。两楼隔着省界，天上的云没有省界，悠哉游哉地去，飘飘然然地回。楼顶的鸟没有省界，叽叽喳喳地飞去，又呵呵呱呱地飞回。楼内的人也没有省界，串门聊着天，推窗约喝酒。喝到酣畅处，城口人倒满酒杯说："不准拉稀摆带，端杯牛眼睛（牛眼睛凸出，意谓酒要满杯凸出）。"岚皋人不示弱："展的，来杯表蒙子（表蒙凸出，意谓酒要满杯凸出）。"山高夜长，晚上两县护林站人常聚在一屋玩麻将。城口人喜四人自炸，岚皋人喜多人红中。时间长了，城口人学会了红中，岚皋人谙熟了自炸，或人多或人少，或自炸或红中，都可围坐小娱，怡然自乐了。

家兄文波退休前曾在岚皋县巴山护林站上班。神仙河的源头，住在这里有着神仙般的悠闲，他常去看树、赏花、临湖、找三叶虫化石。偶尔，我也去看树、赏花、临湖、找三叶虫化石，去了便到护林站去。一次，我认识了山那边的一位护林员，他也姓杜，和我兄弟俩一个姓。他说四方面军驻扎城口县时，他爷爷参加了红军，后来便再没了音讯。屈指算来，这是八十多年前的事了。我这位一家子说，他爷爷参军走时二十多岁，要活着应该一百多岁了。

八十多年前的事变成了故事。

那位写出了《白鹿原》的关中老人离别岚皋时曾说，有机会了再来看看。这话，已凝固为了永恒。

曾在这巴山护林站工作过的文波兄，在今年寒露的一场秋雨里，也永远地告别了神河源，告别了我们，告别了这个世界。

二〇一九年秋天的最后一个艳阳天里，友人郭君邀我再觐云杉林，嘱我写下古树群挂牌保护铭文。

深秋的暖阳下，云杉挺胸拔背，昂然向上，叶浓如发，披拂若裾，绽放出恬静的微笑。

云杉林间的林荫道上，一对年轻恋人在拍着情侣照。手持相机的同伴示意让二人靠拢些，嘴里哼唱着山里人的歌谣。“挨到些，挨到些，挨到情姐姐。挨到些，挨到些，挨到新鲜些。……”

二位甜蜜蜜的人的身后，有着凌空的林荫道，有着磅礴的云杉林。

细瞅间，我看到了，那苍劲的云杉树林里，生起了几棵小的云杉树。

2019年11月29日

拐枣生竹树

慢悠悠的阳光匍匐在山坳里，溢着酒红的、赧红的色，暖和又挡风地荡啊荡，漫向山道纵深处的林子。

我们在山林间的路上走着，路边的树在我们的面前走着。走着的树叶黄了，走着的树结籽了。叶黄了的树显得慵懒懒的，有了疏旷，有了姿势，有了明艳，有了延续。结籽了的树有了谦恭，有了安谧，有了喜悦，有了馈赠。

路边的树上传来清脆通透的鸟叫声。“叽溜叽溜，嘀哩嘀哩”，我循声而探，一对羽毛深黄、尾翼半开如扇的小鸟蹦跳在一冠玄黄的树枝上。那鸟的眼部一道白色的羽毛，像是晨妆时画上去一样，多了一份灵气，多了一份妩媚。

鸟在树上窜着，那身形矫捷，不动的树上便有了一份小巧的灵动。那鸟在枝上叫着，那叫声亮丽，静寂的山林里便充盈起了暖融融的歌声。

那特意画着白眉毛的鸟是画眉吗？同伴们伫望后轻声附和。再看，那鸟蹦跳之间，蹦向着束束籽实，那鸟啼声之隙，啄食着串串果柄。

鸟为画眉，果为拐枣。拐字别别扭扭，拐枣曲曲连连。我看见了树上的拐枣时，同伴在树下路边也看见了熟透掉落的拐枣。

“这便是拐枣生竹树！”同伴世忠指着眼前的拐枣树，爽声对我说。

拐枣生竹树。这是世忠给这树起的名字，也是世忠挂在这树上木牌上的文字。

世忠朱姓，祖屋在拐枣树上台地，人在县城从事着政务，工作之暇近十年里，一枚之力，稽古索考，案牍劳累，竟编梓了百年族谱。人杰地灵之地，便有着地灵树奇之事。祖屋坎下坡上生着棵有点曲溜的拐枣树，雪花落时叶落去，炊烟起时树便起，世忠小时这树小，世忠大了这树也大了，拔地而生，枝柯纷披，年年春花叶绿，岁岁枣熟香飘，带给一家人一秋又一秋的笑语，带给坡上一群又一群鸟儿的欢唱。十多年前春天的一场夜雨，山绿了，坡酥了，拐枣树才绽开芽蕾，水桶般粗细的树身疤节处钻出了一根胖胖的竹笋，几天时间，便蹿到了树的胸扣处。

春笋从拐枣树半腰处破树而生，转眼间，嫩笋长成了绿竹，一挺身高过了身下的芭蕉，一铺展遮蔽了身旁的棕榈。

树长着，竹也长着，树把竹子抱在了怀里，竹把自己融入了树中，你中有我，我中有你，树和竹便深深地融为了一体，融为了拐枣生竹树的奇妙。

世忠称奇，一家人称奇，树下走过的人称奇。称奇的世忠便说给我听，邀上我来，嘱我把这称奇的树记下来。

大自然的神奇造化、诡状殊形让世间人称奇，世间人的我也称奇。拐枣树褐黑洇黄，树皮纵形皴裂，树端直生起，离地半人高时稍扭弯折，折回后便通溜直上，蹿到了四五层楼高，高过了怀中的竹子，高过了身旁的竹林，高过了身边的枇杷树，高过了邻近的茱萸树。那茱萸树上缀满了粒粒圆润的茱萸，亮着殷红的色，似玛瑙，似南红，似紫玉。

树的弯折处便是竹笋拱裂暴生处。竹笋是怎样从土里拱入树根的，又是怎样从树根里拱入树身的，最后又是怎样从树身里拱破树皮探出自己的笋头的？这有着怎样的韧劲，这有着怎样的力道？这都是藏在拐枣树肚子里的秘密，藏在竹笋尖上的秘密，我是不知道的，也是让立在树下的我的同伴们苦苦费思量的。

竹子从树中生出，氤着黛青的色，那是笋子嬗变为竹子的色，那是竹子已经成熟的色。竹子一节节地往空中叠接，隐秘在树身里的竹节有着咋样的色泽，又有着竹节几节？

手抚竹、树相接处，那如铁焊般的牢固。在年复一年生生旺旺挺身拔背般地挺起里，那树、那竹，又有着咋样的和谐，又有着咋样的妥帖?

我用手掌贴树，想丈量出树的把头。量着量着，有几只蚂蚁上树了，我缩回手掌给蚂蚁让路。母亲生前信佛，她曾讲“万物皆有灵，众生皆平等。”我想这众生也包含有蚂蚁吧？我还知道，我只是拐枣树下的匆匆过客，蚂蚁才会给拐枣树久长的陪伴。

拐枣的叶已经褪尽，季节里急急赶来的是累累的秋果。竹子的叶绿着，从小到大的绿着，四季如一的绿着。无叶的拐枣在竹子的拱抱中像着了围绿裙，常青的绿竹在拐枣的拉扯下似乎腰板笔直了许多。

树上挂着拐枣，树下坠着拐枣，我弯腰从落叶间拾起一串。那拐枣弯弯曲曲，疙疙瘩瘩，有如鸟的脚爪，我想起了树上的画眉。望时，那一对鸟还在树梢顶上大快朵颐着枣柄。

拐枣是树的珍品，画眉是鸟的珍品。稀罕的鸟在啄咬着稀罕的山味，勾连起树下的我。我捋去果核，摭下果柄，将一截拐枣送入口中，像画眉似的，上下牙轻轻一嗑，慢慢咀嚼，唇齿间黏起稠稠的香甜。那味道，有着葡萄的味，有着猕猴桃的味，有着山野的味，有着阳光的味。

我们的响动惊扰了老屋里世忠的父亲。老人年逾八秩，腰不弯，背不驼，目明耳聪，面容慈祥，言语和善，形似拐枣树踞依长天，神如山间竹绿向禅风。

老人是拐枣生竹树的发现人。他说这神奇之树他没见过，山里的人也没见过。一家人见了这树都稀罕得很，上前年修到家里的通户车道时，还专门拐了个弯没去伤树根。

鸟在树上叫着，我们在树下轻声地说着话。说着，说着，我们随老人走到了他家院子里，话便也从树下说到了他家院子里。

人开始站在院子里，随即便坐在了院子里，眼睛看见的还是拐枣树，话说的还是拐枣树。老人说，拐枣柄上的黑色种子能解酒毒，喝酒时泡上当茶喝，喝酒如喝水，有千杯不醉之秘效。

山中有高人，高人在民间。老人说得轻快，我听着却记在了心里。我酒量小，一向怕端酒杯，酒局上为少饮一杯酒要说出好几句的推辞话，别人听着累，自己觉得说得也累。如此的秘笈，何时在酒桌上隐秘地去体验一次吧。

老人接续着说，先前家里生活困难买不起糖时，家里常用拐枣熬糖，再把花生、芝麻、红豆炒熟了拌到糖稀里，凉干制成切糕吃。那切糕金黄金黄的，香得醉人，甜得腻人，吃一次一辈子便忘不掉。

老人说的我们直咽口水，扼叹没这口福。老人笑着说，这也没啥难的，一二十年没做了，但手艺没忘，啥时候我做些，请你们来尝。

老人见我们吃着拐枣，笑眯眯地说，拐枣甜，人喜欢吃，鸟喜欢吃，果子狸也喜欢吃。每年拐枣熟了，白天鸟成对成群地来，“叽叽喳喳”地叫，晚上果子狸三五结伴地来，“果儿果儿”地闹，拐枣树便热闹了，我们这院子也热闹了。

我们笑说，拐枣是你家的，鸟和果子狸是山上的，让它们吃，你舍得吗？老人朗声答话：“天地造世源自然，繁衍生息成人间；世间万物皆有灵，生命相依缘相伴。一方水土一方人，一方水土一方命。人有命，鸟和动物也有命，既生在了一个地方，这也是种缘分。人有吃的，也要让它们有吃的，树上的樱桃呀，拐枣呀，柿子呀，茱萸呀，枇杷呀，猕猴桃呀，我们摘着只是尝个鲜，多的都让长在树上，留给它们吃。让它们吃，也是我的福报。”

草木有本心，生命有圣灵。人人皆仙体，净境生莲花。佛一样的老人，说着佛一样的话。那话，让我想起了在生时口诵《心经》的母亲，想起了袅袅绕绕的梵音。

一只蚂蚁从我手中的拐枣枝上爬上我的手背。它会是我先前丈量拐枣树时相遇的几只蚂蚁中的一只吗，或者会是那几只蚂蚁的同部落吗？我轻轻地将蚂蚁抖落在院边，看着它钻进了一丛枯寂的美人蕉里，顺手把几粒拐枣果丢进了坎下的一面坡上。

一枝拐枣生在树上，鸟在它枝边蹦过，果子狸在它身边跳过，它最终没有被它们啖食，落在了树下，捏到了我的手里，与我觌面，给我味蕾，给我甜美。那蚂蚁也随即连同它憩息的那枝拐枣，从坡下被带到了坡上的院子里，被我信手送入到了它陌生的一个地方，也许它永远也回不到它熟悉的拐枣树上去，回不到它自己的家族中去了。那几粒被我丢在坡上的拐枣种子，不知在来年会不会生根萌芽？唉！许多事物的走向，好像都是这样……

世上的事有着偶然，自然的物有着巧合。

树美，竹美，树竹皆美，皆美的树竹相融相依地生在一起，长在一起，那是美上添美了。长天大野，巧夺天工，拐枣树和竹走到了一起，何其幸运矣。洪荒高山，流水时日，我是一位虔敬拜读这奇异之树生命轨迹的人，何其幸运矣。

我有着隐秘的幸福感。人的肌理是应该长在自然里的，人的诗文也应该是长在自然里的。自然界的人是恬然的，自然界的文字是温润的。

阳光诚挚地打开着，无限地接纳着草木花竹、鸟兽鱼虫，接纳着喜欢拐枣的画眉、果子狸，接纳着同样喜欢拐枣、喜欢竹子的我们。

我想把这时光截面上的一刻记下来，传给有幸读到这篇文字的后来人。希冀他或她，愿意按图索骥，持文觐树，在未来的某一时刻里，还能如今日一样地看到这树，看到这竹，看到这景致，不计多寡，不计多远。

哦，我得告诉去看树的我的朋友们，这拐枣生竹树栖居的地方，它们在岚河支流滔河岸边构坪村狮子头朱家老屋场下山坡上。那位佛一样的高寿老人，他的名字叫朱方清。

2019年12月6日

楠树湾访楠

我们溯着岚河驱车逶迤而行，先拐进岚河其支流滔河，又岔进滔河其分支郑家沟，再趄进郑家沟其支系楠树沟。

水一程，山一程，河水越来越细，山越走越高。路先是水泥的，再是石子的，再走是泥土的，再走路上连土都难看见了，只是蛇形盘曲路径上的一地地荒草，恍惚穿过一片片山林后，跑到邈远的时间外面去了。

路的尽头便是我们要到达的地方。停车，下车，抬头，一树蓊郁的浓墨重彩的绿就矗立在了眼前，在周遭叶黄叶红的深秋底色里，这绿被衬托得分外招人欢喜，惹人眼眸。

不需同伴开言，也不用我开口相问，我知道，这就是那株楠树了，就是今天我们要探访的那株老楠树了。

眼帘里的楠突兀独立，狂狷遗世，蓬勃鲜活的向上撑着，向天空蹿着。疏密有致的枝柯，遒劲丰肌，如虬蟠一般，扭捏弯曲地向四面躬着，向八方展着。树叶黛玄碧绿，平静雍容，纷呈舒展的迓迎着绯红的阳光，保持着色彩，保持着姿态，保持着好看的背景。

脚步往前踱着，树在眼帘里放大着。树身浑圆庄重，示相苍老，要三四人牵手才可以环抱。树皮黝黑深褐，暴突皴裂，篱藩旋涡，沧桑轮盘，氤着久远的时光。树杈三头六拐处，寄生着棵饭碗粗般的棕榈树。那树浓郁深沉，棕苞紧裹明黄，丝缕如衣，树叶羽扇开屏形如雀尾状，在楠树枝叶罅漏的阳光透耀下，晃动着星星的光晕，娇艳着飞扬的姿势。枝节的高处，停着几只不大不小的鸟儿，啼着不疾不徐的声调。它们身着皂衣，步履散漫，声音点点，絮语浅浅，犹如轻润的秋阳，又似我们柔软的心绪。

礼敬般地绕树一圈，再一圈。楠树挺立，想窥伺到树梢的细节，头只能仰起再仰起，树梢顶上，接续上了天空的高处。那天上，正舒适地走动着一片楠树叶状的云。

树枝弥漫，树叶低垂。我探出头去，想嗅嗅叶的味道。倏然间，我被树叶小心翼翼地抚摸了下脸颊，还怯生生地牵了一下我的手。那树叶，凉凉的，滑滑的，有着木质的清香味，有着树脂的油香味，还有着山野的草木味。

树侧，一条一步可越的小溪浅浅淌过，秋草萋萋，清流涓涓，水一半隐入草里，一半映入天空。我想，这便是同伴们先前说的老楠树旁的楠树沟了。溪水细细的，来自岩石的缝隙，来自山林的雨露。这溪水顺着我们上山来的路，淌入了郑家沟，淌入了滔河，又淌入了岚河，最终这溪水汇入汉江，汇入长江，走向大海。细细的溪水，让人想到了大楠树地下嚼石凿岩，匍匐四野的根系的须梢。

树身上挂着古树保护牌子。树名：黑壳楠；树龄：五百年；古树等级：一级；古树所在地：岚皋县滔河镇构坪村。

对视中的树五百年了！好悠长的时日哇！

五百年！屈指回望，那应是明正德年间，一个遥远的过去，一个线装书里刻镂过的年日。树籽爆芽，那一定是在春天，对，肯定是在春天，在一个春暖花开的时节，山上的冰雪消融了，汩汩地从溪边淌过。溪边上，几位老人牵着孙儿，晒着太阳，谝说着村野乡鬼的故事，或许也说着自己年轻时上山砍柴时遇到过狐狸精的旧趣。他们闲话时，一只白色的狗卧在他们身旁，那狗的不远处，也许楠树的芽便被唤醒了，拱破了泥土，绽放出了树芽。

五百年，好模糊的时间轮廓呀！楠树它准确在此落籽是在何年何月，它在此萌芽在此扎根又是在春天的何日何时，是清晨或者午后？我想知道，但是无法回答，我不能代替楠树说话。楠树的前世今生，也许只有楠树自己知道，树旁的山神庙山神知道，还有最初坠地爆芽时在楠树旁溪畔闲话的老人和他们的孙儿知道，从楠树苗旁走过的路人知道。

楠树在，却像位坐定的老人，静默中缄口不言。山神在，团坐在土屋里闲看云卷云舒，不曾透露天意。楠树最初一刻生根吐苗时身旁闲谈的老人和被老人手牵的小孩知道，从小树苗旁走过的路人知道，但他们百年一瞬，去往了哪里，今居何方，是做了仙人，还是已羽化为了尘埃？

楠树旁，绵延着翻山越岭的一条古盐道，那是陕南进入巫溪大宁河畔盐泉众多盐道中的一条古盐道。那蜿蜒盘曲，穿林涉水的盐道上，走过了多少路人，走过了多少背二哥，走过了多少骡马队？那枘石为梯，凿孔为径的盐道上，飘落过多少怅惘满怀的歌谣，流淌过多少缠绵悱恻的情爱，隐瞒了多少生离死别的往事？

盐道通往川蜀，盐道往接汉江。盐道走过巴人，盐道走过楚人，盐道上走过李自成义军，盐道上走过白莲教教军。

“厅城南路有二，一自厅城向东南行十五里至栗树垭，十里至垭头溪，十五里至梅家寨，十里至关梁子，十里至构坪……此正南通四川之要路也。”百年前的厅邑旧志记载了盐道的悠长，也记载了盐道的走向。

构坪，现在的村名，乡公所时代的政府机构所在地，它也藏在了旧志典籍里。“构坪，距城五十里，东与洋溪河交界，南交茨竹湖界，西南交木竹坝界，西北交麦溪沟界，北接龙王庙界。其地旧为关卡，今则上山老林，开垦已尽，人烟稠密，为南北通衢，不复称险要矣。”

五百年！一株进入了地方历史的大树，让人生出思思缕缕遐想的大树，庇佑了树旁山里人生活过往的大树，见证了树旁川陕古盐道上风云变际的大树！

“孔明庙前有老柏，柯如青铜根如石。霜皮溜雨四十围，黛色参天二千尺。……”置身树下，心头没来由地涌起这首前人的诗。作者记不起了，诗题想不起了，只是记忆里有了这丝勾连。

古树让人遐思，古树下的火山石群也让人遐思。那群石横竖峙立，大如庐，小如牛，孔武婉转，形态奇异，昂首有啸天之势，摆尾有起伏之韵。更奇处，那石千孔百窍，深浅不一，直曲难识，浅孔可辨，深窍不知深深几许，也不知拐向了哪里。

此石群式样，让人想起几年前去泉城见到的趵突泉门外“寿”石。那石孔窍巧布，凹凸显然，神如“寿”字，有草书飘逸之风，又似篆体古朴之拙，常有人与此石合影，取“寿高”之意。泉城朋友告诉我说，此石孔窍相通，石下窍口燃支香烟，石顶孔口可缓缓冒出烟雾，石顶窍口倒杯清水，石下孔口可待时滴现。此石凹凸成字，窍幽成景，珍贵极致，曾几易其主，又曾几易其地。

我想对同伴们说说“寿”石，但最终还是没有说。放眼看去，树后面的近岑远峰，处处山石如此，处处如此山石。真不知万万年前那场岩浆喷涌、旷野撕裂、山川重新构建的瞬间是如何的奇观，真不知那山崩地裂、翻江倒海过后的山川寂寥，大地冥然的时刻是怎样的模样。

沧海桑田，斗转星移，山川变迁，生命繁衍。奇观的地方有了奇观的植物，稀罕的地方孕育出了稀罕的楠树。

日月精华，天地灵秀；先人风度，隐姓埋名。楠树在火山石群里扎根，一点儿也不畏缩；楠树在山高水长处相处，一点儿也不犹豫。五百年筚路蓝缕，诠释了生命的壮丽，五百年的拼搏崛起，辉映出了生命的风景。

天下万物，妙在生命的延续。楠树凿石而生存，人踞石而筑屋。树旁百步外聚三户人家，树上晏姓，崖面为庭院；树侧佘姓，依石砌庐舍；树下余姓，临石建居室。

文亭弟参加工作一直在滔河乡镇，前两年曾在构坪包村，谙熟乡物乡人。知道我喜看古树，便邀约陪同我来看楠树。跨过楠树沟上的石条，步入篱笆遮拦的白菜地旁石板路，有黄狗迎我们吠叫，见了文亭便不再作声。半掩的木门吱呀全开，出来一位手牵小孩的老妪，文亭走近问好，老妪应声作答，文亭给老妪敬烟，老妪给文亭敬烟。抽烟的女人少，抽烟的老妪更少。抽烟少的老妪的生活嗜好，文亭知悉又没忘去。不经意间说出的话语，才有真实的味道；不经意间做出的举止，才是真实的流露。一位镇上的干部和一户普通的农家有如此的妥帖，有如此的温度，有如楠树和这山野一样的契合。

我们站在院边说话，也看着地里丰润的秋景。院下的地畴里铺展着面墨黑的红苕地，老妪家的佘姓老汉在刈割着苕藤，准备着红苕的采挖。他身后的稍远处，有着面收获过的烤烟地，那烟禾秆上，正开放着一束束喇叭状的粉红花朵，灿若云锦地嫣红了半边山坡。

听见吠声人声，老汉抬头来看。文亭和老汉隔空说话，待搭上话了，看清人了，老汉把手中镰刀往地垄上一丢，嚷叫“来了稀客”，便回家来了。

文亭笑语相迎，老汉拭手接烟。闻声而至的，还有院上坎下两户人家的壮年男子。老汉、老妪提凳泡茶，一圈人便坐在院中晒着太阳，说起了话。一圈茶泡齐，老妪又为我们端上了一撮瓢野核桃和一小竹篓猕猴桃。

老树下必有老人。老汉皱纹满脸，老妪沧桑满眼，犹似屋门正对面的楠树。知道了我们的来意，晏姓男子说，树老了有些神奇，前几年有人爬上树砍枯枝烧柴，爬上树便喊头疼，再不敢上去了。佘姓男子接话说，这是好的，你没听说过吗？树下郑家那棺老坟里的人，是上树砍枯柴掉下来摔死的，爷爷刚安葬，孙子便出生，孙子小名便叫孝儿了。佘姓老汉附声说，这事我也听郑家人说起过，是人老几辈子以前的事了。

老树识得风水。老树扎根的地方常渍濡着地脉地气，常是山峻水秀、天朗地明之地。风水宝地葬墓人家的后裔定会兴旺发达的。我问，郑家老先人埋在老树下，郑家后人咋样？佘姓老汉说，发旺得很，下面一沟两岸大部分是郑家人，有做官的，有当老板的，连沟名都姓了郑，叫成了郑家沟。

我们说起了树下好看的火山石。晏姓男子说，那些石头里窟窿眼儿多，窟窿眼儿里蛇多，热天里喜欢往楠树上爬，不知道是去乘凉还是吃鸟窝里的鸟蛋，像挂面似的挂一树。

听得让人有些发怵。我问，这么多蛇，你们住在这旁边怕吗？几人异口答说，也没啥怕的，都是些无毒蛇。家里喂的有鸭子，蛇怕鸭粪味，它们也不往人户来。门前房后再种几棵七叶一枝花，蛇更怕那味，更不敢来了。我问七叶一枝花是啥？佘姓老汉说，一种开花的草药，七片叶子中间开一朵花，好看得很，药效像三七，但比三七药效还好。山里有句话说，“门前种上蛇怕草，蛇虫见了都会跑”，这蛇怕草说的就是七叶一枝花。

喜欢苏东坡，依稀记得他在《仇池笔记》里载：“鹅能警盗，亦能却蛇，其粪杀蛇，蜀人园池养鹅，蛇即远去。”鹅粪却蛇，鸭粪也能却蛇，想来其味其功能和鹅有相同处了。常在山里跑，七叶一枝花也许见过，但对不上号，更不知其蛇怕草的另一个叫法了。“听君一席话，胜读十年书。”这“君”不应单指士大夫之类的高人或文人雅士吧！山里人有山里人的生活智慧，简单而实用。这智慧在书本里是见不上的，在高楼里是听不来的。

晌午的秋阳眩目而又暖身。我们在院子里闲话着楠树的事，闲话着楠树身旁的事。屋后山坳里传来隐隐的机器声。老妪说，那是准备修建西安至重庆高铁这段路的测绘勘探人员的钻机声，钻探队已经在这里钻探半个月了。这山上的钻探队有三个人，是外地人，说着普通话，上下山时有时到屋里来找开水喝，人挺和善的。

楠树旁有过过往，又将有新的过往。

半日跋涉朝得楠树，半日出山踏入归程。楠树是山的主人，我在楠树下盘桓不舍，但终将是楠树下的匆匆过客。

与楠树告别，与楠树旁的人告别。临上车时，我忘记什么似的问了声：这个地方有小地名吗？文亭和众人齐声说：有，叫楠树湾！

呵，楠树湾！一个楠树衍生的名字，一个如楠树一样古雅的名字！

2019年12月13日

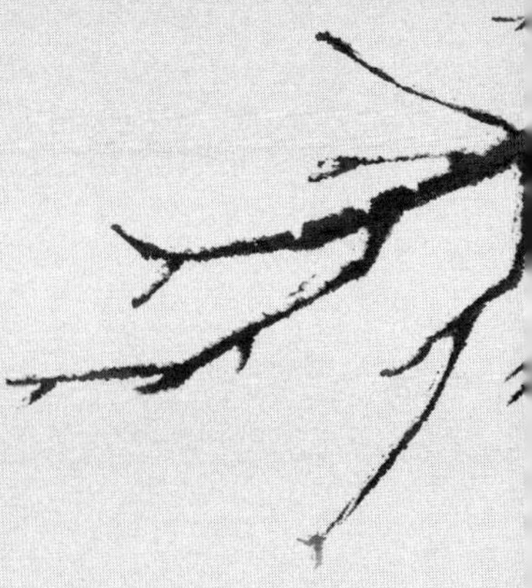

第四辑　冬至阳生

茶树正开着花，绿叶中缀合着白瓣黄蕊的花束，蹀躞垂翼，绾结成堆，一朵朵微笑张望，一瓣瓣怯怯翕动，一缕缕弥散着幽香。茶荫处，花苞多于花朵，绿色圆润的花蕾承袭着随步的花季。手抚茶花，我痴痴地凝看，花蕊明黄，花瓣瓷白，淡然若菊，恬静属兰，在冬天的阳光下泛着灿亮的清丽，素淡雅静，冰玉楚楚，簇拥高洁，面含雅情，开成一树软语浅言，生成一坡袭人温馨。

五棵树的两棵树

在岚河支流蔺河岸边一个名叫大湾村的山坡上，我与一对栓皮栎树不期而遇，注视良久。那是两棵有相当年岁的大树，从它身上，我读到了沧桑和古老。

古树挺拔高耸，枝干褐灰坚实，一条条、一块块的树皮，豁着裂口，怯着缝隙，若硬邦邦相缀的铠甲，似密匝匝交织的鱼鳞，从根部裹覆上了树梢。青色的、黄色的苔藓，一撮撮、一坨坨，滋生凝重在树干上，茸乎乎的苔丝还挂上了枝杈。看不见的峭冷从山巅上悄悄地下渗，透过树梢上黄透了的树叶缝隙，丝丝缕缕地抚在脸颊，匍匐在树下。探出树冠的树枝已经开始落叶，少许的枝条上还挂着眷恋不舍的金叶。天上飘着触摸不到却能感知到的雨丝，空气清新湿漉，绵软而缠绵。树下野草枯蒿泛黄，头顶着片片落叶，静静地立着。一些翘角的树叶上沾蓄起了雨珠，漾着白莹莹的光。落叶杂草间，散布着坠下的栎树果实橡子，圆圆的、锥锥的，形似蚕茧，又小于蚕茧，黄色中浸渍着棕褐色，饱满而透着光泽，犹如有了包浆的崖柏陈化串珠。我走近草丛想去捡拾几粒赏玩，惊跑了两只啄食而大快朵颐的松鼠，它们快速地蹦跳爬上大树的横枝，回过头来鸟瞰着我，眼珠黑里透亮，神情乖巧似带微笑，隐约散发出种睥睨一切的骄傲感。

松鼠是喜食橡子的，而人亦是喜食橡子的。唐人皮日休留有一首《橡媪叹》：“秋深橡子熟，散落榛芜冈。伛伛黄发媪，拾之践晨霜。移时始盈掬，尽日方满筐。几曝复几蒸，用作三冬粮……”

老树立在通村水泥路一个拐弯处的路边。弯道是为了给老树让路呢，抑或是方便人们更近地走近老树呢？扭来绕去的路在树下又多了一个弯。老树相邻而伴，枝杈交互而生，是一对夫妻树呢或是一对兄弟树，不谙树木知识的我不得而知。爱情绵长，亲情亘古，只要情愫不老，它们就会相伴永久。

仰头望过褐色的树干和黄色的枝叶，便能看到静谧发白的天空。霜降节令里的山野显得比夏日空旷和纤瘦，荡满了飘飘飞舞的红黄落叶的芬芳，涡起了一缕淡淡的忧郁，拂起了莫名的感伤。脚下的水泥路面上凋落了薄薄的一层树叶，初冬的风儿不时地掀动着羞羞怯怯的叶角，和着路里边一垄微微颤动的褪绿泛黑的红苕叶。

红苕是山民们一年里收获的最后一茬庄稼。湿漉漉的刚被翻挖过的垄畦里，散乱着一排排从地下现身出的红艳艳的红苕，爱怜而悸动，牵引着人的目光。红苕地里一对中年夫妇在忙碌着，妻子在前头挥镰割取着苕藤，丈夫在后面用羊角锄撅挖红苕，旁边放着两个竹背篓，篓背上搭着两件外衣。天冷不冻下力人，土地不亏勤劳汉，擅爱春种秋收的人，天热天冷之于他们似乎并不太在意的。

我走近地头和掘镢的汉子搭话。几句寒暄下来，得知男人姓张，古树正在他家林地地界里。我问起脚下的小地名，他回答说叫五棵树。我再问，他说听老辈人说这里原来长有五棵大栎树，这里便因树得名，时间久远，那三棵栎树不知什么年代没了，只剩下这两棵。树不全了，但地名却祖祖辈辈一直这么传了下来。

五棵树！何其诗境的地名呀，念一遍，嘴里便能渗出一腔绿意。这样的地名，听一遍，便不会忘了。

我惋惜那不在了的三棵树，便再探问，张姓汉子热情地说："你问的事我没听说过，也许我父亲知道，他在家，我引你去。"夫妻二人装满了两背篓红苕并背上肩，我们一边说着话，一边顺着水泥路拐个弯，走进了路上方一长排白墙泥瓦房里。正屋里，蓝衣黑裳的老者拾掇着抽烟的台火炉，同时端着保温的茶杯，身旁的电视机里正播放着一位年长歌唱家演唱的老歌。

老人目明耳聪，乐意我的寻访。坐在火炉旁，啜着老荫茶，我们有了关于树的话语。老人八十多岁了，小时上过六年学，当过区文书，六十年代初，看到自己一个月工资买不上一担萝卜，养活不起家人，他便辞职自愿回乡务农了。说起那逝去的三棵树，老人叹道："一九五八年全民大炼钢铁时，那三棵树被人砍了，锯断破开的柴火，社里炼钢炉烧了好几天。"听了原委，我没有搭话，端起茶杯轻轻地呷了一口茶。这是山坡上野生狂长的老荫茶，茶味里弥漫着淡淡的山野青草气，汲进口中，一丝丝苦涩。静了好长时间，老人继续说道："那三棵树不该砍哩。树老了都有灵气哩，砍了树，不久这里就倒了霉，撞上了三年自然灾害，山上山下不长庄稼，没了饭吃，饿死了不少人呢。"

老人见我在笔记本上记录，继而说道："看样子你是个识文断字的人，读过寒山的诗吗？"我惊讶于老人的问话，这深山乡间里，竟有人谈起唐代诗僧寒山。巧合的是我恰好有本寒山的诗集《月桂一轮灯》，闲暇时偶读几首。我有点底气地回答道："是唐代高僧寒山吗？粗读过几首。"老人望着我说"能背首听听吗？"寒山的诗佛性浓，浅白口语，易于记忆。我从脑际里快速地筛找，随即诵出首："我见世间人，个个争意气。一朝忽然死，只得一片地。阔四尺，长丈二。汝若会出来争意气，我与汝立碑记。"老人端看着我朗声说道：“难得遇到你这个同道人。读过寒山戒杀的四句偈语吗？”我请求老人解读。老人喝口茶轻声说道：“有一次寒山经过一大户人家，见全家忙着杀猪宰羊为儿子娶亲办喜事。寒山用天眼看到那新娘原是疼爱孙儿的老祖母转世，坐在筵席上吃喝的曾是他家的牛羊，而锅里烹煮的猪羊，则是他家亲眷转生。见此情景，寒山不禁悲从心来，放声大哭。主人问他为何哭泣，寒山就吟出了四句偈语诗：‘六道轮回苦，孙子娶祖母。牛羊为上座，亲属锅内煮。’说完便哭着走了。”停顿了会儿，老人又道：“牛羊猪狗，山川树木，他们都是有生命的。佛家讲一切众生都与我们有亲眷关系，和我们都有着因果报应关系。我们本不该伤害他们呀！”民间有高人哇！听完老人的话，我怔怔地看着他，恍恍惚惚间，若处禅境。

辞别五棵树时，我带回了几粒在栎树下拾捡的橡子。返程时，我把玩着那半把圆润光滑的秋果。倏忽间，我觉得我也被橡子把玩了。

2017年11月24日

桂山寨上红豆群

一片完美的山野里似乎不应该缺少几株古树的。一个地方若是有一片古树林，那这地方应是美好的。如若森森树林相伴着河流、古寨、梯田、农舍和阡陌山道，那这地方似配称绝美了！岚河岸边的桃园村桂山寨就是这样一方仙境。

桂山寨一面紧临刀削斧劈般的悬崖，其下是绿莹莹的岚河深潭。三面高悬于陡峭坡地，半岛似的山形耸立在岚河拐弯处。半岛连接山后的山脉处陡然收紧凹下，形如瓶颈，山寨的城门石墙高砌而唯一的窄留城门随坡就势建在这里，乡民们叫这地为城门垭子。黑石高筑着三面山寨城墙，城墙上垒砌着半人高的长条大块青砖。山寨从河面拔起不足百米，寨顶似片树叶，两端细中部宽，长盈三百步，宽不足百步，狭仄而小巧，险峻而精致。

城墙下，悬崖上，生满了或老或小、或粗或细的众多树木。树林依傍岚河一隅，悄然藏匿着一群古红豆树。多日念叨后，我选在了一个初冬暖阳的午后来朝觐这群年长的野生珍稀林木，陪同我的是县野生动植物保护工作站的郭安平站长。科班出身，钻进岚皋林业后就没舍得再挪窝的他，对全县的名木古树就像对家族中的老人一样敬畏而熟稔。他告诉我说，霜降和小雪相见的节令是看红豆树的最好时节，那时的红豆最红，那时的红豆也最亮。

当我俩跨过岚河吊桥，走过一片新栽下的油菜地，爬过一面收割过的稻谷根茬并爆出绿苗的梯田，越过白墙泥瓦的农舍，穿过一坡黄绿相染的杂木林，在他手指给我方位的第一瞬间，我便收获到了灿烂闪烁的满目红色，收获到了一方璀璨烂漫的景象。那是从王维笔下萦绕走来的红色，那是从唐代一直缠绵到今的相思。“红豆生南国，春来发几枝。愿君多采撷，此物最相思。”那首孩童时在心里萌芽，并在梦里摇曳的诗境悠悠而起，旋转飘摇，飞至眼前。

走近树下，仰头探望，那枝杈间缀挂着一片片黄色的果荚，有的成熟荚角紧抿着嘴唇，有的半张着小口，露出粒粒殷红色的红豆，与绛红色的树叶杂糅相间，不分轩轾，相得益彰，阳光映衬下，闪着火红的光彩，绚丽着古典的雅致，绽放着尽情的温暖，倾泻着无涯的娇娆。一树树泛着朱丹红晕的红豆树，散立在山坡上、悬崖边，正值盛年的红豆树群们，树干粗壮而又挺拔，树态繁茂而又多姿。明亮的阳光透过叶隙缓缓地投照在人身上，那么轻柔，那么微妙，沐浴给树林山野间一派金黄，满山休憩。“咕咕噜噜”，几只斑鸠歇在树顶向阳处，似乎在吟唱着一首初冬的歌，它在唱着此地的山风多么甘甜，这时的太阳多么温暖。

有几株红豆树兀自斜生在了陡然的山崖半腰上，只把那艳如红花漫枝的面庞羞答答、笑吟吟的甜美给我们，怯着热烈，蕴着激情。我探头细瞅，想问问那粗如男人熊背、细似少女腰肢的红豆树们，她们的根是如何扎进那岩石里的，最初她们又是怎样孕育降生的。荒凉瘠瘦的岩石上红豆树们却并不纤弱，生气勃勃的她们的根会从石缝里钻进岚河河底吗？天空明亮，白云无踪。我想探看究竟，苔藓遮掩的岩崖让人无法辨识，越过树枝，我看到了一河墨绿秋水，共长天一色。河水里有着飘落的红豆树叶，悠闲地游着步，让人自在地想起苏轼长子苏迈“叶随流水归何处，牛带寒鸦过别村”的诗句来。

树林下有位牵着稚龄男童的少妇，她穿着淡红的长衣，有着一绺绺乌黑的长发。她领着他晒着太阳，又携着他拾捡着红豆。她的身边似乎缺失着孩子的父亲，他是到田地里务庄稼去了，抑或是和山村里大多数青年男人一样外出务工去了？她会为他寄去这古意的相思吗？我暗自思忖着。

我弯腰从地下的落叶中也捡拾着红豆，秋叶满地，红豆满地。掌中的红豆小于蚕豆、大于豌豆，通体鲜红浑圆，少许的稍扁，有的呈心形，有的下端浸染着黑色，凝碧而浆洇，晶莹如珊瑚，亮泽似玛瑙，似稀罕的南红散珠，有锦红，有柿子红，有玫瑰红，有樱桃红，有朱砂红，有黑红料。我忍不住往嘴里丢进一粒红豆，使劲地磕咬，居然没能撼动，难怪古时有情人能将晒干后的红豆做成饰品互赠留做长时把玩。我想尝尝红豆的味道，将没能咬破的红豆放在身旁石块上，再找来块小石头用力砸开，我掇起一小碎块送进嘴里，舌尖上泛起一缕黄豆味的清新与尚可接受的一丝苦味。

循着红豆树的身影，我们走进了桂山寨上。城门垭遗址依稀可辨，通村的水泥路从石寨门楼前绕弯而去。随坡而行，见路边石坎干石砌筑，结实齐整，梯拐有形，石斑苔藓杂陈，透着时间的沧桑感。寨内散住着几户人家，见有人探访古寨，一位赵姓老人主动为我们带路。寨墙多已坍塌，我们走近去看，几双脚沉入荒草杂棘中，凹凸于乱石断瓦间。墙体多已不存，但石坎大多保留着原貌，在一片竹林的上方，幸存着一方青砖筑就的寨墙，硬实而倔强地昭示着曾经有过的雄伟与辉煌。寨墙边，散落着苔藓遮蔽的石碾、石磨、雕花柱石、石刻门槛、青砖和瓦当。

我惊讶于石寨的来历与古老。老人告诉我说，桂山寨是清嘉庆初年由白莲教女将领齐二寡妇驻防时修建的，寨内设有灵官庙、教坛、烽火台、营帐、炮台、练武场。同时垒筑的还有近旁的墙院子、清平寨、金猫关、鸡公寨，几个山寨同时驻军，互为倚靠。齐二寡妇大多时间住在墙院子，有时也住在桂山寨里。

巾帼英雄齐二寡妇的传奇故事在岚皋流传甚广。她小时出生在岚皋麦溪沟，本姓牟，父母双亡后拜四川东乡王九龄为义女，改名王三风，随义父义兄习武，参加白莲教，嫁与教军将领齐二郎，后齐二郎战死，王三风接替丈夫将印，被人称为齐二寡妇，转战川鄂陕边界十余年，反抗清朝政府，也为老百姓伸张正义做了很多好事，深得乡民们称颂。

我进一步探问，赵姓老人答说，他小时这里的房子基本完好，老式的青砖泥瓦房，门窗雕梁画栋，横竖两三排，后来年久失修，砖瓦被人拆走在寨下建了新房，这里便荒凉了。老人继续说道，他家房后黄连木老树下半崖上有个隐蔽的天然山洞，他小时放绳子下去过，能睡几个人，听老辈人说那曾是白莲教藏存财宝的地方。我们好奇去看，老人领我们下个石坎来到他家，房子是砖混结构新建的一层楼房。站在房后阳台上，栏杆外便是悬崖，黄连木树独自孑立，树下只看见深深的河谷。那山洞，是视力无法到达的。我问寨子上还有山洞吗？老人边关后门边说，他听他父亲说过，寨子上有个红苕窖直通山下五篓子水田里的一口水井，是个地道，以防不测时可以过人。我问五篓子是啥，老人答说是个小地名。我问水井还在吗？他说早些年就看不见了。

坐在老人门前的小木椅上，喝着茶，我们继续着桂山寨的闲话。我问寨子上遗留的有啥石碑吗？老人答说原来有几块石碑，上面刻的有字，现在也不知去哪儿了。见我对寨子上的事有兴趣，老人对我继续说道，他见过齐二寡妇的白马。地方史料记载齐二寡妇死于嘉庆六年，身埋安康城外七里沟，头葬岚皋金鸡河仙女寨。嘉庆六年即一八〇一年，距今逾两百年了，那时的战马能活到现在？我当然不信。老人说道，齐二寡妇死了，但她骑的那匹白马却活了下来，好多人都见过那匹马。他小时候和几个伙伴在岚河里洗澡时，那匹马跑到河边来喝水，他们看见了便高声呼喊，那马便跑进山林中去了。我说白色的马到处都有，怎么就能确定那匹马是齐二寡妇的呢。老人答说他看见的这匹马马背上套得有黄金镶边的马鞍子，金光闪闪的，和老辈人传说的是一样的呀！

初冬的夕阳落得早些。下山时，我们又看见了那位捡拾红豆的少妇，她拥着她的孩子，坐在一栋两层楼的一楼客厅里，电视机里播放着一首旋律熟悉的歌。我们走着，身后传来一阵阵歌声："滴不尽相思血泪抛红豆，开不完春柳春花满画楼；睡不稳纱窗风雨黄昏后，忘不了新愁与旧愁；咽不下玉粒金莼噎满喉，照不见菱花镜里形容瘦。展不开的眉头，捱不明的更漏。呀！恰便似遮不住的青山隐隐，流不断的绿水悠悠。”

走了好远，我才记起，这是《红楼梦》里的《红豆曲》。

2017年11月29日

岩石上的榔榆树

这是一株千年的榔榆树，一株在岚皋山林里并不多见的树。它萌根于裸露的巨大岩石之上，根包石，根钻石，根又撑破石。

这株裂石动地的古树，它伫立在官帽寨下岚河岸边的佘梁村老虎洞上方的岩石上。一个冬日暖阳的周末，我驾车专程来拜觐这位千年尊者，了却心中久已蓄积的敬仰。数月前当我从林业部门给的一份资料上知晓这株古树为全县树龄最长的榔榆树时，我便有了走近它的心绪。小车离开南宫湖旁平展的柏油省道，顺着村道水泥路盘绕而上约一刻多钟时间，左前方山坡上出现了一大坨绛红色的树冠。阳光下，那红色在灵动着，在闪烁着。直觉上我知道，这应该就是我今天探访的山中长老了。

千年的古树在意念里自然是伟岸的，而当我来到它的身旁，清晰地见到它时，我还是不由得“哦”了一声。椰榆树比山民吃泡烫肉烫猪用的大木缸还粗，约有四合之抱。树干和树枝被青苔及寄生藤叶裹覆，裸露出的树皮生铁般的灰褐，粗粝而斑驳，有不规则的鳞状薄片，隐露出红褐色内皮。细密蓬勃的枝叶明亮而泛红，在霜降刚去，小雪伊始之际的硬朗节令里，抖落给大地一片殷红，霜红了一大面山坡。初冬的暖阳依恋而温馨，留一半茎叶婉垂于枝头，洒一半落叶描绘于大地。红油纸伞的树冠向空中高伸，外延的伞面八方扩展，红了一方山野，亮了一方天空，它巍巍撑立在一通高峻的巨石之巅，努力地向上耸起，越过身下的树木，俯视树旁的农舍，又把仰望的眼光投向头顶高高的官帽古寨。

踩着落叶，一步步走拢树下，我惊奇地看见了，椰榆树长在一方屹立的岩石前端。岩石有一间屋面大小，有两层楼房高下，岩石形似虎头，大树便立于虎头前额处。攀上岩石细瞅，石面无泥无土，板状外露的树根蜿蜒不屈，勃郁而伸，上下攀缘错落，像臂膀般紧抱着岩石，泛着树干一样的母色，裸昭于光天化日之下，贴着岩体扭来绕去爬下岩石钻进了看不见的地下。更多的树根攀爬在岩石上，露面的根裸在岩石上，匿身地钻进了岩石缝隙里。不敢相信目中所见的是，有两处看不出是钻进的或是钻出的，碗口粗的树根撑破了一处完整的岩石，不由得不发出对生命力的慨叹！根与石，有着怎样的不为人知而又惊心动魄的对峙与相搏！渴饮春秋，饥餐寒暑，静静地相峙，默默地苍老。大树长在岩石上，岩石承载着大树。树根包覆了岩石，树根又钻进了岩石，树根又撑破了岩石，树根用顽强的毅力，完成了生命的涅槃，又用不屈的倔强，提升了生命的美丽，把一声生命伟力的感召留给走近树下的人们，把一处力与美的风景写在了岚皋大地上。

我弯腰拾起一片树叶，叶面窄小，雅致嫣然，叶片背面上部脉茎处，薄薄地裹覆着一粒褐黄色的小小的树籽。我知道，这为翅果，是树木结荚的又一种方式。

榔榆一方临空，想绕着树体转圈，脚步是无力到达的。手扶树干，止不住的猜测和想象，这十个世纪前爆芽而生的树，最初是如何在这没有泥土的岩石上落地生根的呀？它的树种又是从何而来的呢？十个世纪前，一千年啊！那是遥远的宋代的一缕风儿，在一个早晨或是午后，把一片榔榆叶儿吹上岚河边的这面山坡，随意抛落在了这岩石顶上的低洼处，旋即迎来了一场春雨，它便有幸萌芽了。抑或是一只八哥，抑或是一只斑鸠，抑或是别的一只什么鸟，染着宋时的花香，曳着宋时的阳光，在冬天或春天的某一时刻，把一粒胃液浸泡过的榔榆树种，在飞翔中，或在蹦跳中，不经意地清洁肠内脏物时，连同粪便留在了这里，在不久后的一场雨水后，它便破壳生长了。千年时光，千年生长，一粒微小的种子，膨胀偾张为了一株参天大树。这千年前生发出奇迹的生命胚芽，我无法猜度它是一粒怎样的模样！

身处树下，思绪仍在想象中游移。一粒树种仙化为屹立大树，千载的光景里，它经历了多少次虐杀的风雪，冻死过又复苏过；千年的时光中，它抵御了多少次劈毁的雷电，断裂过又崛起过。一场又一场的磨难，一次又一次的抗争，一回又一回的起死回生，它用它顽强的毅力，在窄狭的希望里成就了一片绿荫，跨过冬走过春，一年又一年，韧立千载，把一树深沉一树苍郁绚丽给千年后的今天。

一阵风儿拂过，有几片树叶悠悠荡荡地落了下来，有一片飘在我的肩头，随即轻轻地斜斜地覆在凸起的一截树根上。树根把养分送给了树叶，树叶在生命的最后又回归到树根，遮一丝凛冽，遗一缕温馨，把六道轮回的气息深深地递还给母体。

绕着托树而生的岩石，我缓缓地转了个圈。古树临空的岩石下方，凹进一个几平方米的小山洞。洞外菜地里，身挎竹篮的一位老妪在扯着萝卜。时过午后，她也许是为她或是也为坡地上劳作将要回屋的子孙们准备午饭。搭话间，我知道了身后小山洞便是乡民们所指的老虎洞了。我再问长着榔榆树的石头有名吗？她支起身子回答说叫虎头石。我再问，她说虎头石连着后面的官帽寨，官帽寨山从不同方向看像古人帽子又像只老虎的虎身，山里人把虎也叫大猫，所以官帽寨又叫猫儿寨。我问起榔榆树的事，她理着手中的萝卜缨回答说："我们没人叫它榔榆树，我们叫它榔树，也叫它干克榔树。榔树开花时一长串一长串的，好看得很。千楸万榔百年杉，榔树千把岁了，成精了，好多年前有人锯过树枝，锯子一拉，树流血了，没人再敢去碰它。我们几户住在这里的，无病无灾，都托榔树照看着呢！"

官帽寨高高地立着，榔榆树高高地立着。驻足树下俯瞰，脚下的南宫湖波光粼粼，映一湖长天与秋水。放眼眺望，旧时县内的名寨羊角寨平收眼帘，泛出幽幽的古意。

地阔列名山，山旷生古木。树寿千年，岩石上的榔榆树，一株让人敬畏的树。

2017年12月4日

贴近那片古茶林

山雀飞过，呢喃几声小调，飞了。白云飘过，丢下几片彩衣，飘了。清风拂过，抚慰几把茶树，走了。赶在一个暖阳的初冬，我来了。寻着鸟鸣，追着云朵，循着暖风，我来朝觐这片古茶树林。

这小溪两岸连绵数里的茶树该是遗存了。小的细如茶杯，大的粗似饭碗，枝柯粗糙，青黑泛黄，矮的齐人肩，高的仰脸看，一株株，一丛丛，从溪边扯上了山顶。有多少棵？满坡架岭的树，人的步履实难数得清，就像是茶花一样清丽的山里女子，谁能说得准呢！

小溪唤作茶园沟，溪两岸的山坡名为茶园，这长满了茶树的村子人们便叫为茶园村了。

小溪流进了岚河，岚河淌入了汉江，汉江汇入了长江。溪流虽小，根却源自远古。随着小溪流淌了千百年的村名是何时初有的？茶树林中拾掇地软的老奶奶说，她听她奶奶的奶奶传下话说，这里是先有茶园、后有茶树、再有村名的。

茶树正开着花，绿叶中缀合着白瓣黄蕊的花束，蹀躞垂翼，绾结成堆，一朵朵微笑张望，一瓣瓣怯怯翕动，一缕缕弥散着幽香。茶荫处，花苞多于花朵，绿色圆润的花蕾承袭着随步的花季。手抚茶花，我痴痴地凝看，花蕊明黄，花瓣瓷白，淡然若菊，恬静属兰，在冬天的阳光下泛着灿亮的清丽，素淡雅静，冰玉楚楚，簇拥高洁，面含雅情，开成一树软语浅言，生成一坡袭人温馨。

“枝上花，花下人，可怜颜色俱青春。昨日看花花灼灼，今朝看花花欲落。”唐代女诗人鲍君徽的这首《惜花吟》不知是否是在这个季节的茶树下吟就的。独步别枝的花儿开得早，也将去得早，在行将衰败时，颜色愈加艳丽，张扬着没有遮掩的胴体，想多汲取天空的恩泽和大地的露滴。身对落花，女人总是多愁善感的，伤感的鲍君徽去了，伤感的葬花的黛玉去了，在奇书坠入红尘若许年后，那个还原了葬花女诗魂的演员也去了。花儿总是在最艳丽的时候落的，枯瓣落花下，香消玉殒过多少奇妙女子呀！

蓬勃的野菊花，一爿深黄、一爿浅黄地阔步在茶树林的空隙里，气定神闲地弥散着孟山人眼中那曾有过的“还来就菊花”的意象。终生未曾入仕而只羡山水田园的人，心境宛如菊花，仅那一个“就”字，就该让读诗人思绪满满了。

阳光从天空倾斜，落在卵形的茶叶叶面上，折射着绿莹莹的光。我在茶树林中行走，寻着一棵古茶，想再寻着下一棵古茶。一棵茶树像一个梦境，溢流着生长的意韵。喜爱阳光的叶片，在阳光的抚摸下，平展恭顺，绿欲滴翠，承受着暖暖的温存。我摘下一片茶叶，轻轻地送入嘴中咀嚼，味儿苦涩，那是一丝太阳的温和，那是一缕大地的安娴。

《诗经》总说的是古人的事情，“谁谓荼苦，其甘如荠。”这个荼就是茶吧，周代人已经知晓吃茶，这茶园村是何时有人，又是何时种茶的呢？

茶树林里空旷而岑寂，脚下的枯叶败草发出簌簌的声响，脚步无视落叶，落叶忽视脚步。岩石下藏着一眼泉池，露出半壁清渊，汩汩的水潺潺淌着，水声泠泠可悉，草丛和灌木叶探向水流，零星有茶花瓣儿飘过。山体里冒出逸着淡淡雾气的水，也许携着山的体温，泉水泽润的草木旺盛了许多，褪青转黄的脚步迟滞了许多。蕤郁的草木里，现出了菖蒲、虎儿草、水仙、灯芯草、青蒿、折耳根、野薄荷的身影，那是屈原噙着汨水而虔敬地摇曳进《楚辞》里的香草。

山泉不远处有处院落遗址，屋基旷阔，前有青石砌坎，后有茶树掩院。杂草乱木间散布着苔藓裹面的石条、柱石、碾盘和残砖破瓦，隐隐让人猜知些许年前这里曾有过富庶的大户人家。沧桑之态，荒芜之美，美得不那么真实，又有些回荡，让人可以冥想，可以回味。大户人家或会有位早春鲜茶叶一般的女儿，还会有位喜饮茶梗酽茶的老人。如许的初冬，茶花四溢，弥漫四野，濡染着山坡、茶林、清泉和曲弯的小径，以及清凉的小院，归家人细碎的脚步，木扉轻启的吱呀声。大户人家多喜读书，一桌一椅，一册线装书，一杯老叶茶，缁衣襟衫，颔首致诵，阳光融身，山花拂面，那是怎样一种雅致诶！山野苦读，科甲捷取，“朝为田舍郎，暮登天子堂”，携家带口出入衙署去了？抑或是“别人怀宝剑，我有笔如刀”，被茶园沟口蔺河古街聚众数万的刘洪、刘二虎农民起义军请去做随军幕僚去了？一个如茶树一样寂寂平常的小地方，却选择了一段宏大的历史！曾在这伴茶为生、山水为乐的主人，最后去了哪儿？他们又因甚种缘由，而让他们毅然决然地抛离了热饭烫茶、憩榻欹枕的家？也许屋主人曾啜饮过的山泉知道，撅采过的老茶树明晓，抑许是茶林里月影清风听过，朦胧晨曦见过。

老屋屋基遗址旁孑立着棵不大不小的柿子树，树的先祖也许伴过屋的主人，也许屋主人某一天啖过软柿后随意一掸，那落地的柿核便在这爆芽成苗，陌态成树了。大雪节令里的柿子树树叶已经掉落，手掌大小的叶片挺括着殷殷的红，鲜润铺展在柿树下，遮蔽着上一年遗忘的枯旧。没了树叶的柿树枝杈鬓发间簪满了一串串一咕爪的红葩柿子，红红火火，透着晶亮亮的光晕，像远古的红灯笼一直挂过来，缥缈不散着弥新的乡愁，融融地映着身下的一片落红，红红竟妍，泼溅出一湾烂漫。柿树上有只歪着脖子的喜鹊在蹦跶，它熟稔地啄食着软柿，细嚼慢咽着，不时地把头颈伸向空中。我的脚步惊扰了它的自在，扑哧哧地乍翅而起，扭着腰肢飞向天空，“喳喳喳”地啼鸣，咧嘴张合着它的懑意。喜鹊在我头顶盘旋两圈后似乎见我并无恶意，飞到不远处一棵茶树最高处的树枝上，长而细的枝条经不起喜鹊的踩压而颤颤悠悠地晃着，好像要把它甩落在地。喜鹊张着翅膀竭力平衡着身体，慢慢地它站稳了脚趾，树枝条也不再摇动，叫声嘟嘟囔囔，几声不快泄露后归于平静。满树的红柿子，本是山民留给鸟儿的冬粮，是茶树林馈还给大自然的笑靥。我自责于对喜鹊的冒犯，掇起一片猩红的柿叶，转身轻步离开了。

山坳拐弯抹角处，凹着一爿青灰泛白的小院。一畦菠菜，规规齐齐，清清爽爽地邀请着阳光。行行萝卜，大大咧咧，绿缨披发，前翻后卷，扎根于大地。菜园下，收割过的刈田谷茬枯白，根茬上爆出簇簇细幼绿苗，痴痴地投望着互相靠拢的目光。小院水池边，我又见到了那位在茶树林中掇拾地软的老妪，她用她茶树树皮一样沧桑的手掌，用竹簸箕冲洗着地软。她告诉我说，她在北京上大学的孙女寒假要回来，她最喜欢吃她用地软包的包子了。她想把地软洗净晒干，等着她的孙女回家来。

我再次向她打问起茶树的根由。她为我泡了杯老茶树叶片茶，笑眯眯地说道：“我为你唱首我奶奶教给我的一首茶歌吧。”

热茶暖心，香气摇曳，茶杯欣然旋溢为了一朵绽放的花，温馨盈盈，馥逸脉脉。我轻轻抿了口那黄亮如琥珀，光波流溢彩的老茶汤，在齿舌间沉浮了遍苦中回甘的醇香后，旋即邀听。老人呷口茶后朗声唱道：“请喝一碗老叶茶，提起茶树有根芽。昔日唐僧去取经，连人带马五个人。前头走的孙悟空，后头走的是沙僧。肩扛钉耙猪八戒，马上坐的是唐僧。过了九岭十八洞，朝拜西天佛爷赠。十八罗汉来扫地，扫的茶籽满地滚。唐僧一见跪下地，装些茶籽带上身。昆仑山上甩几把，峨眉山上种几升。还有茶籽没种完，带回砖坪兴茶园。正二三月下了雨，茶叶发的遍地青。顺手拉开茶篓子，哼着歌儿进茶林。摘的少来用锅炒，摘的多来笼儿蒸。包上几个茶包子，左邻右舍都送给。谷子茶来毛尖茶，皇上爱的米儿茶。炒到锅里藕莲花，泡到碗里黄菊花。喝到口里牡丹花，香到肚里芙蓉花。列位歌师听根芽，请喝一碗老叶茶。”

“还有茶籽没种完，带回砖坪兴茶园。”砖坪，那是岚皋百年前的曾用名。

老人在唱着古老的茶歌。这是从茶林深处飘扬而启的歌，这是从时光深处涡漾远至的歌。一首山雀听过的歌，白云拂过的歌，风儿伴过的歌。

2017年12月19日

仁沟口的老楠树

在岚河支流支河岸边，有很多楠树。那天下午，我们遇见了其中一株巨大的老楠树。

老楠树长在河岸畔丰坪村仁沟口旁的斜坡上，下邻潺潺河溪，上旁土屋石瓦人家，该是位乡间遗老了。

楠树有些佝偻，露出老态，黝黑潮湿的树皮上有隆起的筋和纵裂的纹，有凹进的穴洞与凸起的瘿瘤，生铁般的样貌立在那儿。树冠茂盛，像升空焰火似的匝密。眼睛瞅见树时，脚也踩到凸起的树根上了。乡人言“树有多高，根有多长。”这树也许是喜欢溪水的，暗劲地伸行，不视俚语的规束，在几十米外的河边小路上，已埋下着树根的伏脉。

走近树下细看，树干在一人高处一分为二，再往上二分四，四分八，枝杈便分得看不清了。枝干上有攀爬吊坠的藤蔓，藤叶已脱落，辨不出是凌霄花抑或是野葡萄。树根处倔强地生出一株齐胸的棕榈树，绿绿的披发的冠叶映着黑褐色的树干。

树是缄口不语的，亦是沉稳庄重的。不言不动的树，却目睹了山乡起承转合，贮存了山民生活自况，它见到了树下少女青丝褪黑却白，它听到了树旁婴啼陌声苍嘶。它见过村里年纪最长的爷爷的爷爷，以及他手握旱烟袋鼻孔里冒出烟圈的神态，它见过树旁那位老奶奶的奶奶小女孩的模样，在盛夏的午后，她和她的小伙伴攀爬树柯，蹑手蹑脚轻捃鸟蛋的时候，踩在它身上葱白的小脚丫子。山村因了老树的耸立，而有了存在的诠释。乡人因了老树的自在，而有了时光的记忆。

石板为盖的房顶瓦缝里透出缕缕的炊烟，轻柔温馨，缥缈似梦，浸染在午后的阳光里，沉醉在老树的怀抱中。置身在白楠古树身下的院边，恍惚里让人听到了擀面杖的动静，灶膛里柴火燃起的窸窣声，清油滴落、热锅乍起的扑簌声，随声而钻出的自家榨压菜油的呛鼻香味，随之轻拂而至的蒜苗、干辣椒、山油菜爆炒间杂的热味氤氲在了土屋上空。这人间的烟火味，让人想到了灶前蹿出的火苗，砧板上的葱花、竹篮里的白菜，案板上锅碗瓢盆以及灶台上方烘炕的腊肉。袅娜的炊烟在冬日阳光的映衬下，且蹈且舞，绵着一丝情思，浮着一缕甜蜜，致敬着乡愁，回望着厚土。

石瓦房房门大开，屋里涡溢出言语声和菜饭的味道。本想进屋探问古树，自忖心有不忍也似不妥，怕扰乱了屋里人的自在恬静，于是，悄悄地离开了楠树和小院。我不知厨灶前忙碌菜食的人的模样，亦不知她的年纪幼长，但从那飘逸的菜香中，我想她肯定是位干净利索、谙于厨艺的人。

树根蔓延到了树下的小溪边。初冬的小溪没了春日的欢快和夏日的奔腾，溪水涓细滞缓，像酒水一样黏稠，忽而围着一块鹅卵石，圈出蚕丝般的波纹；时而驾着一片枯叶，潺湲柔曼而去。溪水少了激情喧嚣，在肃穆的时令里，像微微忧郁、恸然于心的壮年人，低低的叹息、淡淡的笑意，那汩汩的水声，像扼叹后那绵长低婉的长长尾音，余音处还拽拉出了一丝拐弯的儿化调。

溪上有座片石镶嵌砌就的石桥，窄狭而古旧。流逝的日子里，桥上走过了如小溪水清净似的、楠树叶鲜碧许样的多少人，他们从何迎迓而来，又蹒跚去往了何方？溪岸畔，随弯就势地生发着一湾野菊，灿亮着一溪清水。“翠吟悄。似有人黄裳。渐老侵芳岁，识君恨不早。料应陶令吟魂在，凝此秋香妙。傲霜姿，尚想前身，倚窗余傲。”宋末樱桃进士蒋捷的这阕词，好似就驻足在这古桥上吟就的。

石桥一头挽着楠树，另一头牵着一座小巧的古寺，悬挂在支河岸边的崖壁上。树没腿便没欲望，有腿的人便要折腾，折腾出的物件却终究老不过树，仅遗下一处石窟佛像和几排栈道洞孔了。人在生活里行走着，时光在人的面容上行走着。无雪的初冬里，人是青睐阳光的，河岸边几位老人在晒着暖，也在晒着时光。戴着毡绒帽、有着老楠树岁月陈色的刘姓老汉说，庙为太上庙，供着太上老君，桥上原有木廊桥，崖旁有寺院屋舍，崖上有通行的拐弯木梯栈道。老人的回忆让我们有了回味。颓废的时光已让人难知旧庙的细节，也让人难以走上高崖石壁觐见窟内端坐的神灵。崖下的水潭绿水碧碧，似在流动，又似没动，折映着崖上走过又在走的时光。

“古寺藏深竹，微风闻磬声。到门落日晚，绕屋流泉清。”水边的寺庙总爱引来文墨雅句的。崖畔上生着一片茂竹，相邻着数棵柏树，不知这是否寺院的遗物。“庭下如积水空明，水中藻荇交横，盖竹柏影也。”坡仙子瞻初冬的晚上，相与友人张怀民夜游承天寺看到的景致，不也如此吗！那是元丰六年的事，九百多年了。那篇清新短小的文字记载了农历十月十二日夜精确的夜游时间，那应是小雪的前后，硬朗的节令在时光磨合中是不会更改的，几近相似于当下的时节。坡仙是随性的又是浪漫的，他随心的起行，转瞬的书录，便给我们留下了一抹烁光、一刻恒久。

坡仙的信步在月光下，我们的脚步在阳光下，坡仙只看到了竹柏，我们还多见到了棵老楠树，时空相异，入眼的景象是近似的。“何夜无月？何处无竹柏？但少闲人如吾两人者耳。”同行的朋友亦喜东坡，见我提到承天寺，随即吟诵出《记承天寺夜游》文尾的这句话。

竹柏是随处会有的，但少的是走近它欣赏它恬静逮远的眼睛。茂竹苍柏是美好的，自然界是美好的，敬畏自然美的心境是美好的亦是古今相通的。美是流动的、曼生的，也是亘古的、不逝的，一如这仁沟口的老楠树。

2017年12月29日

山巅上的黄连木

沿着冬天的岚河行走，水显些许静寂，山露几分萧然。水线低过枯荣界，似乎无了喧哗，河滩里的石头外放些狂恣。菊暗荷枯，木叶脱落，树也有了些突兀。

突兀的树喜爱突兀的山巅。在河岸边双岭村的陡峭耸立的泰山庙山顶上，我们见到了一株高大的古树。

树身高峻朗逸，屹立在凸起的山顶石缝里，一面临着岚河边的悬崖，一面伴着座土庙，再一方悬着石壁，平缓处仄着户人家，唯一通往山顶的路便在屋侧陡坡上。山顶不大，有两间屋面大小，不大的山顶几乎被这树和庙占完了。树干黑褐苍劲，疙疙瘩瘩地往天上挺着，半空里分出一枝，主枝上再虬出侧枝，枝杈相间，树叶相邻，凌空而立，树冠广展，古态轩昂地鸟瞰着身下的小庙、农舍和崖壁下蜿蜒的公路、扭动的岚河。人老了有着褶皱，树老了凹着树洞，大的可立稚童，小的多做鸟窝。树皮斑驳胪列，似鳞片蔓布随意，像树叶层层涌起，树干愈高而树皮乍出的块状愈小，再高处的树皮便平展无褶了。山高风冽，树叶多已飘落，在浊浊的叹息声里，仍有零落的叶儿意犹未尽地依恋在枝茎上，寂寥凄美，猩红如血，踱着分寸，踏着节奏，谨守自己的生命时序，零碎着一年的时光。

山顶高耸，岩石杂陈，树根扎入石缝便不见了。我们围着树转了个圈，想看清树根扎藏的去向。在凌空的石壁上，我们探身看见了几根穿石而出、抱岩而生、悬根露爪、盘结似龙的根茎，抓石有痕，踏石留印，贴着岩壁爬到崖下去了。

崖边生着丛丛火棘，村里人多叫救命粮、火把果，说是灾年无粮时人可食用，能救人性命。救命粮一枝枝、一串串，独立似珠，缀辑为束，粒粒圆润，颗颗殷红，眩着灿灿光芒，亮了一方眼帘，红了一方天空。救命粮榛丛下，枯槁着蓬头垢面、衣束不整的野棉花，芳华已逝，冬老更迭，枝叶已经枯萎，唯有白色的花絮星星绽放，朵朵翩跹，衬着身旁的红色婆娑和头顶的蓝色蓬勃。

树旁紧邻着座土墙石瓦小庙，庙墙大多坍塌，留一圈寺房石砌基石和两方残壁，地上散落着木椽、柱石、石凿香炉。没见寺碑，没了供佛，却有着香火，有着香客膜拜礼叩后燃过的爆竹烟花，搭挂的红布洋扣。红绫缀结在庙墙上，也裹扎在树身上。

见有人看树进庙，庙下一位金姓老人走近探看。我旋即邀问，老人上坡攀答，朗声答曰：“树叫黄连木，村人惯叫药树，庙为泰山庙，清朝就有的。”老人健谈，继而言道，庙上原供得有泰山菩萨，他年轻的时候社会上破封建迷信，见到村里两个人抄了庙，把石头菩萨滚到崖下摔碎了。没几个月时间，一人肚子疼死了，另外一人走夜路跌到崖下也死了。顿了会儿时间，我进而问道：“村里人进庙敬菩萨，咋把红布搭到树身上去敬树了？”老人笑答：“这树也神着呢，可不是一般的树，它叫药王老爷，会给人看病哩。起初人都不知道。在好几年前，有天从四川开县来了姓吴的爷儿俩找到这，说年轻的儿子得急症死了并在办丧事，家里来了位穿黑衣服的白胡子老汉，主动提出他给医治，掰开嘴塞了两颗黑药丸又灌了口热水，那儿子吐了几口痰又活过来了。吴家人给钱感谢，白胡子老汉坚决不收。临走时问他哪里人，老汉只说他姓岳，住在岚皋花里岚河边上的泰山庙边上。过后吴家老汉带着他那被救活的儿子来寻恩人，见这泰山庙旁边上住得只有姓金、阮、刘、罗的而没有姓岳的人家，庙边只有一棵药树，树身是黑的，才知道这药树天长日久而幻化成神，并出游给人起死回生般地看病了。白胡子老汉说他姓岳，其实是药树的药。吴家爷儿俩在药树前三拜九叩给树搭了红烧了香，村里人这才知道这药树显灵了。从那以后，村里人有个三病两痛，牛呀猪呀有个大病小伤，来这烧个香许个愿，灵验得很呢。”

我把目光再次凝聚在树身上，觉得它亦把澄澈舒爽的眸光给了我。它缄默无言，不随心换境，不顺物欣，不便事哀，不系我们的觏见及老人的赞颂而面露喜色，亦不因我们的叨扰闲谈而显愠容。它绵长地守望，流年芬芳，诚实给大地一份存在，执着给山巅一地风骨。

我问这药树有多少年了。老人说他从小在这长大，记事时这树就是这个样子，没见老，也没见大，只是他自己老得没模样了，要是他人跟树一样就好了。说这话时他笑了，我们也笑了。

笑声中，我对老人说道：“我送你句《诗经》中的祝福吧，送给你，也送给这棵老树，祝你们二老‘报以介福，万寿无疆！’”老人听懂了，笑声更亮了。

2018年1月4日

四郎庙前青冈树

雪天适于探幽，雪天更宜于访古。选择一个雪花飞舞的午后，在皑皑白雪的迎迓声里，我溯岚河而行，于巴山里探访一位林中寿者。

寿者为木，是一株数百年了的小叶青冈树。人老为老人，树老为老树。人逾七十曰古稀，树逾百年也应为古稀吧。

古老的小叶青冈树长在孟石岭镇双桥村小毛家沟的岸崖上。树从崖壁上虬出，先呈斜横样，继之古突挺起，别枝逸叶，葳蕤倔强地耸立在洁白之中。树干褐黑，树皮皴褶，枝杈处常凹着树洞，树干歪斜，枝杈扭曲，多屈多姿，像一位仙风道骨的谪仙，似一株天然的盆景，有着瘦金体的瘦骨嶙峋，也有着文人画的洇染散宜。树根扎在岩石上，蜿蜒如龙蛇扭结，勃郁腾驱，沐雨经霜于日月之下，渴饮饥餐于岩石之中，泛着崖石般的青褐色，搂勒得岩石苍老破裂，抱捻得石崖风化成块，昂首撑举着一顶强健的华盖。雪花儿烂漫，伫在树干披着的苔衣上，盖在荫翳的树穴上，落在四季不凋的树叶上，隐绿覆白，素了古树的发髻，澄亮着菩萨般的光芒。

岩石是大山的骨骼，山泉才是古树生衍的眷念。山有多高，水有多深，渗水为泉，泉流汇溪。树下的溪水清亮而明净，泠着泠泠天籁般的浅吟，婉约着滢澈地细腻，弥漫四散着山野、树林和榛棘野草的气息。

青冈树下有条小路，曲径通往树林的深处和山的高处。路边小树草丛掩映，荆棘妖娆，生色生姿，让人真想迈开脚步走进洁白里，矜持的莹白又让人不忍扰踏。人在惊艳的景象面前，心便会柔软，心在洁美的自然里，情也陶然。

青冈树不远处立着座飞檐翘角的古庙，白雪遮掩了庙宇的屋面，但亭脊顶珠、斗拱青砖仍透出时光深处的古韵古味。庙建在两条并行溪流中间的脊梁上，溪流上面各建着座半圆拱单孔石桥，庙为四郎庙，溪为大毛家沟、小毛家沟。桥下不远处两溪交汇，留下了双河口久远的地名。四郎为水神，古人请他在此憩住，也许是想让他庇护溪上石桥的平安吧。

庙内墙上嵌着四通石碑。细瞅碑文知道了四郎庙建于道光三十年，庙和桥均为乡人集资所建，修建缘由是当地人赌博成灾，由赌博衍变成的诉讼官司日盛，而乡人出行因大、小毛家沟无桥多有不便，遂动员乡邻禁赌，将因赌因讼银两捐出建桥修庙，并将共同议定的禁赌民约刻碑镶入庙内，便于照律禀究。禁赌建桥的倡导人为邓晓山、王玉峰，而参与首倡并将因由撰写成建桥碑记留至后人的是位名叫宋德隆的乡间文士。

道光三十年即一八五〇年，距今一百六十多年了。地方旧志对百年前的本邑山里人宋德隆是无从记载的，不知他读过什么书，也不知中过何等科第，更不知有过怎样的出身背景，但他确实是位文章高手。“夫尝观天下之丧德危身者，莫甚于赌博，天下之倾家荡产者，尤莫速于赌博。一入其中，如沉迷海，将不知所以然。赌则输数百金，讼亦费数百金，与其为无益之行，莫若广有余之福。此桥之所由建也。”寥寥几句，让后来人便知晓了桥的原委，庙的缘由，也知晓了百年前这里有过此样的风情。宋德隆讲理说理，他也记景抒情：“左右二流，春夏汪洋，水石相搏，声若洪钟，涛澜汹涌，势莫敢凭；秋冬涟漪，风霜雨雪，水冷冰寒揭厉，虽能人皆病涉也。”宋德隆写溪流四季的景色，他也写桥建起后春夏秋冬和晨暮物象：“若夫野芳发而幽香频来，佳木秀而繁荫相映，风霜高洁，水落而石出者，此桥之四时不同也。至日出而林辉，云归而蓥暝，朝曦一色，皓月千潭，晦明风雨，变化而无穷者，此桥之朝暮各异也。”

古老的故事都有些华美，古老的文字总是那么绚丽，就像相依相伴、忠贞至今而与庙数百年厮守的这株青冈树。写作是个人的私事，心不死便能为之。缀字为文也是生命的快乐，如木之欣欣，花之向荣。宋德隆因文字百年流芳，他的文字正在传颂，并将继续传颂。我羡慕百年前建桥人那温馨的心境，敬佩百年前撰碑人那温柔的文墨。那位留下了华美篇章的宋德隆，是怎样一位手持典章、案临册籍，周身散逸着书香之气、儒雅之风的人呢？几位建桥倡导人，是在一个怎样的天气里，走近这青冈树下来为桥选址，他们随意而立，任意臧否，气氛肯定是轻松宽坦的，他们比肩而来，接踵而去，是谁最先提议把桥建在了这里？说这话时，他是背树而言抑或是面树而语？这一切我只可冥思，只可肆意遐想，身旁的青冈树是知道的，但它缄口不言。

人活百岁几稀，树却易长千年。树木变化迟，城郭兴亡疾。走在四郎庙前古桥上，今人和古人走的是同一条路、同一座桥。细雪悄悄，混沌天地，今人凿造的现代痕迹也隐入了雪霭处，遗忘在了幽寂里。伫立石桥，我的耳朵微微张开，缓缓翕动，时光深处，我听到了桥上攘攘的走动声，有着负者的喘息、行者的簌簌、骑者的马鸣、舆者的吭哧，有着僧人的秘咒、男女的私语、老人的咳嗽、书生的低诵。这欢快又惆怅，这深邃又黯然的声音，随着雪花恬静了我的脑际，这声音石桥缝隙里生长了百余年的青苔听到过，桥旁矗立了数百年的青冈树听到过。

我在雪地上走着，雪花曼舞，笑意盈盈，湿润浸洇着我的心绪。雪花从青冈树梢上飞过，轻拂我的脸颊，舞到四郎庙前，飘进石桥下的溪流里去了。雪花馈赠了冬天一地诗意，青冈古树送给了诗意的大地一抹美丽！

2018年1月10日

滔河岸边古楠树

小寒三九天里在岚河支流滔河岸边行走，草木多已枯萎，我却见到了一棵青枝绿叶，傲霜挺立的楠树。

楠树葳蕤粗硕，挺拔峙立，高大巍然的体态把自己活成了河边隆起的一抹景象。

楠树生在滔河镇泥坪村一组的一个得名为兴隆坪的滔河边上，前临河滩，后依堤岸。树冠一半遮着河面，一半掩着河边农家屋院。

楠树栖身的地方为镇林业站干部姚义波家屋场。古树下走出位林业界后来人，许是缘分，亦是巧合，或是数百年前楠树扎根在这的那一刻就宿命约定好的。

树荫庇着人，人敬稔着树。树下长大的男子自有树般的执着与温馨，当他知晓我们一行想看挂牌古木时，他便脚不歇、嘴不停地当向导了。

听着小姚乡音热语的招呼声，随着他熟门熟道的脚步，我们走过他家场院，穿过小块白菜地，贴着他家屋檐下到河边，来谒觐这位世间寿者。同我们走近树下的，还有几位被小姚俚言牵动的乡邻老人。

古楠紧贴河岸而生，半身融在土里，半身扎在沙中。主干黑褐斑驳，直直挺立，半人高处侧分出一枝，探出河岸大半层房高时一分为四，枝枝为丫杈、枝枝又为主干，形似仙人的巨掌，手背向河，五指并伸，簇拥着向空中伸去。树干手背形状处敞开心扉，生出个锥菱形的树洞，里面寄生着三棵小树，细小的一株细茶杯粗样，长出树洞贴着主干伸展，稍粗的两株饭碗般粗细，从树洞里耸峙，穿过空心的树干，从高高的分杈处冒出，再将树梢探向天空。树洞里寄生的小树在严冬节令里已褪去树叶，难让人辨识出树种。我的探问得到树下乡邻的解答，长出洞外的为株桑树，钻洞而生的一株为樱桃树，另一株为裤裆泡树。桑树、樱桃倒是常见，裤裆泡树确为首次听说。我再追问，常年抚树触木的邻居都叫不出裤裆泡树的大名。我将细究的目光转向小姚，他说此树山上并不多见，人们只是根据果实形状冠以此名，手边的林业书图谱上也没有记载。林木苑里罕类万千，楠树养育着一品，如同珍贵的楠树母体。

我们一群人围着楠树打量着、品咂着。一番交谈，我已知道了身边的一圈乡邻都姓姚，他们共有着一百余年以前的同一个祖先。清同治元年时，祖居湖南石门县的先祖，携一身武功杂耍外出卖艺求生，在路过滔河岸边这棵楠树下时，他被这片肥沃的河滩地留住了步履，使他脚步没再迁徙的也许还有这株吉祥伟岸的楠树。先祖落脚楠树下后，取地名为兴隆坪，垦荒种地，兴业置屋，娶妻生子，人丁兴旺，先后建起了上屋院、仓房、凉亭、戏台，被人称为姚家大院。滔河两岸有了姚家产业，楠树树身成了摆渡船的竹篾麻绳最便捷、最实用的拴系处，大树成了渡口的守望者。

树斜对岸上游河边有着处精致石条砌就的长方形水池，石条上下凸凹槽镶嵌，石缝糯米黏接，荦荦一身古韵。乡人指着不远处的水池说，楠树只因为年长康健，是因为池子里浸出的盐水滋养着树的五脏六腑哩。冬天河水低眉，我们踏过露出水面的河卵石去看。时光的磨蹭中，水池已褪去原形，池壁半去，池中填淤着石沙，杂生着榛棘，池边河水泠泠，河床浸渍着莹白的底色。乡邻说，水池是盐池，里面有小股的盐水，这是他们姚家在百年前聚水为池、熬水成盐、发家致富的所在地。

多年前看过巫溪大宁盐池遗址，知道岚皋人是吃川盐的，敬畏盐水女神传世的经典，阅过川陕古盐道传奇的史料，熟稔掮盐为生背二哥苦涩的歌谣，却不知邑内竟有盐池。姚姓一位老人答疑说，他听祖上传说，盐泉细小出得盐水少，一天一夜只熬得出一升盐，除开自家食用只卖到周边乡村，名气不远，却细水长流，小富了姚家近十辈人。小姚说老祖先选择这地方居住或许与这盐水有关呢。老人说家谱上没见记载，也许是老祖先住下以后偶然发现盐水的哩。

少见的古楠，稀罕的寄生树，仅有的古盐泉，珍贵又有些神奇。我说这地方稀奇的东西不少呢。老人说楠树下河中间有个水推磨石，那也叫古怪哩。我不解，邀约众人去看。百余米下河滩里有一间房大小的两块天然岩石相摞，巧似天工所致。老人说神奇的是夏天发大水时，河水冲撞着岩石，摞在上面的石头被冲得轰轰隆隆地响着转，有时顺时针转，有时反时针转，却从来没有被冲跑过。

发着声响、转着圆圈的巨大石头，在大雨中，在风浪里，那是何等的壮观，何等的神奇呀！远古即生的巨石，万千年来洪水冲击着旋转着，却魏晋风度般岿然不去。我想到了身旁的老楠树，数百年来，树旁树下走过了多少生灵，逝去了多少时光，它却安稳迎来，毅然送往。

人是有力量的，也是有生命长度的，在或疾步或蹒跚的人生行程里都想留下点走过的痕迹。但在古楠与水推磨巨石面前，人又是何等的渺小、何等的局促呀！

2018年1月25日

漳河坪读树

有水便可聚成河，溪流多喜绕坪走。坪间地肥养人家，坪边水清生老树。这是山里常有的景象，也是漳河坪素有的景致。

漳河坪地处岚河支流滔河与滔河支流漳河交汇地带。河河相融，水澈地平，屋舍俨然，村人自乐。

漳河坪多林，林中又多古树。河边桥头、屋旁院中，稍有踏足的闲地，许有柢扎的缝隙，即有树的身影，便有根的踪迹。身伫“四九五九冰上走”的顺口溜里，木叶枯脱，山野空旷，没了翠红，少了鸟喧，寂寥而安静。褪了树叶的老树静默着、萎缩着，固执着又僵硬着，将曾经被绿叶遮蔽藏匿的颈胸袒露在绵白天际下。落了树叶的大树愈显突兀、愈益傲然，更加伟岸、更浓苍劲。老树蜷曲着、盘扭着，虬歪着、斜展着，笔挺着、耸立着，浑圆着、健硕着。三两棵簇聚，根交枝错，拥为一体。兀自孑立者，干粗槎壮，独蔚成林。树有多见的枫杨，也有名贵的银杏，还有罕闻的棠楸，古树伴着名木，嘉木聚集成林，透着古意，蕴着珍稀。

漳河坪地旷坪阔，逝去的世纪里曾是乡政府的驻地。撤乡并镇，漳河坪乡和身边的漳河水一样，并入滔河、融入滔河镇了。行政单位走了，老门老户的住家跟大树一样却舍不得离开。坪里住着陈、罗、李、单、施、黄、王、刘姓十多户人家，家家房前屋后都有大树遮伴，人人都说得清古树的品性。何时发芽，甚时开花，啥时结果，几时落叶，张口便能说个清楚。赤橙黄绿青蓝紫，圆方大小尖锥角，花着何色，果结甚形，驻足就可答个明白。

我问这树有多大岁数了，遇到的几个人都摇头。吊桥头棠楸树下一位照看孙儿的老者答说，他听他爷爷说过，树是他先祖最早迁徙到这儿时栽下的。我问那是哪个朝代的事。老者说朝代他说不清，少说也有七八百年了吧，那时这里还没有人烟，谁先到地便是谁的，指手为界，挽草为号，老祖先栽下树也是围个地做个记号的意思。

漳河坪里人家多，古树比住户还多。刘姓大嫂掰着手指数着说有二十多棵，陈家老哥眯着眼睛思虑后道有三十余株。我从滔河转到漳河，从河边走到山脚，数着树，照着相，树照了不少，数却没弄个确切。老树傍着更老的树，古木依着愈古的木，我不知哪棵为老、哪株为古。有的树一根岔分为二，有的树斜生一分有三，有的树分开又聚拢为一体，有的树柢根蔓延而根上又生出树来。

漳河坪里房屋高，它却没有老树高。坪里有土墙石瓦房，坪里也有砖墙泥瓦屋，多的是两三层高的小洋楼，最高的褐红色小别墅也只齐到楼旁银杏树的第三个纽扣处。

河边有棵枫杨树，岁月的风霜将瘿瘤遗满了树身，疙疙瘩瘩，坑坑包包，青苔裹掩下隐隐露出黑褐色的树皮。树根扎进河滩里，在数百年的河水冲刷下，裸露出了主根，柢根像老树手指，紧紧抓捏着满掌河卵石，形成根抱石、石抱根，根石一体的趣景。

根抱石树旁不远处有棵枫杨树，许是多年前雷击所致，树身从胸纵裂至根。隙缝里黑黢蒙暗，至根部时裂口更阔，树皮更薄，裂分为三，形似三足铜鼎，洇濡着庾信《枯树赋》的劲健苍凉与忧郁愤激，倔强地牢牢撑托起一擎树身。

路旁一家院落里挺身而出着一株老树。树干粗壮，腰身笔直，枝柯匀称四散，像坪里男子般的壮实，似树下村姑样的修长，鸟瞰着小院，越过身旁小楼屋顶，将端庄靓丽的面庞高高地仰向天空。

老树从河边长到坪里，再从坪里发散到了坪后的寨子梁上。我们从仄陡的石径小道上寨去看。寨墙片石垒砌，依山就势成多层台阶状，门洞坍塌却仍依稀透出嶔崟峻险。寨堡里残存着石砌屋墙。陪同我们上山的坪里老人说，寨子原是坪里人过去躲土匪建的。民国时，漳河坪本地人陈可庄在寨子上建起兵工厂造枪造炮，自己任南区民团团长，供几百兵丁看家护乡用，炉火红了好多年。寨子里石墙列列，古木森森，空地处常有藤蔓攀爬、苔藓青睐的老树伫立。枫杨喜生河边，银杏欢爱山坡，树上没了树叶，树下草丛里一层层扇形的仍未褪尽秋色的银杏叶，仍昭明了片片叶儿的坠落处。

春的芽、夏的花、秋的叶著着树的华美。没了绿芽，没了鲜花，没了红叶的冬树，也是树一年里恣意憩养的美丽。冷风中透露出立春欲近的希冀，芳华落尽的古树与岁月，与我，与树下的人们，还有那生机盎然的节令，又将一起开始下一个节气的轮回，待后人常读常新。

2018年1月28日

浪河口看朴树

没有铺垫，在浪河口，我和一棵朴树对视了。我盯着树，树盯着我，我们互相瞪望着，都没闪躲，都没游离，人格平等着，勇气也平等着。

朴树挺生在浪河与滔河相会处道路一旁的山脚下。我的眼眸里，它树身峻朗，树干高直，始生一株，高处斜分为二，似剪刀展立，像燕尾翘天。苔绒裹绿，青藤爬附，给散尽茎叶而一身冬意的老树涂抹着一丝生气，平添着缕缕古韵。

树静静的，像身后默不作声的山。山嶔崟逶迤，能长树的地方长着树，树没落脚的地方被野草遮蔽着，草榛不愿涉足的地方露出黑褐色的山壁。枯草野木萎靡着，蔓延着，一色褐黄地伸向山顶，漫向那个为躲避匪患而兴，又因了无匪踪而衰的板板寨。看不见的寨堡被大寒节令的雪覆盖着，山巅上吐着白气，泛着银白的光晕，映照进了靛青色的天穹里。

越冬的山坡一片萧瑟，我将从树梢、从越过树顶探向山峦的目光收近，树旁忽闪过了一抹亮色。定睛细瞅，一丛挂满了苔须的灌木枝条上结着淡红的小花，花蕊粉白，剔透晶莹，横斜疏瘦，虬曲苍劲。走近捋看，花开五瓣，花蕾里还蓄着几滴水珠，泠泠地涡着笑靥。野生的腊梅花无人攀折、无人斫槎，一枝簇着一枝，一丛挤着一丛，在凛冽中绽放着生机，在寂寞里展现着芳华！

树下的浪河澄碧而温柔，瘦瘦的，躺在曲里拐弯的峡沟里，憩息着寂然的自在。河水低缓，轻盈地流动着，水声细碎而朴素，自然并单纯，浅唱低吟里，有了水鸣山更幽的恬适。浪河的名字是浅白的，河水浪花翻卷，溪水飞溅呈浪，河水里总是多浪的，睿智的某位先贤，也许他是在夏日河水暴涨的某一天早晨抑或是傍晚，站立河边有感而慨叹命名的。被称为河的溪水，起步总是静默的，冠以溪的流水，往往会是孤寂的。浪河小巧，身处巴山深处，远离着显达的视野，悄悄地向前行进着，在大山的脚缝里，艰难地蹒跚着，流淌着它的本色，不舍着它的初心，保存着一份操守，在平和的寒冬里，静谧而安娴。

朴树下路边散居着三两户人家。山里人是好客的，我们被邀请进一户中年夫妇家火炉边喝茶。主人姓邱，女儿在省城西安就读大学，儿子在县城岚皋寄读中学。说起一双儿女和家中的生活，男女主人有着浪河水一样绵长的话语。我问起男主人老家是这人吗，答说是从百里外的本县明珠坝迁来的。我问咋从低山搬到高山来呢，他讲起他父亲传给他的话，说是他父亲的父亲年轻时来这盐道当盐背子挣钱，一来二去就把家安在这朴树下的路边了。

树下的路起伏不平，弯弯扭扭地来，又扭扭捏捏地去，不知在哪个撇折处将串起一户户人家，缀起一个个院落。弯曲的路从时光深处走来，连接着鸡心岭，接续着巫溪大宁古镇盐池。过去的千百年里，巴盐入陕、入川的背二哥们哼着俚谣、喘着粗气，曾不绝地从这里弯腰走过。“一泉流白玉，万里走黄金”，宝源山天然卤水盐泉在漫长的历史长河里，聚集了富可敌国的财富，也洪荒般地走出了一条条放射状的藏在莽莽大山里的悲怆黄金路。

朴树下的盐道蜿蜒，从树下来，又从树下去，溯着浪河，拐过谭家屋场，去往漆扒古镇，通向川陕界梁，接续起城口、开县和万源。盐道曲径通幽，走向隐约可见，宽处近三米，窄处一米余，见林钻林，遇河架桥，逢岩打凿，石砌便道，块石桥墩，林间坦途，悬崖栈孔，一直通往不知所终的远方。

朴树下的路沿河而上，反转地说着路随河转出山去的老话。随路而上不远的河边，藏匿着一处曾经辉煌的山间小镇，盐道驿站漆扒街用它的富有与繁荣，留下了遗存至今的传奇。杂树掩映的漆扒街长约一公里，石条铺就着街道，青石砌垒着房屋，乱草里耸立着拴马桩和石雕门框，散乱着菱形、圆形的柱石和条形、方形的门槛石。残垣石屋里有织染的滚石、舂粮的臼石，地上有陶质的瓦罐和青花的瓷片，街后有堆成山似的煤渣，坡上有成群的坟堆。

浪河从巴山山腰起步，流经漆扒街，淌过朴树下，弯出浪河口。走到现在时，盐道及漆扒街已成为巴山古盐道探访者镜像里的过去、文章册籍里的记忆。灿烂移景为萧索，烟花柳巷不在，浪花般温润、山花样多情的彩衣女子随流水远去。躁动换步成沉寂，饭馆店肆无觅，酒酣胆烈、拥红揽绿的背盐汉子，随一声声背二歌早已散去。不逝的是这浪河口古盐道边的老朴树，一年年的叶枯叶荣，还有树下的腊梅，一岁岁的花落花开。

2018年1月30日

漆扒有片银杏林

我们步行在崎岖的小路，爬着陡坡，为的是来看望这片银杏林。

银杏林集簇又散落在滔河岸边漆扒村二组的一面半山坡上。去林子里没有车道，有的只有一条溯着小溪而上的乡间土路。躬腰行走，步步登高，眼睛多看的是近处。溪不宽，水亦不深，水里满是石头，缀染着青褐的苔藓，凹缝里残存着正在褪逝的雪。水跌宕奔跳的时候，嬉笑着浅浅的声响，揉碎了清泠的潋滟，高高低低的一个个小水潭里，霎时便璀璨起来。

拐过一个弯，路弃溪而去，缘路翻上溪左山坳，一面旷缓的山坡上，摄入眼中的是一片银杏林，让人感到天高地阔。

最后一个节令大寒里的银杏树，树叶早已脱尽，枝柯尽显，肌腹袒露，端直着吸足了山水精华的昂然，肆意着恬静与洒脱，透视着一种浪漫又古拙的景象。银杏树密匝匝的，散乱中似乎又有种相接的平韵仄律，抑或自生，抑或人植，众而多，坚而挺，细的一人围，粗的两人抱，或独自突兀，或两两相依，或三四棵簇群，或五六株成行，相映相守，绵绵延延，蓊郁着古树林独有的气势。树下折扇形的树叶渍着仍未褪色的淡黄，凌乱地铺遮着凛冽的野草，覆盖着枯萎冬眠的大地。叶片里间落着一粒粒银白的、明黄的银杏果，铺垫或点缀着，衬托或映现着，重叠或茕然着，饱满或细碎着，遗着些许温婉，为着一种美妙。

树林里有几只灰身黑头、红尖嘴巴的好看小鸟，时而在斜插枝头上扬头蹦跃，时而在落叶荒草间低首叨啄。是咂食着银杏果吗？草棵遮拦了探索的目光，我不得而知。想走近瞅看清楚的脚步踩在枯叶上，有了簌簌的声响，好似惊动了小鸟。它们停下小碎步，仰着头向四周机警地察看，唧唧地叫了几声。有一只噗地飞了起来，在林间空中旋转了几圈，停在一个小树枝上，叽溜叽溜地啼鸣着。地上几只鸟回应着，随即都飞到树枝上，和先前那只蹦跳到一堆了。

林子里氤氲着淡淡香气，有银杏树清明的气息，有竹林甜润的气息，有棕榈树葱翠的气息，有枯草苦涩的气息，还有多年落叶腐变后的霉潮气息。这种味道混合着，勾兑着，没有气味的根，也没有散发的源，随人的脚步游动着，蕴积在鼻腔里，过滤在肺脏里，荡漾在这缺失绿色的时节里，让人微醉在这清凛的山坡上。

树林上方的台地上聚居着几户土墙泥瓦房的人家，我们上门想聊些树林的情况。一位身着蓝色羽绒服的大嫂在院子里迎住我们，没等我们开口，她快言热语地说道："难怪刚才林子里喜鹊叫，是有没见过的稀客上门了。"

上门为客，山里人的厚道让我们一见面便熟络了起来。院子里三户人家，一家姓丁，两户姓陈，年轻人带着小孩近的在县城、远的在上海务工，平时很少回家，院子里只剩下五位老人。寒暄中，几位老人闻声走出房门，站在屋檐下和我们拉着话。我问这地方小地名叫啥？老人们答说叫新房子院子。我不解又问，头戴绒毛帽、眼戴银边眼镜的陈姓老人解释说，老祖先们原住在坎上不远的小坝子上，家族大人口多，后来分了家，在这修了房，搬了一支下来住，上面的房子叫老房子院子，这里便叫新房子院子，叫了好多年。我问老房子院子还在吗？答说老房子院子里后人们陆陆续续都搬到城里住了，没人住、没人照看的老房子院子垮得不成样子了。

扼腕叹息和片刻沉默后，我们开始了关于银杏树的话题。我好奇这树是野生的还是人栽的。老人们你说着一句、他补充着一句，答说是陈家老祖分家住到这里后栽的。我问知道栽树人的名字吗，老人们茫然，说族谱好多年前毁了，老祖先们的名字搞不清了。我问树栽下多少年了，答说不知多少年了，只听老人们口头传着说是袁世凯当大总统时候的事。老人们说得如此确切，八十三天在位的袁大总统，史籍记载得时日十分精准，算来已逾百年，那这树也都为百岁老树了。

前人栽树，后人乘凉。银杏树因果实色泽别名叫白果，又因树木生命绵长叫公孙树，爷爷栽种，孙子吃果。银杏树林的背后，有着一个或着几个培植者的存在，这些人没留下名字，播种了生命却没有署名，他们是后人应该尊敬的人。栽树人去了，他们以树的形式传续下了生命，传承给了后人一种念想，一缕思绪。

美人在骨不在皮，银杏在直不在曲。站在小院里，笔挺的银杏树平收眼帘，它很标致，有着超凡脱俗的庄重。它虽已一把年纪了，但不苍老、不萎靡，有着干壮枝旺的坚实。在叶果解脱、嶙峋挺撑天空的时节里，笑傲寒霜、雪不避易，无荒伧而洒脱，超然于八荒之野，尽情地展示着生命的隽永、身姿的靓丽。

冬天的太阳弱弱的，铺在山野上，也映在小院和院子下方的银杏树林里。和着光晕，林子里传来几声鸟啼声，那会是和我对视过的有着一身彩衣的鸟吗？在鸟鸣声里我匆匆而来，又将匆匆而去。大寒过后是立春，伴着脚步，暖春的时节即将到来。到那时，这银杏树林将会着青转绿，崴蕤起一面华美的山坡，硬朗地转动起又一圈年轮。

2018年2月5日

后 记

杜文涛

这是一部以写古树名木为内容的散文集。

这些散文看似描述古树名木，实则不仅仅限于古树名木，还写了依附于古树名木或古树名木所记忆所感知的人文风情，还寄托了我对树的认知与凝思。

以前我也写过老树，写过有看点的树。但以一部书的规模来写树，这是第一次。对我，充满了全新的挑战。

有文友知道我写这本书，说按散文最新的思考，这应归属于生态散文。我不知我的这些尝试，能否妥帖得了这个时尚的命题。最初写作这些乔木时并未去想这些，我只是觉得这些乔木甚美，想把它们写出来而已。就像一位山民觉得一把树籽很好，便垦土育苗，至于那树籽拱破地皮萌蘖成树后是雌是雄或雌雄同体，山民弯腰荷锄，捻籽落地时多是不会去想的。

乔木皆美。乔木有优异于我们人类太多的美，我努力地探寻着，努力地去撮字为文。这种琐碎的美，我不知道对这个躁动的周遭世界能否降一分噪音，能否添一丝恬静？能否给急匆匆的人，浮躁躁的心送进一抹绿意，送进一缕草木的清凉？这只是我的一厢情愿，一份希望。但愿吧，但愿这心愿如同树花，总能缀结出几把树果，哪怕几粒树果也好呀。

林木不是我熟悉的行当，写起来自有陌生的难度。“多识于鸟兽草木之名”是圣人的话，也是我尽力想去做的。草木从《诗经》走来，草木从《楚辞》走来，草木从冒地而生的那一刻起，便有了它独特的芳香气味，便有了入眼入脑的式样，便有了诗情画意的名字。从事这部书的写作中，我觉得我和树木走近了，我学到了许多林木的知识。山林里很多乔木，以前我只知其形，不知其名更不知其性，这回几乎全知道了。以往在文学作品里看过的树木，只知道其名，却不知其态其味，这次在山野里也对上了号，被我牢牢地记住了。以后如去山林闲逛，见了临风大树，观其叶，察其皮，嗅其味，我也能说出个大概了。

写作古树名木的过程中，古树的恬静恬淡也暗塑了我的性格。看世间炎凉的事更开了，对伤害或恶意的事竟能一笑置之了，遇事再不会急躁了，爱自然界生命之情更深了，文字似乎也更柔软了。

“流水今日，明月前身。”书稿数叹告竣，细数五十二篇。五十二这个数好，时尚数，“52”即“我爱”。我爱我的妻子，我爱我的儿子，我爱我的家人，我爱我的亲人，我爱我的朋友，我爱树木花草，我爱鸟兽虫鱼，我爱这个世界一切有生命的精灵，包括大地山川、空气阳光、食物和水。

进入书中的乔木，有外地的，但多是我生活地岚皋的。书中的乔木鲜活活地生长着，实地的乔木鲜活活地生长着。愿这些鲜活活的乔木天长地久地生长下去，活成树神，活成人人敬仰的景致与地标。

“山有木兮木有枝，心悦君兮君不知。”这古谣我喜欢，尤其是前半句我更喜欢，又极合本书之题。那就不避年代之远，借来起首四字当作本书的书名吧。

这是我继“巴山三部曲”之后的第四部文集，也是我的第三部散文集。集子里的稿子全是近三年写的。其中的一部分作品已先后在《人民日报》《中国艺术报》《延河》《红豆》《陕西日报》《中国乡村》《华侨报》《中国作家网》《陕西工人报》《西安日报》《西安晚报》《文化艺术报》《丹东日报》《阳光报》《安康日报》《安康文学》《汉江文艺》等报刊网站公开刊出过。《老荫茶树》在《人民日报》刊发后，先后多次入选人教部编版《初中语文课外读本》和中考语文模拟试卷。

时有四季，书有四辑。时有春、夏、秋、冬，书有“蚕月条柳”“方觉夏深”“木叶青黄”“冬至阳生”。乔木生在山上，一年四季地长，经年累月地长，本不应如此分辑的，实是以野外觐树并落笔成篇时间为序的，权为读者朋友们做个导引吧。

感谢中国作家协会副主席、陕西省作家协会主席贾平凹先生为本书题写书名。感谢陕西人民出版社。感谢所有厚爱我的读者。感谢所有因缘进入本书的古树名木和由此勾连出的人物。

2019年12月26日写于岚皋县城肖家坝